LES ENQUÊTES DE LOGICIELLE

COUPS DE THÉÂTRE
L'ORDINATUEUR
ARRÊTEZ LA MUSIQUE !
@SSASSINS.NET
SIMULATOR
BIG BUG
DES NOUVELLES DE LOGICIELLE
CINQ DEGRÉS DE TROP
MORT SUR LE NET
HACKER À BORD
@POCALYPSE

CINQ DEGRÉS DE TROP

CINQ DEGRÉS DE TROP

CHRISTIAN GRENIER

RAGEOT

Couverture : Olivier Frot.

ISBN 978-2-7002-3139-7
ISSN 1766-3016

Une chose est sûre : il n'y a plus de pilote dans la navette Terre. […] Nous voilà sommés de changer pour ne pas disparaître.

Nicolas Hulot

On prévoit un milliard de réfugiés climatiques en 2050.

ONG Christian Aid

On trouvera la liste des personnages
du roman en fin de volume.

VENDREDI

1

Les Landes
Vendredi 10 août, 17h45

En sortant du bungalow après sa sieste, Logicielle eut l'impression d'entrer dans un four. Elle aperçut un lézard qui fuyait le soleil pour aller se réfugier à l'ombre. Comment la chaleur, en fin d'après-midi, pouvait-elle être aussi intense ? Elle s'apprêtait à rejoindre l'océan qu'on devinait à travers les pins quand la sonnerie d'un portable retentit.

– C'est pour moi ! cria Max.

Forcément, elle avait perdu le sien depuis quatre jours. Elle avait d'abord cru l'avoir oublié chez Germain, le commissaire de Bergerac chez qui ils avaient passé le week-end. Mais leur hôte n'avait pas retrouvé l'appareil dont la batterie à présent était sûrement à plat.

Elle rentra dans le bungalow et aperçut Max qui éteignait son téléphone.

– Tu ne réponds pas ?

– Pas question qu'on nous dérange. On est en vacances, après tout !

Il s'étira et se gratta la tête. Son crâne était hérissé d'une courte brosse drue. Logicielle s'approcha et y passa la main avec tendresse.

– Qui c'était ?
– Un copain. Aucune importance.
– Tes cheveux commencent à repousser, Max.
En mai dernier, à la suite d'un pari qu'elle avait perdu, elle avait reçu un gage étonnant : épouser son adjoint. Elle avait accepté, à condition que Max laisse repousser ses cheveux. Elle regrettait tant qu'il ait renoncé à ses belles boucles brunes !
Il lui prit la main et plongea ses yeux noirs dans les siens.
– Alors on se marie ! Tu me l'as promis !
Elle éclata de rire.
– Pas de panique, on est en vacances !
– Justement. Marions-nous.
– Quand ?
– À la fin du mois !
Elle fut prise de court, bredouilla :
– Mais où ?
– Pourquoi pas ici ?
Il désigna les dunes où se nichait le village de Contis.
– Allons, Max, un mariage, ça ne s'improvise pas. Songe à la publication des bans, aux invitations !
– On pourrait...
– S'il te plaît, Max. Ne précipite pas les choses. Si on allait se baigner avant dîner ?
– OK. Le dernier dans l'eau a perdu.
– Eh, tu triches !
Il était déjà loin. Logicielle regagnait le bungalow pour enfiler un maillot quand elle aperçut le portable sur la table de nuit. Depuis leur arrivée sur la côte landaise, Max n'avait répondu à aucun des appels qu'il avait reçus. Elle se demanda pourquoi il s'obstinait à laisser son téléphone en fonction. Elle le saisit en murmurant :
– Ce n'est pas bien, ce que tu fais là.

Elle consulta l'écran de la messagerie. Dix-sept appels en cinq jours !

Un sentiment inconnu lui perça le cœur. Suspicion ? Jalousie ? Logicielle devait se rendre à l'évidence : elle était tombée amoureuse. Tombée, oui ! Car l'amour l'avait saisie, surprise... et fait trébucher – ou plutôt déroutée, dans tous les sens du terme, elle qui croyait avoir balisé son existence future. Pourquoi redoutait-elle de basculer dans ce qu'elle appelait secrètement « l'autre côté de la vie » ? Parce que se marier, c'était dire adieu à l'enfance. Mais ce serait aussi fermer la porte à de méchants souvenirs que son indépendance et sa solitude entêtée contribuaient à cultiver. Aujourd'hui, elle aimait Max. Au point d'être irritée par ce qu'il lui cachait.

Du pouce, elle fit défiler la liste des appels. Le dernier provenait de...

– Notre brigade, à Saint-Denis !

Elle examina ceux des jours précédents et se figea. C'était Delumeau qui avait tenté de les contacter ! Pour quelle raison leur patron les harcelait-il pendant leurs congés ? Elle faillit appeler le commissariat et y renonça. Elle n'était pas censée consulter la messagerie de son collègue.

Elle saisit une serviette de bain et partit en courant vers l'océan. Entre Contis et Mimizan, la plage n'était fréquentée que par les membres du camp de naturistes situé à cinq cents mètres de leur bungalow.

Planté au milieu des rouleaux, Max l'encourageait à le rejoindre. Elle abandonna sa serviette sur le sable, s'élança dans les vagues et perdit pied très vite. Max s'éloignait vers le large d'un crawl puissant.

– Reviens ! Il y a des courants !

Le fracas de l'océan couvrait sa voix. Elle se résolut à le rejoindre. Alors qu'elle s'approchait de lui, il plongea.

– Arrête ! Ce n'est pas drôle ! Max ? Max !

Elle le chercha des yeux. En vain.

Bien qu'il fût bon nageur, Logicielle redouta le pire. Et s'il avait été emporté par une lame de fond ? Là-bas, très loin, le drapeau orange avait disparu de sa hampe ; il était plus de 18 heures, la plage n'était plus surveillée. Une panique incontrôlée la submergea.

Max… elle imagina une seconde le reste de sa vie sans lui. Sa panique se mua en détresse.

Soudain, une main agrippa sa cheville et la tira vers le fond. Sous l'eau, des bras l'enlacèrent. Elle se dégagea, jaillit à l'air libre et découvrit le visage hilare de son collègue.

– Tu as eu peur, hein ?

– Espèce de…

Il la fit taire en collant sa bouche contre la sienne. Un bonheur inexplicable l'envahit, aussi vif et inattendu que la terreur qui l'avait saisie. Oui, elle aimait Max bien plus qu'elle n'osait se l'avouer. Se serait-elle caché ce sentiment trop fort de peur de perdre le contrôle d'elle-même ?

Elle se débattit, mais Max refusait de la libérer. Elle sentit qu'une main agrippait son maillot. En s'échappant, elle dut abandonner le vêtement qu'elle sentit glisser le long de son corps.

– Max ? Mon maillot ! Rends-le-moi !

– Désolé, je l'ai lâché.

– Je ne te crois pas.

Il tendit ses mains vides vers le ciel. Affolée, Logicielle plongea, yeux grands ouverts ; Max tenait son maillot entre deux orteils. Elle voulut le récupérer mais il lui échappa.

– C'est ta faute ! lui jeta Max en riant. Moi, je te l'aurais rendu !

– Va le chercher, Max ! Il y a trois mètres de fond, je n'y arriverai pas.

– Moi non plus. Tant pis pour toi !

Ils se poursuivirent en chahutant.

– Max ? Ça suffit ! Je suis fatiguée. Nous n'avons pas pied. Et les courants nous ont déportés !

– Exact, confirma-t-il. Nous sommes chez les nudistes. Tu vois, tu n'as plus besoin de ton maillot.

Il s'élança vers la côte dans un crawl régulier.

Elle le rejoignit sur la plage. Les naturistes ne leur prêtèrent aucune attention. Ils revinrent vers le camp en marchant lentement pour reprendre haleine.

Soudain, une pétarade retentit ; deux motos jaillirent de la forêt de pins et s'engagèrent en tanguant sur le sable. Scandalisée, Logicielle s'écria :

– Ce lieu est interdit aux véhicules à moteur !

– Couvre-toi, lui dit Max en lui tendant sa serviette.

Il était redevenu sérieux. Les motos se dirigeaient droit sur eux.

– Incroyable ! grommela-t-il. C'est la police nationale…

2

Les Landes
Vendredi 10 août, 19h10

Après avoir slalomé entre trois parasols, les motos stoppèrent devant eux. Le premier policier releva la visière de son casque et adressa à Logicielle un salut réglementaire.

– Vous êtes bien Laure-Gisèle Beffroy, dite Logicielle ?

Sans lui laisser le temps de répondre, le second précisa :

– Membre de la police scientifique, lieutenant à la brigade de Saint-Denis ?

– Oui… c'est moi ! bredouilla-t-elle. Que se passe-t-il ?

– Nous avons un ordre de mission vous concernant.

– Voilà trois jours qu'on vous cherche, ajouta son collègue en lui tendant une lettre.

– On me cherche ? Mais qui ?

– Le ministère de l'Intérieur.

Max, qui s'ébrouait plus loin, s'approcha.

– Que se passe-t-il ?

Les policiers le dévisagèrent avec suspicion. Logicielle prit conscience de leur situation à tous deux. Ils étaient vêtus l'un d'un maillot et l'autre d'une maigre serviette face à des motards en uniforme.

Au loin, sous leur parasol, quelques vacanciers observaient la scène avec curiosité.

– Maxime est mon adjoint, expliqua-t-elle.

Les policiers parurent rassurés.

– On t'accuse d'avoir dévalisé la Banque de France ? plaisanta Max.

– Je peux connaître la raison de cette réquisition ? demanda Logicielle aux policiers.

– Nous l'ignorons. Nous avons ordre de vous aider à regagner Paris au plus vite, se contenta de répondre le premier motard.

Le second dégaina un portable. Logicielle l'entendit murmurer :

– Oui, nous l'avons retrouvée... Un camp de vacances dans les Landes... L'aéroport de Bordeaux ? Entendu !

Il raccrocha, lança :

– Un jet privé vous attend à Bordeaux-Mérignac à 21 heures.

– C'est si urgent ? fit-elle, interloquée.

Les policiers haussèrent les épaules d'un même mouvement. Un geste qui signifiait : nous appliquons nos instructions. Le premier conseilla :

– Vous devriez faire vos bagages, nous avons peu de temps.

– C'est-à-dire ?

– Un quart d'heure ? suggéra le second motard comme s'il leur accordait une faveur.

– On vous escorte jusqu'à l'aéroport.

– Ouaah ! fit Max. On dirait que c'est sérieux !

– Comment nous avez-vous retrouvés ? demanda Logicielle.

– Un de vos collègues, à Saint-Denis, nous a dit que vous étiez chez le commissaire Germain, de Bergerac. Ce dernier nous a expliqué qu'en le quittant, lundi dernier, vous aviez l'intention de rejoindre un camp de vacances dans les Landes.

– Alors nous avons appelé tous les campings.

Ils revinrent tous quatre au bungalow. Logicielle commençait à empiler ses vêtements quand elle sentit les mains de Max agripper ses épaules. Sa joue effleura la sienne. Il lui murmura à l'oreille :

– Et si on leur faussait compagnie ?

Elle crut qu'il plaisantait. Mais jamais il n'avait paru si sincère. Il reprit à voix basse :

– Voilà des mois que j'attendais de passer de vraies vacances avec toi. Cette année, nos congés auront duré six jours. Dont trois chez Germain, en plus !

Il faisait allusion à leur halte près de Bergerac, un week-end qu'il avait concédé de mauvaise grâce.

– Tu es jaloux de Germain ? Il a l'âge de la retraite !

– Peut-être. Mais tu l'as connu avant moi.

– J'ai côtoyé des tas de gens avant de te connaître, Max ! Et Germain est un second père pour moi. D'ailleurs, il s'intéresse en ce moment à une autre femme.

– Tu penses à cette Américaine avec laquelle il va passer trois jours à Paris ? Une camarade d'université qu'il n'a pas revue depuis quarante ans, c'est ça ?

– Oui. Elle est divorcée et elle a un fils de mon âge.

Ils firent une pause, surpris eux-mêmes par cet échange aigre-doux. Max possédait, entre autres défauts, celui de vouloir avoir le dernier mot. Était-ce sa faute si elle était réquisitionnée ? Elle décida de cesser le jeu dangereux auquel elle se livrait depuis peu : établir la liste des qualités et des défauts de Max. Une habitude stupide, on ne choisit pas un mari comme on achète une auto ! Elle l'aimait profondément et elle allait l'épouser. Avec ses imperfections.

Elle opta pour un armistice déguisé.

– À mon avis, cet avis de recherche est une erreur. Dimanche, nous serons de retour.

Elle affichait une sérénité qu'elle était loin de ressentir. Il insista :

– Fuyons, Logicielle ! Cachons-nous !

– Max, tu perds la tête ?

Il la serra contre lui. Elle sentit qu'il tremblait. D'ordinaire, Max cachait son amour derrière un paravent de mauvais humour. Il pouvait se montrer bougon, maladroit, caustique. Mais rarement larmoyant. Et jamais désespéré. Logicielle se dégagea doucement.

– Désobéir entraînerait un blâme, des recherches, des poursuites. Tu ne parles pas sérieusement ?

– Si.

– Ce serait de la folie !

– Je suis sérieux, Logicielle. Soyons fous.

Elle imagina leur évasion par la fenêtre, leur fuite dans la forêt... C'était romanesque et absurde. Ils n'iraient pas loin.

L'irruption d'un des motards dans la chambre mit fin à ses divagations.

– Excusez-moi... Vous êtes prête ?

– Oui. On y va, dit Logicielle en arrimant son sac à dos.

Elle eut une vague pensée pour son téléphone cellulaire égaré. Trop tard. Quand elle s'assit à l'arrière de la moto de Max, l'un des policiers précisa :

– Il n'y a que vous, Logicielle, qui êtes mandatée par le ministère.

– Désolée, mais mon adjoint m'accompagne. D'ailleurs je n'ai pas mon permis moto.

Ce qui était faux. Résignés, les policiers déclenchèrent leur sirène et les invitèrent à passer. C'était la première fois que Logicielle faisait l'objet de telles attentions. Elle bénéficiait d'une escorte de ministre !

Au bout d'un quart d'heure, ils rejoignirent l'autoroute pour Bordeaux. Malgré l'intensité de la circulation, leur vitesse, bien supérieure aux 130 km/h autorisés, leur permit d'arriver à l'aéroport de Mérignac peu après 21 heures.

Les motards gagnèrent l'un des tarmacs et les invitèrent à rejoindre la piste.

En apercevant le couple et son escorte, un homme en uniforme s'approcha. Après un salut militaire, il leur tendit la main en souriant.

– Lieutenant Logicielle ? Enchanté. Je suis le commandant du jet de monsieur Kostovitch. Si vous voulez bien me suivre...

Il désigna le petit Falcon 7X qui les attendait à l'extrémité d'une piste. Stupéfaite, Logicielle répéta :

– Le jet de monsieur Kostovitch ?

– À quoi vous attendiez-vous ? demanda, goguenard, l'un des motards. À l'avion de la présidence de la République ?

– Notre mission s'arrête ici, ajouta l'autre. Bon voyage, lieutenant.

Le jet portait, sur les flancs et les ailes, un sigle familier : NCF. Il appartenait à celui qu'on avait baptisé le successeur de Bill Gates : François-Paul Kostovitch, surnommé Kosto, le PDG de Neuronic Computer France, la société informatique la plus novatrice du XXIe siècle.

3

Aéroport de Roissy
Vendredi 10 août, 21h20

L'employé de la douane examina la photo du passeport puis son propriétaire, un passager dont la joue était fendue par une large balafre, de la lèvre à l'oreille droite.

– Merci, monsieur Blish, tout est en ordre. Thank you, everything is OK.

Il était très impressionné : il avait vu l'homme le plus riche du monde, l'homme dont personne ou presque ne connaissait le visage ! En effet, le PDG du trust Oxoil, qui rassemblait les quinze plus importantes sociétés pétrolières de la planète, cultivait un strict anonymat.

Le passager suivant, Andre Connely, était une femme de soixante ans au regard mélancolique, vêtue d'un tailleur gris assorti à la couleur de ses cheveux. L'employé, troublé par ce prénom masculin porté par une femme, en oublia d'effectuer le geste de reconnaissance convenu. Vite, il tourna ses regards vers la jeune et frêle journaliste qui attendait à vingt mètres de là depuis le début de l'après-midi ; et il releva la manche de sa veste.

Elyne étouffa un soupir de satisfaction et referma son magazine. Il lui fallut trente secondes, le temps que Blish quitte le hall B de Roissy et se dirige vers la file des taxis, pour comprendre que la femme en tailleur gris l'accompagnait.

« Ainsi, c'est donc vrai, pensa-t-elle, Blish a emprunté un vol régulier de l'American Airlines. Il voyage incognito, sans garde du corps ! »

La femme en gris ne pouvait être que sa directrice de cabinet, sa « dircab », comme disaient familièrement les médias. Tous deux formaient un couple chic et bien assorti. Sagement, ils se placèrent derrière les passagers qui patientaient devant la file des taxis. Un habile moyen de passer inaperçus. Si Blish avait été encadré par des gorilles, s'il était monté dans une limousine avec chauffeur, il aurait attiré l'attention. Là, il se fondait dans la masse.

Dès qu'Elyne sortit du hall de l'aéroport, une moto s'arrêta près d'elle. Elle l'enfourcha et jeta dans le micro qui la reliait au pilote :

– Frédéric ? Blish est à côté de la femme en gris. Ils prennent un taxi. Une C5 break, tu l'as repérée ?

Le conducteur de la moto laissa le taxi prendre un peu d'avance. Elyne songea que tout se déroulait comme elle l'avait espéré. Une fois de plus, elle fulmina contre leur moyen de transport : la moto n'était guère écologique. Mais comment effectuer une filature en vélo ?

Le taxi prit la direction de Paris. La moto le suivit à bonne distance.

Le problème se corsa sur le périphérique, très encombré, où Frédéric se fit insulter car il n'avançait pas assez vite au gré des nombreux motards habitués à se faufiler entre les voitures.

La C5 sortit Porte Maillot et prit la direction de La Défense. Après avoir contourné la tour Phare[1] et l'immeuble de la NCF, elle repartit vers Paris.

Frédéric lança à sa passagère :

– Qu'est-ce qui se passe ? Le taxi fait demi-tour !

– Blish a voulu repérer les lieux. Maintenant, il sait où se trouve NCF. Et ils vont à leur hôtel.

Porte Maillot, le taxi ralentit devant *Le Concorde-Lafayette* puis il reprit de la vitesse et s'engagea dans l'avenue de la Grande-Armée.

– Ils ont vu que je les suivais ? s'alarma Frédéric.

– Je ne crois pas.

– Alors pourquoi ils ralentissent ?

– Ils cherchent un hôtel.

– Blish n'aurait rien réservé ?

Elyne ne répondit pas.

D'après Danielle Defaux, la responsable française des écologiens, Blish aurait dû emprunter le vol du matin. Il avait pris celui de l'après-midi. À Roissy, contrairement à toute logique, aucun véhicule ne l'attendait. Elle avait l'impression qu'il improvisait. Allait-il choisir un hôtel au hasard ?

À l'arc de triomphe, la C5 descendit les Champs-Élysées, bifurqua vers la place François-Ier et s'arrêta peu après, rue Jean-Goujon.

Elyne leva les yeux vers les lampadaires auxquels étaient fixées des caméras de surveillance depuis l'application du plan VidéoSécur. Aucune ne semblait piéger l'activité de la rue. Elle désigna au conducteur l'entrée d'une porte cochère.

– Frédéric ? Gare-toi là. Ils vont descendre au *Sofitel* !

1. La tour Phare, qui sera achevée en 2012, mesurera 300 mètres de haut et possédera 130 000 m^2 de bureaux.

Seule la femme quitta le taxi. Elle n'entra pas au *Sofitel* mais dans le quatre étoiles contigu, le *San Remo*, un établissement dont la discrétion devait être proportionnelle au luxe tranquille.

Soudain, Elyne réprima un juron. Alarmé, Fred en demanda la raison.

– Dans cette rue, expliqua-t-elle, il y a eu autrefois un très gros incendie. Celui du bazar de la Charité, ça ne te dit rien ?

– Non. Il a fait des victimes ?

– Cent vingt, cent cinquante, je ne sais plus.

– Et ça a eu lieu quand ?

– À la fin du XIXe siècle[1].

Fred haussa les épaules, comme s'il y avait prescription. Elyne se souvenait que le sinistre avait été déclaré à la suite d'une stupide imprudence, une allumette grattée près d'un liquide inflammable. À petite cause, grands effets. Sans être superstitieuse, elle se sentit soudain mal à l'aise. Elle aurait préféré que Blish et sa dircab dorment ailleurs que rue Jean-Goujon.

– Qu'est-ce qu'on fait ? demanda Frédéric.

– On attend.

Elle réprima un soupir d'irritation. Elle aurait préféré que Fred pose moins de questions et qu'il fasse preuve de plus d'initiatives. Elle savait bien qu'il avait adhéré à la cause écologienne plus par amour pour elle que par conviction. Si elle le lui avait demandé, il aurait aussi bien rejoint la secte Moon ou l'Église de Scientologie. Elle sentit doublement peser sur ses épaules le poids de cette mission.

– Tu crois qu'ils vont se séparer, Lécolo ?

– Je t'ai répété mille fois de ne plus m'appeler comme ça !

– Pardon Elyne.

1. Le 4 mai 1897.

Lécolo était le surnom dont on l'avait affublée à l'université, à l'époque où elle militait à Greenpeace. Elle le détestait. Surtout quand son compagnon l'utilisait. Sentant qu'il l'irritait, il changea de sujet.

– Blish n'a pas l'air d'être un sale type.

– Qu'est-ce que tu veux dire par là ?

– Quand son fils Darius a été appréhendé dans une manifestation néo-nazie, il a refusé de le couvrir. Plutôt sympa, tu ne trouves pas ?

– Peut-être qu'il protège ses arrières, supposa Elyne. Blish a des visées politiques côté démocrate. Si son fils se compromet dans des groupes fascistes, il n'a pas intérêt à le soutenir.

– Ah bon, pourquoi ?

Elyne soupira avant de jeter :

– Ça pourrait nuire à son image et lui aliéner une partie de son électorat.

– Ce serait donc ça ? fit Frédéric impressionné par cette analyse.

Elyne se redressa soudain.

– Ça y est, elle ressort !

La femme aux cheveux gris revint vers le taxi, paya le conducteur. Un voiturier surgit et prit les bagages. Enfin, Blish pénétra dans l'hôtel.

– Bon, je préviens les autres ! décida-t-elle.

Elle enleva son casque et sortit son téléphone portable.

– On va manger quelque chose, maintenant ? demanda Frédéric.

– Tu plaisantes ?

– Non. Depuis ce matin, on n'a grignoté qu'un malheureux sandwich. Tu n'as pas faim, toi ?

Elyne n'avait jamais faim. C'était devenu chez elle un principe. Tant que le tiers des habitants de la planète souffrirait de malnutrition, elle refuserait de prendre un gramme superflu. Elle pesait quarante-six kilos pour un mètre soixante. Et elle portait un jugement sévère sur celles et ceux qui, dans les pays développés, compensaient leur mal-être en entretenant leur obésité. Enfin, son correspondant décrocha :

– Le *San Remo*, c'est noté... Bien sûr, j'appelle Charmeuil tout de suite, mais il doit encore être sur scène.

Elle composa un nouveau numéro. Comme elle s'y attendait, une messagerie vocale lui répondit. Elle laissa un message :

– Charmeuil ? Notre homme est à Paris. Tiens-toi prêt. C'est pour demain matin.

Elle raccrocha et, songeuse, observa l'hôtel. Il en sortit deux jeunes femmes qui éclatèrent de rire quand le voiturier en livrée les menaça de son parapluie. Des employées, songea Elyne.

Enlever Blish et sa dircab ne serait pas simple. Du personnel devait encore rôder dans l'établissement, et puis Frédéric risquait de ne pas être à la hauteur. Peut-être était-ce pour cela qu'elle ne l'avait toujours pas mis au courant de leur mission. Ce dernier s'informa :

– On s'en va ?

– Non. On n'est pas près de quitter les lieux, Fred. Reste ici.

Elle traversa l'avenue et jeta un coup d'œil à l'intérieur de l'hôtel. Derrière le comptoir de la réception, un jeune homme en livrée pianotait sur un clavier. Elle revint vers Frédéric et lui ordonna :

– Tu vas entrer dans l'hôtel et t'asseoir dans le salon. Comme si tu attendais quelqu'un, tu comprends ? J'arriverai après toi et j'occuperai le réceptionniste. Pendant ce temps, tu essaieras de repérer le numéro de la chambre de Blish.

– Pas facile ! Comment tu vas détourner l'attention de ce type ?

– T'inquiète.

Elle avisa les studios de RTL voisins, ajouta :

– Ce sont des stars qui descendent dans ce petit palace. Donne-toi un coup de peigne, tu as l'air d'un loubard. Et enlève ton blouson et ton casque.

Docile, il obéit.

Elle le vit entrer, échanger avec le réceptionniste un sourire poli, et s'asseoir dans le salon attenant.

Elyne ébouriffa ses cheveux, se mordit les lèvres pour les faire rougir et pénétra à son tour dans l'hôtel, casque à la main.

Le réceptionniste en livrée bleu et or se leva. Un badge précisait qu'il se prénommait Luc. Elle lui adressa un charmant sourire et jeta dans un allemand parfait :

– Entschuldigung ! Ich suche nach die salle Pleyel. Sie liegt rue Saint-Honoré, glaube ich ?

Le jeune homme lui répondit en anglais, mais elle insista :

– Sprechen Sie kein Deutsch ? Schade ! Ja, la salle Pleyel...

Elle sortit de son blouson une carte de Paris et se dirigea vers la porte. Comme elle l'avait espéré, il la suivit. Elle se retourna et aperçut Fred qui quittait son fauteuil pour se précipiter derrière le comptoir.

– Il faut aller à l'arc de triomphe, expliqua le dénommé Luc.

Elle pointa son doigt sur la carte.

– Ah non ! Ça, c'est la tour Eiffel.

Elle rit de sa bévue et le réceptionniste rit avec elle.

Elle vit Frédéric revenir s'asseoir. Elle remercia le réceptionniste et sortit.

Quelques minutes plus tard, son complice la rejoignit dans la rue.

– Alors ? lui demanda Elyne.

– Facile ! Tout était resté affiché sur l'écran ! Nos voyageurs font chambre à part, la carte bancaire est au nom de Connely.

– Normal. Blish ne veut pas que son nom apparaisse.

– Les chambres ont été réglées. Mrs Connely a la 71 et son mari la 72.

– Ce n'est pas son mari, Fred.

– La 71 coûte 450 euros. La 72 est une suite. 1000 euros la nuit !

– Elles ont été réservées pour combien de temps ?

– La 71 pour quatre jours. La suite pour une nuit.

Une bouffée de satisfaction envahit Elyne. Tout concordait.

– Maintenant, murmura-t-elle, le plus difficile reste à faire. Enlever Blish.

– Enlever Blish ? Et tu sais qui va s'en charger ?

– Parfaitement, Fred. C'est nous. Nous deux.

– Nous deux ? bredouilla Frédéric incrédule. Mais... quand ?

– Dès que le voiturier sera parti. C'est-à-dire, à mon avis, vers minuit.

4

Aéroport de Mérignac
Vendredi 10 août, 21h30

– Si vous m'expliquiez ? commença Logicielle.

– Je sais seulement que samedi dernier, le boss a tenté en vain de vous joindre, déclara le commandant du Falcon 7X.

– Forcément, j'étais en congé.

– Comme il y avait urgence, il est passé par le ministère de l'Intérieur. Toute la police de France était à vos trousses.

– Mais pourquoi me cherche-t-il ?

– Je l'ignore. Tout ce que je sais, c'est que je dois vous ramener à Paris.

– Mon adjoint m'accompagne. Il y a une place pour lui ?

– Vous êtes Max, je suppose ? Bonsoir ! Kosto m'a averti que vous seriez sûrement là, vous aussi. Nous atterrirons à Villacoublay dans une heure.

– Mais c'est un aérodrome militaire ! s'étonna Logicielle. Et NCF est une société privée, non ?

– Nous avons l'appui du gouvernement, révéla le commandant.

– C'est donc une grosse opération ?

– Sans doute. Je ne suis pas au courant.

– On peut mettre ma moto en soute ? risqua Max.

– On va arranger ça...

Ils montèrent. Les moteurs du jet ronflaient déjà, le copilote négociait leur départ au micro avec la tour de contrôle. Une hôtesse les invita à prendre place.

– Que puis-je vous servir ? Champagne ? Jus de fruit ? Désirez-vous quelques toasts en accompagnement ? Caviar ? Foie gras ?

– Pour moi, ce sera un café. Noir et sans sucre.

– À l'image de ton humeur ? nota Logicielle avant de s'adresser à l'hôtesse : Je peux joindre votre patron ?

– Je vous demande une petite minute.

L'intérieur du Falcon ressemblait à un appartement de luxe : larges sièges de cuir crème, coin bureau en bois précieux, petit salon privé avec bar et écran de télévision plat... Tandis que l'hôtesse composait le numéro, Logicielle aperçut le véhicule de Max qu'on hissait à bord. Elle soupira en souriant.

– Jamais sans ma moto, hein ? Tu ne dors pas encore avec elle ?

– Non, mais à la réflexion, c'est elle que je vais épouser. Au moins, elle va toujours où je veux l'emmener.

Ils sentirent sous leurs reins la poussée brutale des réacteurs. Trente secondes plus tard, ils décollaient.

– Vous avez monsieur Kostovitch en ligne, dit l'hôtesse.

– Logicielle ? rugit une voix familière.

– Oui. Mais...

Un hurlement de joie l'interrompit. Kosto savait mal dissimuler ses sentiments. Y compris quand il était contrarié, ce qui était fréquent.

– Logicielle, j'ai besoin de vos services ! J'attends des invités de marque. Demain, une opération d'envergure internationale a lieu à NCF.

La firme de François-Paul Kostovitch avait mis au point des ordinateurs révolutionnaires : l'OMNIA 3, déjà commercialisé et surtout le récent Simulator dont il n'existait qu'un prototype.

– Le secrétaire général de l'ONU ? ironisa Logicielle. Le président des États-Unis ?

– Des gens plus importants encore !

– Écoutez, Kosto. Vos invités bénéficient sûrement d'une garde rapprochée. Je ne vois pas...

– J'ai absolument besoin de vous.

– Au point d'interrompre mes vacances ?

– Je suis navré. Je vous dédommagerai.

– Là n'est pas la question. Si vous m'expliquiez ?

– Ce soir, vous saurez tout, chère Logicielle. En attendant, je vous livre le nom de code de l'opération : *Cinq degrés de plus*.

– Comment ?

– *Cinq degrés de plus* ! scanda Kosto, agacé. Et profitez du vol pour dîner. Dès que vous serez à NCF, vous serez très occupée.

Il raccrocha.

– Alors ? demanda Max.

– Je n'en sais pas beaucoup plus. Ah si ! Je connais le nom de code de la mission qui nous attend.

– Qui t'attend, rectifia-t-il.

Il s'était noyé dans la contemplation du paysage, un océan de nuages qui moutonnaient à l'infini.

– Tu m'écoutes, Max ? L'opération s'appelle *Cinq degrés de plus*.

Non, il ne l'écoutait pas. Il était distant, absent. Il désigna l'écran où défilaient les données de leur vol.

– Pour l'instant, ce serait plutôt quatre-vingts degrés de moins...

C'était vrai. La température extérieure était de – 50 °C. Dans le ciel qui s'obscurcissait pointèrent deux ou trois étoiles.

Un frisson saisit Logicielle. Elle prit conscience que leur appareil était une oasis de luxe au sein d'un environnement hostile à l'image de la planète qu'ils survolaient : une miraculeuse bulle de vie perdue dans un cosmos désert et glacé.

5

Paris, Champs-Élysées
Vendredi 10 août, 22h30

– *The oldest hath borne most : we that are young*
Shall never see so much, nor live so long[1].

D'un large geste du bras, le duc d'Albany désigna les cadavres qui jonchaient la scène et sortit. Ses compagnons le suivirent au son d'une musique funèbre.

Le rideau tomba et un torrent d'applaudissements jaillit. D'Albany revint au centre de la scène pour saluer. Les cadavres, ragaillardis, s'étaient relevés.

Il y eut six rappels. Les spectateurs – majoritairement anglais et américains – quittèrent la salle en échangeant des commentaires à mi-voix.

Derrière le rideau tombé, le sourire du roi Lear s'évanouit. Comme il était également le metteur en scène de la pièce, il lança :

– Vous avez été très mauvais ! Surtout toi, d'Albany.

L'interpellé enleva son chapeau à plumes et redevint Charmeuil.

– J'ai accepté ce rôle pour te dépanner, se défendit-il. Je sais que je n'ai pas l'âge du personnage. Mais moi, je parle anglais sans accent !

1. *Les plus vieux ont le plus souffert. Nous qui sommes jeunes*
Nous ne verrons jamais tant de choses, nous ne vivrons jamais si longtemps.
William Shakespeare, *Le Roi Lear*

Revenu dans sa loge, Charmeuil mit son portable en fonction avant de se démaquiller. L'appareil afficha : « Vous avez reçu un message. » Ce message, le comédien l'attendait et le redoutait. Il l'écouta.

« Notre homme est à Paris. Tiens-toi prêt. C'est pour demain matin. »

Au même instant, un SMS apparut sur l'écran : *En cas de difficulté, n'oublie pas de bâiller, d'affirmer que tu es fatigué. Le programme avancera aussitôt dans le temps.*

Le rappel de cette consigne était signé D.D. Deux initiales dont il ignorait le sens. Comme il ignorait la façon dont le programme ferait un saut dans le futur. Ce qu'il savait, c'est que ces instructions émanaient des écologiens. Et qu'il les appliquerait à la lettre.

Le cœur du comédien battit plus fort. Il n'avait qu'une nuit pour répéter son texte et endosser une nouvelle identité. Un rôle qu'il avait accepté sans signer d'engagement. Un rôle qui toucherait des millions de spectateurs. Un rôle qui ferait peut-être basculer le sort de la planète.

Cette fois-ci, quand Charmeuil entrerait en scène, il aurait le destin de la Terre entre les mains.

Au grand soulagement d'Elyne, le voiturier quitta l'hôtel.

– Un de moins, murmura-t-elle.

Elle avait mis leur temps d'attente à profit pour consulter Internet sur son portable. Avec ses trente-deux chambres, et bien qu'il fût un établissement de luxe, le *San Remo* n'abritait sans doute pas un personnel considérable en pleine nuit au mois d'août.

Elle ouvrit l'une des sacoches de la moto; elle en sortit un ruban d'adhésif marron et la panoplie d'officier de police qu'elle avait achetée en solde mardi dernier chez

Noz. Sur le carton, il était précisé : « Ne convient pas aux enfants de moins de six ans. » L'article faisait partie d'un stock d'invendus du Noël précédent. Elle dégagea du film plastique un revolver noir qu'elle examina brièvement. C'était la copie approximative d'un Magnum, un modèle deux fois plus petit et vingt fois plus léger que l'original. Elle le glissa dans son blouson.

Perplexe et muet, Frédéric la regardait faire.

Au loin, l'alarme d'une voiture retentit, impérative. Elyne réprima un mouvement d'humeur. Elle redoutait la nuit, elle détestait le bruit, elle haïssait Paris. Elle aurait donné n'importe quoi pour être loin de cette agitation.

Elle jeta un coup d'œil vers le *San Remo*. La rue était déserte. L'alarme s'était tue. Le quartier lui paraissait étrangement calme, à présent.

D'une voix nouée par l'émotion, Fred murmura :

– On… on va vraiment devoir kidnapper deux personnes ? Et tu sais comment tu vas t'y prendre, Léc… Elyne ?

– Si tu fais exactement tout ce que je te demande, ça se passera bien.

– C'est de la folie ! Comment veux-tu qu'on sorte de l'hôtel avec Blish et…

– On doit seulement les immobiliser et les retenir. Ce n'est pas nous qui les ferons sortir.

– Si tu m'expliquais la suite ?

– Je préfère que tu ne saches rien. Tu verras bien.

Fred réprima une moue contrariée. Elyne faillit lui révéler pourquoi elle agissait ainsi : en cas de pépin, mieux valait que son complice en sache le moins possible. Elle le prit par le cou, l'embrassa gentiment et lui chuchota :

– Voilà comment nous allons faire…

Dès que le réceptionniste vit reparaître la motarde allemande, il jaillit de derrière son comptoir.

– Vous n'avez pas trouvé ?

– Doch ! Aber... wir haben kein Benzin mehr...

– Ah ! Vous êtes en panne, c'est ça ? Qu'est-ce que je peux faire pour vous ?

Pendant qu'elle occupait le jeune homme, elle aperçut Frédéric qui s'introduisait discrètement dans le vestibule et filait vers les étages.

– Gar nichts ! Aber... haben Sie Toiletten hier ?

– Des toilettes ? Au fond du couloir, à gauche. Non ! Par là, venez.

Au même instant, trois hommes entrèrent dans l'hôtel. Le réceptionniste se tourna vers eux :

– Messieurs ?

Ces nouveaux clients tombaient à pic. Navré, Luc retourna derrière le comptoir.

En filant aux toilettes, Elyne nota la présence d'une caméra au plafond. Elle en fut d'autant plus surprise qu'elle n'en avait repéré aucune à la réception. Elle remit son casque. Une minute plus tard, elle sortit des W-C. Le réceptionniste était toujours occupé.

Elle avisa à l'autre bout du couloir une porte munie d'un hublot et la mention « Réservé au service ». Elle la poussa et s'engagea dans un escalier étroit.

Au premier étage, elle se retrouva sur le palier qui desservait les chambres.

– Lécolo ? chuchota une voix à trois pas.

Frédéric se tenait près du grand escalier réservé aux clients. Au-dessus de l'ascenseur, le signal lumineux clignota. Les portes coulissèrent. Elyne bondit vers les étages supérieurs, Fred sur ses talons. Ils atteignirent bientôt le septième étage. Tout était silencieux. Grâce à la moquette épaisse, ils progressaient sans bruit. L'hôtel semblait endormi.

Elyne leva les yeux à la recherche d'une caméra. Elle n'en vit pas. Contrairement à son attente, la chambre 72 n'était pas contiguë à la 71 mais lui faisait face. Elle explora le couloir et y découvrit un placard. Il contenait plusieurs blouses blanches et trois aspirateurs. Elle saisit l'une des blouses, l'enfila, glissa le revolver en plastique dans une poche et le ruban adhésif dans une autre. En la voyant ainsi déguisée, le visage de Fred s'éclaira. Il la gratifia d'un grand sourire et leva le pouce pour lui signifier qu'elle faisait parfaitement illusion.

Elle désigna le placard à son complice, chuchota :

– Entre là-dedans. Et n'en bouge pas avant que je te fasse signe.

Après quoi elle se rendit à la chambre 71, frappa trois coups brefs à la porte et attendit face à l'œilleton qui visiblement était fermé.

Personne ne répondit. La femme dormait peut-être ?

Maîtrisant les battements de son cœur, Elyne toqua une nouvelle fois, plus fort. Derrière la porte, une voix demanda soudain en français :

– Que désirez-vous ?

Elyne avait espéré que Mrs Connely ouvrirait sans discuter. Quel argument prétexter ? Elle bredouilla :

– Je suis désolée de vous déranger, madame. Mais j'ai oublié mon passe dans votre chambre.

Intérieurement, elle hurlait : « Bon sang, ouvre… OUVRE ! »

6

La Défense (NCF)
Vendredi 10 août, 22h40

À Villacoublay, une limousine avec chauffeur attendait les voyageurs. Seule Logicielle y prit place. Max, qui avait récupéré sa moto, se joignit à l'escouade des motards de la police nationale.

Situé au cœur du quartier de La Défense, l'immeuble de Neuronic Computer France était une immense tour de verre aux vitres bleutées et opaques. Elle se dressait entre la Grande Arche et la récente tour Phare dont la taille rivalisait avec celle de la tour Eiffel.

Arrivés au parking souterrain, Logicielle et Max durent laisser leurs papiers à des vigiles et subir une fouille, après quoi on les conduisit à l'infirmerie.

Logicielle se prêta de bonne grâce à une analyse rétinienne et à une prise de sang. Elle aperçut un écran et demanda à l'infirmière qui procédait à ses examens :

– Vous passez les employés au scanner chaque matin ?

– Oui, ce sont les ordres.

– Vous craignez quoi, au juste ?

– Je l'ignore. Depuis une semaine, tous ceux qui entrent dans l'immeuble y restent consignés !

– Comment ça ? Aucun d'eux n'en est sorti ?

– Non. Et ils ont subi le même contrôle que vous.

– Tous les employés de NCF dorment donc ici ?

– Oui. Mais en été, nous tournons au ralenti. Le personnel est réduit.

– Une partie des locaux a donc été transformée en dortoir ?

L'infirmière se braqua. Son ton se fit plus sec.

– Je vous en ai déjà trop dit, mademoiselle. Je n'ai pas le droit de répondre à vos questions.

Quand Logicielle retrouva Max dans une salle d'attente, il ne cacha pas sa contrariété.

– Libre à toi d'accepter cette mission ! Mais moi, je file ! Après tout, je suis en vacances. Rien ne m'oblige à me prêter à cette farce !

Une porte s'ouvrit et un homme de petite taille entra, vêtu du tee-shirt rose vif aux couleurs de NCF. Son badge affichait sobrement : Vincent. Sans leur serrer la main, il leur jeta :

– Je suis le nouvel assistant de monsieur Kostovitch. Suivez-moi, la dernière réunion avant le départ a commencé.

– Quelle réunion ? Quel départ ? fit Max.

Vincent leur tendit une liasse de feuillets.

– Pouvez-vous lire rapidement ceci, parapher et signer ?

– Rapidement ? protesta Max. Mais il y a trente pages ! Qu'est-ce que c'est ?

Vincent parut étonné de la question.

– Une décharge.

– Vous pouvez nous résumer son contenu ? demanda Logicielle.

– Elle stipule que vous déclarez avoir pris connaissance des conditions de l'opération *Cinq degrés de plus*, que vous promettez de ne pas quitter les lieux avant la fin de l'expérience, que...

– Stop ! interrompit Max. Quelle opération ? En quoi consiste-t-elle ? Même ma compagnie d'assurances me laisse lire mon contrat. Et j'ai droit à un délai d'une semaine de réflexion.

– Pour l'essentiel, les informa l'assistant, vous vous engagez à ne pas vous retourner contre NCF en cas d'accident et à ne rien divulguer de ce que vous aurez appris et vécu pendant…

– Quoi ? se rebiffa Max. Je refuse ! Je refuse de signer ce truc sans le lire.

Dominant son impatience, l'assistant suggéra :

– Essayez de le parcourir rapidement…

– Ce que je parcours très vite, depuis mon réveil, c'est la France ! À pied, en moto, en voiture et en avion. À peine arrivé ici, je dois subir un check-up ! Et il faudrait que j'autorise ma propre incarcération ? Que je promette de me taire ? Et quoi encore ?

Désemparé, l'assistant se tourna vers Logicielle.

– Écoutez, Vincent, laissez-nous jeter un coup d'œil sur ces papiers. Et puis, pourrais-je discuter seule à seul avec mon adjoint un instant ?

– Soit. Mais je vous signale qu'on vous attend, mademoiselle.

Il s'éclipsa. Logicielle aperçut trois caméras au plafond de la salle d'attente. Leur intimité serait très relative.

– Max, dit-elle d'une voix calme et ferme. Accompagne-moi. Je te le demande. Comme un service. Tu ne vas pas m'abandonner ici ?

– N'inverse pas les rôles ! Je te rappelle que nous étions en vacances. Jusqu'au 27 août. C'est plutôt toi qui me lâches, non ?

– Tu crois que j'ai le choix ?

– Moi, je l'ai. Je ne signe rien et je retourne dans les Landes.

Il tourna les talons. Furieuse, Logicielle lui lança :

– Je te souhaite de bonnes vacances avec ta moto !

Le portable de Max égrena six notes. Un SMS. L'assistant surgit.

– On vous a laissé votre téléphone ? s'étonna-t-il. Excusez-moi mais je me vois dans l'obligation de… Vous permettez ?

– Et vous ? aboya Max. Vous permettez que je lise mon message ?

– Votre portable, mademoiselle ? demanda Vincent.

– J'en avais un, je n'en ai plus.

Max tendit le sien à Vincent en grommelant d'une voix morne :

– Vous avez un stylo ?

– Comment ?

– Un stylo. Pour signer la décharge.

– Ah bon ? bredouilla l'assistant surpris. Vous… vous en avez pris connaissance ?

– Non. Mais je la signe. Tiens, Logicielle. Tu signes, toi aussi ?

Prise de court, elle s'exécuta.

– À présent, vous voulez bien me suivre ? dit Vincent.

L'ascenseur les déposa au trente-troisième et dernier étage, celui du département de la recherche : un espace de six cents mètres carrés qui paraissait d'autant plus immense que les cloisons de verre dépoli avaient disparu. Un podium entouré de plantes vertes se dressait au centre de la salle, face à un auditoire réduit. Au loin, dans un angle, trônaient plusieurs grands fauteuils vides et des ordinateurs.

Si tout l'immeuble appartenait à NCF, ce niveau était mythique aux yeux de Logicielle. Tony, le créateur le plus génial de l'entreprise, un jeune hacker repenti, avait mis au point le fameux Simulator ici même.

Si l'on exceptait les vigiles, six personnes étaient présentes. En apercevant les nouveaux arrivants, l'homme qui se tenait sur le podium leva les bras vers eux en signe de victoire. Avec sa chemise imprimée de petits canards mauves, il n'avait guère l'allure d'un PDG.

C'était François-Paul Kostovitch.

– Logicielle ! Max ! Enfin ! Nous voilà presque au complet ! Merci, Vincent, laissez-nous.

Le PDG de NCF était si petit que, même debout, il semblait assis. Il compensait sa soixantaine et sa faible taille par un enthousiasme absolu, une voix forte et des tenues qu'il croyait stylées parce qu'elles étaient excentriques et colorées. Logicielle comprit soudain pourquoi Vincent avait été engagé : Kosto avait désormais un assistant qu'il dominait de deux bons centimètres !

Il embrassa Logicielle et serra longuement la main de Max avant de les désigner au maigre public, quatre hommes et une femme.

Dans les angles de la pièce, des vigiles en uniforme semblaient faire le guet. Le plus imposant d'entre eux, le seul à être muni d'un talkie-walkie et sans doute le chef, était un Noir immense au crâne rasé. Il adressa à Logicielle un sourire majuscule. Il portait un gilet pare-balles sur lequel un badge indiquait qu'il répondait au doux nom de Séraphin.

Solennellement, Kosto désigna le couple et déclara :

– Voici les policiers qui vous accompagneront et veilleront sur vous pendant l'opération *Cinq degrés de plus* ! Le lieutenant Logicielle est experte en informatique. Nous lui accordons notre entière confiance, ainsi qu'à son adjoint Max !

Trois invités applaudirent. Les autres hochèrent poliment la tête.

– Nous avons été pris en otages ! jeta Max d'une voix rogue. Par nos collègues de la police. Puis par vos vigiles, et enfin par vos infirmiers. Que mijotez-vous, Kosto ?

– Pour faire court, disons que j'ai réuni ici les passagers d'un voyage virtuel de trois jours dans le futur.

– Le futur ?

– Oui. La fin du XXIe siècle. Quand les conditions climatiques auront énormément changé.

– C'est-à-dire ? demanda Logicielle.

– Sur une Terre où la température aura augmenté de cinq degrés.

7

Hôtel *San Remo*
Vendredi 10 août, 23h50

La porte de la chambre 71 s'ouvrit brusquement. Mrs Connely apparut, vêtue d'une chemise de nuit sur laquelle elle avait passé à la hâte une robe de chambre en satin.

– Merci madame ! dit Elyne en entrant.

Elle referma la porte et, se retournant brusquement, plaqua une main sur le visage de Mrs Connely. Elle enfonça le canon du faux Magnum dans ses côtes.

– Un cri, un mot et je tire !

Mrs Connely fut prise de tremblements nerveux.

– Mmh... mmh ! murmura-t-elle en faisant non de la main.

Elyne relâcha son étreinte.

– Que... que voulez-vous ? bredouilla la prisonnière.

Elle désigna le lit où traînait son sac à main.

– Je n'ai pas beaucoup de liquide, mais prenez mes cartes de crédit !

– Taisez-vous et écoutez-moi ! coupa Elyne.

Terrorisée, l'autre acquiesça.

– Nous allons sortir dans le vestibule. Vous allez frapper à la porte de votre patron.

– Mon... mon quoi ?

– Votre patron, James Blish. Don't be silly, Mrs Connely !

Elyne raffermit sa prise.

– Nous savons parfaitement qui vous êtes. Si vous obéissez, nous ne vous ferons aucun mal. Ce n'est pas l'argent qui nous intéresse.

– Que voulez-vous alors ?

– Que vous convainquiez James Blish de vous ouvrir ! S'il ne le fait pas, je vous tuerai.

Sans attendre de réponse, Elyne entraîna son otage dans le couloir. Là, elle lança à Frédéric posté près du placard :

– Surveille les ascenseurs ! Et rejoins-moi dès que Blish aura ouvert !

Elle poussa sa prisonnière jusqu'à la suite de Blish et chuchota :

– Allez-y. Et n'oubliez pas ce que je vous ai dit.

Mrs Connely frappa trois coups secs à la porte. Une voix demanda aussitôt :

– Yes ? What's the matter ?

D'une voix chavirée, Mrs Connely lança :

– James ? It's me ! Open the door, please.

La porte s'ouvrit aussitôt sur le PDG en pyjama.

– Don't move ! jeta Elyne.

Blish hésita une seconde, seconde que Frédéric mit à profit pour bondir sur lui. Il l'immobilisa sur le sol, visage contre la moquette. Du pied, il referma la porte de la suite dans laquelle Elyne et sa prisonnière étaient entrées. Puis il bâillonna Blish avec le ruban adhésif.

Mrs Connely semblait pétrifiée. Tout se déroulait dans un silence quasi total et avec une rapidité stupéfiante. À présent, Frédéric enroulait de scotch les mains et les pieds de l'homme d'affaires. Il s'approcha de Mrs Connely et Elyne recommanda :

– Juste sur la bouche !

Elle désigna la valise sur le canapé du salon.

– Rassemblez toutes les affaires de votre patron. Ensuite, on passera dans votre chambre. Vite !

Elle fit signe à son complice de garder l'œil sur Blish qui respirait bruyamment, le pied de Frédéric appuyé sur son dos. Elle se risqua avec sa captive dans le vestibule désert. Elles rentrèrent dans la chambre 71.

– Allez chercher vos affaires de toilette ! ordonna-t-elle. Rien d'autre.

Mrs Connely était dans la salle de bains quand Frédéric jaillit :

– Elyne ! Vite, viens voir !

– Un instant. On arrive.

Du pied, elle ferma la valise de Mrs Connely. Puis ils rejoignirent le hall, où Elyne enleva sa blouse pour la ranger dans le placard.

Quand ils pénétrèrent à nouveau dans la suite, Elyne vit que le PDG, à terre, était agité de convulsions. Elle s'agenouilla près de lui. D'un regard, elle comprit le problème et le résolut d'un geste en grondant :

– Imbécile ! Ton scotch lui bouchait le nez !

Écarlate, Blish lui jeta un regard presque reconnaissant.

– Vérifie que rien n'a été laissé dans la suite, ordonna-t-elle à son complice.

Pendant qu'il s'exécutait, elle aperçut, posé sur la table de nuit, le téléphone cellulaire du PDG. Elle le fourra dans sa poche, sortit le sien et composa un numéro.

On décrocha aussitôt. Elle prit une profonde inspiration et lança sur un ton satisfait :

– C'est fait. On vous attend. Oui, c'est au septième.

8

La Défense (NCF)
Vendredi 10 août, 23h55

Kosto demanda à Logicielle :

– Do you remember your travel in the Third World ?

Il s'exprimait en anglais pour être compris de ses interlocuteurs.

– Yes, of course ! répondit-elle.

Bien sûr, elle se souvenait de son voyage dans le Troisième Monde !

– À l'époque, reprit le PDG en s'adressant cette fois à ses hôtes, il s'agissait d'un séjour virtuel dans le passé. Nous disposions d'un simple OMNIA 3 amélioré.

Il désigna l'ordinateur à écran plasma posé sur la table.

– Cet engin était très puissant. Il permettait d'évoluer dans un décor fidèle à celui du XVIIe siècle, et de croiser des milliers de personnages reconstitués. Mais il était sans commune mesure avec notre récent Simulator !

Kosto saisit, sur la même table, un objet de la taille d'une boule de pétanque. Il en possédait la couleur gris acier. Pour l'avoir eu en main plusieurs fois, Logicielle savait qu'il en avait aussi le poids. L'appareil clignotait, signe qu'il était en fonction.

Éperdu de fierté, le PDG poursuivit :

– Le Simulator, dont il n'existe qu'un prototype, est un ordinateur moléculaire – on dit aussi « ordinateur quantique ». Il peut reconstituer et gérer en trois dimensions n'importe quel environnement. Connecté à Internet, ses capacités défient l'imagination !

Debout face à l'assemblée, Logicielle approuva. L'un des invités leva la main, un homme au triple menton dont le surpoids était aussi imposant que la taille.

– Monsieur Weiss ? demanda Kosto.

– Nous n'avons pas vraiment compris le fonctionnement de votre appareil. Et il nous semble légitime...

Il se leva lourdement, prit ses voisins à témoin et acheva d'une voix grasseyante :

– ... de savoir à quelle sauce nous serons mangés !

– Expliquez-leur ! ordonna Kosto à Logicielle. Je maîtrise mal les justifications techniques.

– Le concepteur de cet appareil, Tony, serait plus compétent pour...

– Je sais. Mais Tony a donné sa démission dimanche dernier.

L'information la prit de court. Seul le jeune rouquin bourré de tics et de talent dominait totalement l'utilisation de ce prototype. Logicielle comprit alors pourquoi Kosto l'avait envoyée chercher. Elle était celle qui connaissait le mieux l'appareil après Tony !

Elle saisit le Simulator et risqua :

– Cet ordinateur quantique est constitué d'un milliard de milliards de molécules. On leur envoie des impulsions radio qui agissent sur la rotation de leur noyau atomique, vous suivez ?

Elle connaissait les explications à fournir mais leur traduction en anglais lui posait problème.

– Ces molécules interagissent et émettent des signaux qui sont détectés par une machine à résonance magnétique nucléaire.

– Comme celles qu'on utilise en imagerie médicale ? demanda Weiss.

– Exactement !

Le gros homme avait à peu près suivi. Mais il semblait bien le seul ! Dubitative, Logicielle se tourna vers Kostovitch.

– Pardonnez-moi, mais cet appareil ne peut pas reconstituer le futur ! Surtout à une échéance si lointaine ! Vous avez dit la fin du siècle ?

– Août 2100. Oh, je sais qu'aucun futur exact n'est prédictible ! Mais cette simulation est très vraisemblable. Elle a été structurée grâce aux données confidentielles que nous possédons, sans parler des renseignements soigneusement triés que nous fournit Internet.

Logicielle observa les invités. Qui pouvaient-ils être ? Elle prit le PDG à témoin pour affirmer :

– Des événements imprévisibles font souvent basculer l'histoire !

– Vraiment ?

– Oui. La Bastille en 1789... L'arrivée d'Hitler au pouvoir...

D'un geste, Kosto balaya l'argument.

– Faux ! Les événements planétaires et les conflits obéissent à des règles dont les causes ont une explication rationnelle ! Il suffit de disposer d'informations correctes. Ce qui est désormais possible avec le Simulator. Aujourd'hui, l'augmentation de la température présage de nombreux bouleversements. Notre programme *Cinq degrés de plus* en a rigoureusement tenu compte.

– Mais le changement climatique sera peut-être enrayé ! objecta Logicielle.

– Monsieur Colbert, voulez-vous répondre ? demanda Kosto.

Logicielle avait déjà vu à la télé ce climatologue réputé. Avec sa courte barbe blanche, il tenait à la fois d'Hubert Reeves et d'Albert Jacquard. D'une voix ferme et calme, il affirma :

– Avant la fin du siècle, l'humanité devra affronter deux phénomènes irréversibles, la hausse de la température et la quasi-disparition des énergies fossiles : pétrole, gaz, charbon, uranium…

– Je croyais qu'il s'agissait seulement de probabilités ?

– Aujourd'hui, le doute n'est plus permis, mademoiselle. La température augmente et le climat se modifie.

– La météo n'est pas une science exacte !

– Ici, il s'agit de climatologie. Depuis des millions d'années, elle obéit à des lois que nous connaissons. En 2100, nous serons dix ou onze milliards sur Terre. Avec les évolutions technologiques et industrielles, la demande en énergie aura au moins triplé.

– Vous êtes sûr qu'il fera cinq degrés de plus en 2100 ?

– C'est cet ordinateur qui l'affirme, mademoiselle. Moi, je me suis contenté de lui fournir des données.

– J'imagine que cette hausse constitue le scénario le plus pessimiste ?

– Le plus vraisemblable, corrigea Colbert. À l'équateur, la température aura peu monté. Mais aux pôles, elle accusera dix ou douze degrés de plus. Les conséquences seront catastrophiques.

Un silence succéda à ce diagnostic.

Logicielle aperçut la lune par l'une des fenêtres de l'étage. Son mince croissant bleuté lui sembla soudain très fragile.

Elle lança à Kosto :

– Vous avez donc rassemblé les plus éminents climatologues de la planète pour cette mission ?

– Absolument pas ! Seul Daniel Colbert est un scientifique.

– Mais alors ?

– Disons que les possibilités de notre Simulator ont soulevé le vif intérêt d'importantes sociétés.

– C'est-à-dire ?

– Eh bien, madame et messieurs, déclara le responsable de NCF, le moment est venu de vous présenter !

SAMEDI

9

Hôtel *San Remo*
Samedi 11 août, 0h10

Luc, le réceptionniste du *San Remo*, regardait un film d'action sur le téléviseur niché sous le guichet. La nuit serait sûrement très calme. Une sirène lui fit relever la tête. Il vit une ambulance du Samu s'arrêter devant l'hôtel.

Deux hommes en blouse blanche surgirent dans le hall. L'un brandissait un brancard, l'autre une perfusion.

Luc bondit.

– Que se passe-t-il ?

– Je suis le docteur Vernier, annonça l'homme qui portait le brancard tandis que son acolyte courait appeler l'ascenseur. La femme de Mr Connely vient de nous appeler. Son mari fait un infarctus. C'est bien la 72, au septième ?

– Un infarctus ? Incroyable ! Attendez...

Mais les deux hommes s'étaient déjà engouffrés dans l'ascenseur.

Luc savait qu'en cas d'urgence, il devait se mettre à la disposition du personnel médical. Mais il ne pouvait pas abandonner son poste. Il entra dans la petite salle de repos contiguë à la réception.

– Julien ! Réveille-toi ! Tu peux me remplacer ?

Quand Luc revint à son comptoir, la porte de l'ascenseur se refermait sur les médecins. Le premier eut le temps de lui crier :

– Ne vous inquiétez pas, on se débrouille !

Cinq minutes plus tard, l'ascenseur redescendit. Deux brancardiers apparurent, chargés d'un corps recouvert d'un drap. Luc pensa qu'ils étaient entrés dans l'hôtel au moment où il avait réveillé Julien et qu'ils avaient dû monter à pied.

Les deux médecins surgirent à leur tour de l'ascenseur.

– Il devrait s'en tirer, estima le docteur Vernier.

Sans lâcher la mallette qu'il tenait, il s'accouda au comptoir et tendit à Luc les cartes magnétiques des deux chambres. Le second docteur soutenait Mrs Connely, qui marchait avec difficulté.

– La femme de monsieur Connely est victime d'un petit malaise, expliqua Vernier.

– Elle veut accompagner son mari, affirma son collègue.

– Elle nous a assuré que la facture était réglée, ajouta Vernier.

– Oui, je crois, attendez... Où les emmenez-vous ?

– À la Pitié-Salpêtrière. Mrs Connely reviendra chercher quelques affaires demain.

– Une seconde, demanda Luc en saisissant un registre.

Il nota les noms du médecin et de l'hôpital et vérifia sur l'ordinateur que les chambres avaient été payées.

– Aucun problème. La 72 est même réservée pour trois jours.

Quand la camionnette du SAMU démarra, Julien nota :

– Eh bien, ce couple n'aura guère profité de son séjour.

10

La Défense (NCF)
Samedi 11 août, 0h15

Max glissa à l'oreille de Logicielle :

– Tu me résumeras ce qui a été dit ?

– Je croyais que tu comprenais l'anglais ?

– Oui. Mais seulement dans les films où joue Bruce Willis – et encore, avec les sous-titres.

Une jeune femme aux traits fins et au teint olivâtre se leva. Vêtue d'un sari, elle avait la trentaine et une beauté exotique.

– Je m'appelle Indiana. Je représente des sociétés textiles, chimiques et agroalimentaires de l'Inde, de l'Océanie et de plusieurs pays du Sud-Est asiatique.

– Vous représentez ? répéta Logicielle. Que voulez-vous dire ?

– Que j'ai été déléguée par des industriels de ce que vous appelez des pays émergents.

Logicielle devina que le nom d'Indiana était trop bien choisi pour ne pas être un pseudonyme. Kosto acheva de lever ses derniers doutes en se tournant vers le voisin de la jeune femme, un homme à peine plus âgé à la mâchoire carrée, au look agressif et sportif.

– Monsieur Dimitri, pouvez-vous vous présenter ? Dimitri, est-ce votre nom ou votre prénom ?

– C'est sans importance, fit l'interpellé dans un anglais impeccable. Je suis le responsable de plusieurs sociétés gazières et pétrolières russes.

Il adressa un sourire à l'auditoire et se rassit. On sentait qu'il connaissait son pouvoir de séduction et aimait être au centre de l'attention. Ce Russe avait un indéniable charme slave. Il devait être l'un de ces nouveaux riches dont les parents, à la fin du siècle dernier, avaient fait rapidement fortune après l'effondrement de l'URSS.

Le dernier invité se leva. Ce visage au nez cassé chaussé de lunettes d'écaille, Logicielle l'avait vu le mois dernier sur la couverture d'un magazine financier, dans la salle d'attente de son dentiste.

– Vous êtes Zacharie Heroo, n'est-ce pas ? L'Irlandais qu'on surnomme l'homme aux dix zéros ? La troisième fortune de la planète ?

Les médias avaient affublé l'industriel du sobriquet de Zeroo. Pourtant, il n'avait rien de Zorro, ni d'un héros ! Ce surnom collait cependant à merveille à son nez déformé comme un Z et aux gros hublots de ses lunettes.

– Vous venez d'acquérir la General Motors Corporation qui regroupe 30 % des firmes automobiles du monde, se souvint Logicielle. Vous possédez de nombreuses sociétés minières en Afrique et en Alaska. Et vous contrôlez...

D'un geste, l'homme interrompit cette débauche d'informations. Il tapota le sonotone vieillot qui garnissait son oreille droite.

– Je ne contrôle rien, mademoiselle. Je suis à la tête de vingt sociétés. Ceux qui les contrôlent, ce sont leurs actionnaires. Ma fortune est théorique. Et mes pouvoirs limités.

Le ton était très sec. Logicielle se sentit douchée. Elle apostropha l'homme obèse du premier rang :

– Et vous, monsieur Weiss, qui êtes-vous ?

– Otto Weiss. Je représente les banques centrales. Je suis genevois.

– Vous voulez dire que vous représentez les banques suisses ?

– Pas seulement, mademoiselle. Si l'argent n'a pas d'odeur, il n'a désormais plus de frontières.

Il se tut et essuya la sueur qui perlait à son front, comme si fournir ces informations sibyllines lui avait demandé des efforts démesurés.

Logicielle réfléchit : l'agriculture, l'industrie, les énergies, l'argent... Elle devina que les membres de ce petit groupe, représentatif de la plupart des intérêts de la planète, étaient à la fois alliés et concurrents. Alliés parce qu'ils étaient les maillons du système baptisé économie libérale ; et concurrents parce qu'ils se livraient une guerre sans merci pour grossir en s'entre-dévorant.

– Je comprends mal pourquoi vous souhaitez effectuer ce voyage virtuel, avoua-t-elle. L'Omnia 3 suffirait. Avec lui, vous pouvez visionner le futur de votre fauteuil, sans aucun risque !

– Entre un film documentaire sur les Seychelles ou huit jours sur place, mademoiselle, que choisiriez-vous ? demanda Indiana.

– Le séjour, évidemment !

– Nous souhaitons évoluer dans un environnement réaliste ! révéla Dimitri dans un sourire enjôleur. Voyez-vous mademoiselle...

– Appelez-moi lieutenant.

– Comme vous voudrez, mademoiselle.

Elle le foudroya du regard, ce qui ne l'empêcha pas de poursuivre :

– … chacun de nous veut des réponses aux questions posées par ceux qui l'ont mandaté. Oui, nous avons besoin d'être plongés dans la réalité de l'avenir !

– Ce ne sera pas la réalité, mais un décor. Vous côtoierez des avatars. Des personnages artificiels créés par un programme !

– Nous le savons, admit Dimitri.

– Vous accompagnerez mes six invités, décréta Kosto. Vous veillerez sur leur sécurité. Vous connaissez les dangers de ces mondes gérés par ordinateur.

Un moment, Logicielle avait cru que ce voyage virtuel était destiné à comprendre les causes du changement climatique. À prendre les mesures propres à le prévenir. Il n'en était rien. Apparemment, les membres de ce groupe ne voulaient pas modifier le futur, mais l'étudier, y glaner de précieuses informations afin de mieux orienter leur politique économique ou leurs investissements.

– Vous avez évoqué six invités, monsieur Kostovitch ?

– Le groupe est incomplet. Nous attendons James Blish.

11

La Défense (NCF)
Samedi 11 août, 0h25

Logicielle connaissait James Blish de réputation. Depuis deux ans, le PDG du trust pétrolier Oxoil défrayait la chronique. D'abord parce qu'il était la plus grosse fortune de la planète. Ensuite parce que tous les paparazzi étaient en quête de son visage. Enfin, à cause de l'accident d'avion dont il s'était tiré indemne, à l'exception, selon la rumeur, d'une vilaine cicatrice. Quant aux déboires de Blish avec son fils Darius, la presse people s'en faisait souvent l'écho.

– Nous allons enfin le voir et lui parler, dit Zeroo dont les yeux pétillèrent derrière ses lunettes. Au téléphone, j'ai toujours eu affaire à sa directrice de cabinet.

– Si j'ai accepté de venir, c'est surtout pour le rencontrer, renchérit Dimitri.

– Il m'a averti qu'il était trop fatigué ce soir pour nous rejoindre, révéla Kosto. Il sera là demain matin, pour la connexion à Simulator. À présent, vous pouvez regagner vos appartements. Je vous souhaite une bonne nuit !

Les invités du PDG se levèrent et se dirigèrent vers les ascenseurs, accompagnés par Vincent et plusieurs vigiles. Kosto fit signe à Max d'approcher et il prit par le bras Logicielle, qui demanda aussitôt :

– Tony a donc démissionné ? Mais pourquoi ?

– Un différend nous a opposés. Lorsqu'il m'a fait part de son projet, Tony avait des intentions plus... écologiques qu'économiques.

– Attendez. C'est donc lui qui est à l'origine de *Cinq degrés de plus* ?

– Oui. Mes amis industriels ont été aussitôt intéressés. Tony a fait partie de la première réunion d'information en visioconférence, il a vite compris que la priorité de mes hôtes n'était pas de maîtriser la pollution ou de réduire les gaz à effet de serre, mais de mettre ce voyage virtuel à profit pour anticiper sur leur stratégie économique et financière. Il a réagi très violemment.

Logicielle sourit. Elle connaissait les sympathies de l'ancien hacker, plus proche des écologistes que des investisseurs. Elle risqua :

– Tony ne me semble guère dangereux. Que craignez-vous ?

– Qu'il utilise et divulgue les résultats de nos recherches, évidemment !

– Et alors ? Où serait le mal ?

Indigné, Kosto se redressa, rouge comme un coq.

– Mais voyons, Logicielle, NCF a l'exclusivité du Simulator ! Vous imaginez Tony allant fabriquer un ordinateur identique chez un concurrent ou mettre au point un programme semblable ? À moins, comme il me l'a laissé entendre en claquant la porte, qu'il cherche à se venger et à faire capoter l'opération *Cinq degrés de plus* !

Perplexe, Logicielle réfléchit. Le sort de la planète ne concernait-il pas l'ensemble de l'humanité ? Kosto avait-il le droit de garder ces informations pour lui – et de les vendre ! – parce qu'il était le seul à disposer de l'outil propre à les dénicher ?

Excédé, le PDG poursuivit sur sa lancée :

– Je connais les opinions des anciens amis de Tony ! Ce ne sont pas les mêmes que celles de mes clients !

– Vous pensez qu'il pourrait alerter Greenpeace ?

– Oui. Mais aussi Attac, le WWF, la FOE…

– La FOE ?

– Friends of the Earth, les Amis de la Terre. Sans parler des écologiens !

– Les écologiens ? Qui sont-ils ?

– Des dissidents de la FOE. Selon eux, la Terre est un bien collectif qu'il faut préserver pour les générations futures par tous les moyens.

Logicielle sourit. Ces associations ne lui semblaient ni dangereuses ni nuisibles. Seul le terme « par tous les moyens » était inquiétant. Quant aux écologiens, c'était la première fois qu'elle en entendait parler ; ils ne devaient pas disposer d'un gros budget.

– Sans oublier, ajouta Kostovitch, les groupuscules dissidents qui luttent contre le nucléaire, dénoncent le sort du Tiers-Monde, militent pour les énergies renouvelables, que sais-je ? Nombreux sont ceux qui, pour faire pression sur les participants, pourraient infiltrer et pirater mon opération !

Logicielle nota l'usage du possessif. Kosto s'était vite approprié les recherches de Tony ! Delumeau avait la même manie : critiquer les initiatives de ses subordonnés avant de les récupérer si elles portaient leurs fruits. Elle réfléchit et affirma :

– Allons, monsieur Kostovitch, pour que Tony pirate le programme, il faudrait qu'il possède un modem relié à NCF. Et un patch !

– Sur ce plan, aucun risque. Les patches et les modems ont été fabriqués ici. Ils sont tous en ma possession.

– Et Tony ? Où est-il ?

– Chez lui. Je l'ai mis sous surveillance. Je ne peux quand même pas l'assigner à domicile ! Ni l'empêcher de chercher du travail.

Il ne manquerait plus que ça ! pensa Logicielle. Mais elle se tut. Le problème, avec les entreprises comme NCF, c'est qu'en y entrant on se mariait avec elles. Divorcer était une trahison.

Le PDG désigna le gratte-ciel voisin en construction. Des piliers de béton soutenaient les étages, reliés par un monte-charge impressionnant.

– Blish a récemment acquis ce bâtiment. Cet hiver, Oxoil aura une antenne à La Défense. Nos staffs juridiques peaufinent les conditions d'une alliance. La fusion de nos deux sociétés sera un mélange inédit.

– Vraiment ? Qu'ont de commun le pétrole et l'informatique ?

– Top secret, gros projet, se contenta de résumer Kosto, le regard brillant. La fortune de Blish va nous ouvrir les portes de l'avenir.

– Dommage que Tony ait choisi ce moment pour démissionner !

– Oui, cet imbécile a eu tort de passer de l'autre côté.

Logicielle faillit se rebiffer mais elle serra les dents avant de demander :

– Quel sera notre rôle, à Max et moi ?

– La sécurité. Vous avez longuement expérimenté le Simulator. Vous en connaissez les capacités, les limites, les dangers. Je n'aimerais pas qu'un vilain bug perturbe mes clients. Ils ont payé très cher leur billet aller-retour.

Les invités, nota Logicielle, étaient devenus des clients.

– ... sauf le climatologue, rectifia le PDG de NCF. Quand je l'ai prié de chiffrer son travail, il m'a demandé de participer au voyage plutôt que d'être rétribué. J'ai hésité. Mais sa présence sera utile. Si mes hôtes s'interrogent sur les modifications climatiques, il pourra les éclairer.

– Vous avez hésité à accepter sa présence ? s'étonna Max. Pourquoi ?

– Parce que les conclusions du Simulator ont inquiété Colbert. Je n'aimerais pas qu'il… qu'il influence les voyageurs, vous me suivez ?

– Non, avoua Logicielle.

– Alors soyons clairs ! conclut Kosto d'une voix sèche. Mes clients doivent avoir la plus grande liberté de mouvement et de jugement. Le rôle du climatologue se borne à les informer, le vôtre à les protéger. C'est entendu ?

– Tout à fait.

Sur un signe de Kosto, Vincent accourut.

– Mon assistant va vous conduire à vos chambres, annonça le PDG sans un regard pour lui. Votre nuit sera courte.

Ce n'était pas la nuit qui inquiétait Logicielle, mais le moment où ils se connecteraient à *Cinq degrés de plus*. Ce serait une plongée dans l'inconnu…

12

Paris, boulevard périphérique
Samedi 11 août, 0h30

Porte Maillot, l'ambulance s'arrêta le long d'une allée bordée d'arbres.

– Que se passe-t-il ? demanda Elyne.

– On change de véhicule et on se sépare, expliqua le conducteur. Depuis l'installation du nouveau dispositif VidéoSécur, Paris est ceinturé par des caméras de surveillance.

– Il y en avait même à l'hôtel, soupira la jeune écologienne.

– Si la police enquête, elle perdra la trace de Blish ici. C'est un lieu aveugle.

Les faux membres du Samu sortirent, enlevèrent leur blouse et ôtèrent la lampe clignotante du toit ; puis ils arrachèrent des flancs du véhicule les panneaux autocollants sur lesquels figurait le sigle du Samu. En dix secondes, l'ambulance redevint la fourgonnette blanche d'une entreprise de plomberie.

Le conducteur se remit au volant. Elyne était certaine de l'avoir déjà vu mais elle ignorait son nom. Il se tourna vers elle.

– On a amené ton break ici, voici les clés. Vous allez conduire nos invités au lieu convenu. Avec la dose de somnifères qu'on lui a administrée, Blish ne se réveillera pas avant demain après-midi et sa collaboratrice est complètement groggy.

– OK, dit Elyne. Allons-y !

À présent, elle était presque détendue. L'avenue était déserte. Le transfert des deux otages de la fourgonnette au break fut rapide. Au moment de se séparer, le conducteur recommanda à Frédéric :

– Pas question de récupérer ta moto avant la fin de l'opération. Maintenant, file et mêle-toi aux voitures !

Lui-même, au volant de sa fourgonnette, se glissa entre deux véhicules similaires au sien.

Elyne et Frédéric montèrent dans le break. L'horloge indiquait 0 h 42.

– Démarre ! commanda-t-elle comme passait sur l'avenue un groupe de véhicules.

Deux minutes plus tard, ils roulaient sur le périphérique. Elyne nota la présence des caméras à l'approche des tunnels.

Elle se retourna. Mrs Connely somnolait, recroquevillée contre la portière. Affalé sur la banquette, son patron ronflait bruyamment.

La circulation était fluide. Frédéric veillait à ne pas dépasser 80 km/h. Quand ils sortirent Porte de Saint-Ouen, il s'était écoulé à peine plus de dix minutes.

– À droite ! ordonna Elyne. Et au deuxième feu, à gauche.

– Le boulevard des Maréchaux ? Ne me dis pas qu'on va…

– Si. Dans l'ancienne entreprise de mon père. J'ai aménagé le sous-sol. Attention, prends la file de droite, maintenant… Voilà, arrête-toi, c'est ici.

Le trottoir était désert. Elle décréta :

– J'emmène d'abord la dircab. Attends-moi.

Elle soutint Mrs Connely jusqu'à la porte de l'immeuble, pianota le code de sa main libre. Une fois franchi le vestibule, elle entra dans un local qui avait dû être un bureau. La baie vitrée qui donnait sur la rue était peinte au blanc d'Espagne et aveuglée par des rideaux vénitiens.

Elle ouvrit la porte de la cave, hissa Mrs Connely sur ses épaules et descendit l'escalier.

Nouvelle porte – cette fois blindée –, nouvelle serrure et nouvelle clé.

Elle pénétra dans les caves voûtées aménagées en studio : deux lits, une table, une douche, un lavabo et un W-C. On était loin du standing de la suite du PDG.

– Ce sera bien suffisant pour trois jours ! dit-elle à sa prisonnière en l'allongeant sur le lit. Et nous veillerons sur vous !

Avant de partir, elle eut un doute. Elle s'approcha de Mrs Connely et fouilla les poches de sa robe de chambre. Elles contenaient un mouchoir, un étui à lunettes vide et...

– Bon sang ! Son téléphone portable !

La panique la submergea. Ça, c'était le comble de la négligence ! Que faire de ce téléphone ? Et de celui du PDG, qu'elle avait dans sa poche ? Pas question de les conserver, ils pourraient permettre de localiser les otages.

Elyne ferma la porte à double tour et rejoignit l'avenue.

Debout à côté du break, Frédéric piétinait d'impatience.

Transporter Blish à deux ne posa aucun problème. Une fois les prisonniers enfermés, ils remontèrent au rez-de-chaussée.

Elyne respira ; il était 1 heure moins le quart et ils avaient accompli leur mission sans bavure.

Elle ouvrit un placard et y prit un marteau. Frédéric écarquilla les yeux.

– Tu vas bricoler ?

– En quelque sorte.

Elle posa les téléphones sur la moquette, les fracassa et ramassa les pièces.

– Qu'est-ce que tu vas en faire ?

– Les jeter dans une bouche d'égout. Sauf les piles, bien sûr.

– Ah bon ? Pourquoi ?

– Il y a des conteneurs spéciaux pour ces cochonneries. Bon, je vais mettre le break au garage.

– Tu veux que j'aille faire un saut en bas ?

– Surtout pas ! Ne descends jamais seul, compris ?

– Mais il n'y a aucun risque, ils dorment !

– Justement. Ils n'ont besoin de rien. Même si tu entends du bruit, même s'ils appellent, n'ouvre pas, Fred. Attends-moi.

– C'est bon, grogna-t-il.

Il lui désigna le frigo qui ronronnait entre deux ordinateurs hors d'âge.

– Dis, Léco... pardon, Elyne. Il y a des trucs, là-dedans ?

– Évidemment ! Trois jours de provision pour nos hôtes.

– Est-ce que je peux...

Réprimant son agacement, elle hocha la tête :

– Oui, tu peux. Vas-y. Sers-toi.

Il lui décocha un sourire reconnaissant.

– Tu sais quoi, Elyne ? J'ai vraiment la dalle.

13

La Défense (NCF)
Samedi 11 août, 1heure

Vincent conduisit Logicielle et Max à l'étage inférieur où des bureaux avaient été aménagés en chambres.

– Je suis navré, dit l'assistant. C'est très spartiate.

– Aucune importance, répondit Logicielle. Nous sommes épuisés. Nous n'aurons pas besoin de berceuses.

– Monsieur Kostovitch m'a recommandé de venir vous réveiller à 7 heures. À demain. Et bonne nuit.

Quand Max fit mine d'entrer dans sa chambre, Logicielle l'arrêta.

– Tu ne me dis même pas bonsoir ?

– Si. Bonsoir, répliqua-t-il d'un air maussade. Tu n'as pas besoin de berceuse, hein ?

– Viens donc dormir avec moi, gros bêta.

– C'est un lit une place, nota-t-il.

– On se serrera.

Il ne répliqua pas. Il était indifférent, éteint. Absent.

En un éclair, Logicielle revécut leur après-midi interrompue. Quelques heures plus tôt, ils étaient détendus, heureux, innocents. Le monde leur ouvrait les bras. Pourquoi ce brusque désenchantement ?

Elle chassa de sa mémoire l'image de leur bungalow, refuge fragile et provisoire.

– Max, qu'est-ce qui t'arrive ? Tu n'as pas desserré les dents de la soirée !

– Je n'ai rien à faire ici. C'est toi dont Kosto a besoin. C'est toi que le ministère a réquisitionnée.

– S'il te plaît, Max. Ne fais pas ta mauvaise tête. J'ai besoin de toi.

Il baissa les yeux. Dans les Landes, il était amoureux fou, si proche. Et ce soir, il était si distant.

Décidément, pensa Logicielle avec amertume, quelle que soit la situation ou le moment de la journée, il y en avait toujours un qui aimait plus que l'autre. Pourquoi ce jeu de balancier ?

– Tu es sûr que tu veux qu'on se marie, Max ?

La question parut le réveiller.

– Mais oui, bien sûr !

Il la prit dans ses bras et plongea son regard dans le sien.

– Et toi, Logicielle, est-ce que tu m'aimes vraiment ?

La question la troubla.

– Oui, déclara-t-elle d'une voix ferme. Je t'aime, Max. Je veux vivre avec toi.

– Alors partons ! Filons d'ici. Quittons Paris. Abandonnons la police !

Était-il devenu fou ? Non, il avait l'air très sérieux.

Démissionner ? Pas question. Elle avait décroché un poste passionnant et elle aimait son métier. Partir ? Elle n'était pas prête. En se mariant avec Max, elle faisait déjà le sacrifice de son studio, d'une existence indépendante. Que voulait-il de plus ?

– Écoute, Max, on en reparle dans trois jours, d'accord ? Je ne peux pas échapper à cette mission. D'ailleurs elle m'intéresse.

– Effectivement, c'est passionnant. Dommage que le problème du réchauffement climatique ait été négligé si longtemps ! Kosto n'aurait pas dû baptiser son programme *Cinq degrés de plus*, mais « Cinq degrés de trop ».

– Et ça ne te tente pas d'aller vérifier sur place ?

– Je n'irai pas vérifier quoi que ce soit.

– Quoi ?

– Tu m'as bien entendu, Logicielle. Je ne pars pas.

14

Samedi 11 août
7h10, Paris (Trocadéro)
1h10, New York (Manhattan)

Ronald finit par se réveiller. Où se trouvait-il ? Depuis combien de temps le téléphone sonnait-il sur la table de nuit ?

Il se souvint. Il n'était plus aux États-Unis mais en vacances à Paris ! Des copains lui avaient prêté leur appartement. La veille, il était allé en boîte et avait trop bu.

Il décrocha.

– Allô Ronald ? C'est Darius. Je te réveille ?

– Hé, tu sais l'heure qu'il est ?

– Un peu plus d'1 heure du matin.

– À New York, oui ! Mais à Paris, il est 7 heures.

– C'est l'heure de se lever, non ?

– Tu te lèves souvent à 7 heures du matin, toi ?

– Non. C'est plutôt l'heure à laquelle je me couche.

Ronald fit taire la colère qui avait failli déborder. Pas question de se fâcher avec Darius. Il se contenta de demander :

– J'espère que tu m'appelles d'une cabine ?

– Évidemment. Je sais que mon téléphone est sur écoute. Tu vas bien ?

– J'allais bien jusqu'à ce que tu me réveilles. Qu'est-ce que tu veux ?

– Te prévenir que mon père est parti. Il a dû atterrir hier soir à Paris.

– Qu'est-ce que tu veux que ça me fasse ?

Il y eut, de part et d'autre, un long silence embarrassé. Darius et Ronald se connaissaient depuis le lycée. Ils avaient fréquenté les mêmes établissements privés et possédaient les mêmes goûts de luxe. Mais Darius était surveillé ; tout ce qu'il ne pouvait pas obtenir, des filles ou de la drogue, son copain se chargeait de le lui procurer. Ce qui n'empêchait pas Ronald d'être secrètement jaloux. Car si Darius était tenu de près par son père, il finirait par en hériter. Tandis que lui, Ronald, n'aurait rien. Son père, qui avait eu des déboires avec la maffia, était quasiment ruiné. Et le fils de l'homme le plus riche du monde était la coqueluche des médias, même si c'était pour des raisons douteuses.

– Ce numéro que tu m'as donné, demanda Darius, c'est celui des copains qui t'hébergent ?

– Oui. Leur appartement est sympa, je vois la tour Eiffel de mon lit.

– Ils sont là ?

– Non. Ils sont en vacances.

– Je peux te parler ?

– Évidemment, puisque tu appelles d'une cabine ! Qu'est-ce que tu veux ?

– Te remettre le marché en main. C'est le moment ou jamais.

Ronald hésita. Il n'avait jamais su dire non à Blish Junior, qui lui en imposait. Il bougonna :

– Écoute, si tu veux supprimer ton père, embauche un professionnel !

– Tu veux rire ? Un tueur à gages me demandera une somme énorme ! Et tu sais ce que mon père m'accorde ! Et puis un tueur me ferait chanter.

– Qui te dit que je ne te ferais pas chanter, moi ?

Au moment où il la formulait, Ronald regretta sa question. C'était une provocation inutile. À moins qu'il ne l'ait posée pour mesurer leur degré de complicité ?

– Si tu me faisais chanter, mec, je révélerais la vérité. Et nous serions condamnés tous les deux ! Mais toi, Ronald, personne ne pourra jamais te soupçonner.

– Sauf si on découvre que je me trouvais à Paris au moment où ton père y était aussi.

– Il y a plein d'Américains en août, à Paris. Bien sûr, tu devras être prudent et agir seul.

– Ouais. Facile de donner des instructions quand on est de l'autre côté de l'Atlantique !

– Ronald, je sais que c'est difficile et risqué. Mais ça en vaut la peine. Pour toi comme pour moi.

Comme son copain ne répondait pas, Darius reprit :

– Après le règlement de la succession, je te verserai cent millions de dollars. En dix fois, parce que le fisc et la police m'auront à l'œil un certain temps.

– Écoute, Darius...

– Je m'y engage, je te l'ai déjà dit ! Tu n'as pas confiance ?

Si. Le pire, c'est que Ronald avait confiance. Darius tiendrait ses promesses. Il savait que le fils unique de Blish avait mille raisons d'en vouloir à son père : orphelin de mère à l'âge de dix ans, il avait été élevé par des domestiques. Accaparé par le monde des affaires, Blish s'était peu occupé de lui. Quand Darius avait voulu être embauché chez Oxoil, son père, paraît-il, avait éclaté de rire. Un rire méprisant.

« Pour être embauché chez moi, lui aurait-il dit, il faudrait que tu possèdes des connaissances, de l'énergie et des diplômes. Et tu n'as rien de tout ça. D'ailleurs, tu ignores le sens du mot travail et le salaire de mes employés. Le mieux payé touche dix fois moins que ce que je te donne comme argent de poche. »

– Tu oublies que je n'ai jamais tué personne ! grogna Ronald.

– Si. Un nègre, rappelle-toi. L'an dernier.

– Tuer un nègre, ça ne compte pas. Ce n'est pas un crime, c'est une bonne action ! Un acte de salubrité publique !

Ils rirent ensemble et Darius reprit :

– Tu as une arme ?

– Non. À cause de la douane.

– Tu peux t'en procurer une ?

– Ce n'est pas un problème.

Ronald jeta un coup d'œil vers la commode, dans laquelle il avait repéré deux Glock 9 mm. Les amis qui lui avaient prêté l'appartement n'étaient pas non plus des petits saints.

– Alors où est le problème ? demanda Darius.

– Il y en a plein. Ses gardes du corps...

– Ils ne l'accompagnent pas, cette fois. C'est pour ça qu'il a été si discret sur son emploi du temps. Il est parti avec sa directrice de cabinet. Elle a soixante ans. Ce n'est pas elle qui te fera des ennuis !

– Ton père, où se trouve-t-il, à Paris ?

– Je ne sais pas exactement.

– Formidable ! Alors écoute, je vais aller me promener et avec un peu de chance, je finirai par le croiser.

– Arrête, Ronald. Demain, j'irai chez Oxoil. Je découvrirai où il crèche et je te préviendrai.

– Surtout, n'essaie jamais de me joindre sur mon portable.

– J'appellerai chez tes copains. Si tu n'es pas là, je laisserai un message. Salut !

Après avoir raccroché, Ronald attrapa le paquet de cigarettes sur la table de nuit. Il avait perdu son briquet en or en arrivant à Roissy. Il en dénicha un, en plastique, sur une commode.

En tirant la première bouffée de la journée, il chassa un vague sentiment de culpabilité. Il s'arrêterait de fumer à trente ans. Juré ! Il se rappela que son père lui aussi s'était promis d'arrêter. Il n'y était jamais parvenu. Aujourd'hui, il était en train de mourir d'un cancer du poumon et continuait à fumer.

Le soleil inonda soudain la terrasse qui dominait Paris.

Ronald aperçut son baladeur-enregistreur MultiMédia3. Il y relia l'écouteur du combiné téléphonique. Une précaution qu'il prenait souvent quand Darius l'appelait. Un jour, les confidences de Blish Junior vaudraient de l'or.

Son regard revint au tiroir de la commode. Si les pistolets n'étaient pas chargés, il n'irait pas acheter de cartouches. Trop risqué.

Il se dirigea vers le meuble et sentit son cœur battre plus vite.

Les barillets des Glock étaient vides.

Mais Ronald découvrit, sous une pile de paires de chaussettes, une boîte de cartouches à peine entamée.

15

La Défense (NCF)
Samedi 11 août, 7h40

– Comment ça, Max ? s'étonna Kosto. Vous refusez de partir ?

– C'est Logicielle qui a un ordre de mission. Pas moi. Officiellement, je suis en vacances.

– Soit. Mais vous resterez ici. Personne ne doit quitter NCF avant mardi midi.

Colbert, Weiss, Zeroo, Dimitri et Indiana achevaient de prendre leur petit déjeuner près du podium, non loin des huit sièges inclinés disposés autour du Simulator. Un informaticien réglait les modems qui assureraient la liaison entre l'ordinateur et les patches. Deux autres débattaient à voix basse en visionnant des séquences sur les moniteurs placés au pied de chaque fauteuil. Ils semblaient perplexes. Max les désigna et chuchota à Logicielle :

– On dirait que quelque chose cloche. Tu ne veux pas aller voir ?

– Non. Si Tony était là, c'est lui qui réglerait ça. Max ? Pour la dernière fois, je te le demande, viens. Ne m'abandonne pas !

Il baissa la tête comme un élève buté. Elle eut un éclair de génie :

– Je suis d'accord pour qu'on se marie à la fin du mois. Dès notre retour dans les Landes.

Il leva vers elle un regard incrédule. Elle acheva :

– À condition que tu participes à l'opération avec moi.

Il parut réfléchir… ou fléchir. D'une voix nouée, il murmura :

– Non. Je ne peux pas.

Immobile, pétrifié, il la considéra fixement. Elle sentit la panique la submerger. Entre eux, quelque chose était en train de se déchirer, mais quoi ? Qu'avait-elle dit ? Que s'était-il passé ?

– Ça va aller, affirma-t-il avant de se moucher.

Kosto les bouscula. Il fulminait.

– Blish n'est toujours pas là. Et il a éteint son portable !

– Il vous a confié son numéro personnel ? s'étonna Zeroo en essuyant les gros verres de ses lunettes.

Soudain, les portes de l'ascenseur s'ouvrirent. Le petit Vincent en sortit ; un murmure de déception l'accueillit. Jusqu'à ce qu'il révèle à l'oreille de son patron :

– Monsieur Blish refuse de se prêter aux contrôles d'identité…

– Qu'avez-vous dit ? Qui ?

– James Blish.

– Il est ici ?

– Son taxi est arrivé il y a cinq minutes. Sa directrice de cabinet est repartie aussitôt. Monsieur Blish est furieux. Il a refusé la prise de sang et…

– Ces contrôles ne le concernent pas, voyons ! Nous ne possédons même pas son identité rétinienne ! Vite, faites-le monter… non. Je vous accompagne.

Logicielle aurait voulu s'expliquer avec Max avant de se connecter. Ne jamais se quitter sur un malentendu, avait coutume de dire sa mère. Une heure avant de partir sans savoir qu'elle allait mourir, elle avait embrassé sa fille.

Logicielle n'osait imaginer son état aujourd'hui, si elles s'étaient séparées après une dispute. Trois minutes plus tard, Kosto et son assistant reparurent accompagnés d'un homme d'une soixantaine d'années. Son crâne, dégarni, s'ornait d'une couronne de cheveux gris. Il ôta la veste de son élégant costume clair et adressa à l'assemblée un large sourire. Une expression qui fit ressortir, sur sa joue droite, le sillon de sa cicatrice.

Les présentations, en anglais, furent rapides. Kostovitch rayonnait. Quand Blish fit face à Zeroo, il le dévisagea de façon appuyée et jeta :

– Hello, Zach ! How are you ?

L'Irlandais n'en crut pas ses oreilles, surtout celle qui entendait mieux que l'autre ; il en rougit de plaisir.

Logicielle fut la dernière à serrer la main du PDG d'Oxoil. Elle apprécia la poigne ferme et franche. Son regard effleura la balafre.

– Désolé d'accélérer le mouvement, dit Kosto en désignant les fauteuils. Les techniciens vont s'occuper de vous. Vous pouvez dégager votre cou ? Le patch doit être fixé entre la quatrième et la cinquième vertèbres.

– À l'aide d'un tournevis ? plaisanta Dimitri.

– C'est moins douloureux qu'une piqûre.

– Vous m'expliquez ce qui nous attend ? demanda Blish.

– C'est vrai. Vous n'êtes pas au courant ! Vous allez émerger le 11 août 2100 à 8 heures du matin, heure de Paris, révéla Kostovitch. Dans la peau d'un avatar que nous avons créé il y a un mois et qui vit son existence propre, au gré du programme *Cinq degrés de plus*.

– Un avatar qui aura quelle apparence ? s'informa Weiss.

– La vôtre. Ou plutôt celle de votre arrière-petit-fils.

– Vraiment ? lança malicieusement Blish.

– Votre personnage est approximatif, avoua Kosto. J'espère qu'il vous conviendra.

– Bah, c'est un costume provisoire ! Et quelle sera notre fonction ?

– La même que celle que vous occupez : chef d'entreprise, PDG, banquier. Vous porterez le même nom.

– Les gens que nous rencontrerons là-bas, s'informa Blish, ce seront aussi des avatars ?

– Non, ce sont des figurants virtuels, des norns.

– Ces norns sont-ils fiables ? Vous les contrôlez ?

– Non, monsieur Blish ! révéla l'un des trois informaticiens – son badge précisait qu'il s'appelait David. C'est le Simulator que nous contrôlons. Pas la situation qu'il crée ! Mais vous pourrez revenir à la réalité à n'importe quel moment en détachant votre patch.

– Votre corps reste en sécurité ici ! compléta Kostovitch. Et nous vous suivrons jour et nuit en 2100 grâce aux moniteurs.

Logicielle prit place dans son fauteuil incliné. Les voyageurs virtuels pouvant effectuer des gestes violents malgré eux, on leur attacha les jambes et le bras droit.

– Le bras gauche doit rester libre pour que vous puissiez vous déconnecter, expliqua David.

– Si je reviens à la réalité, s'inquiéta Indiana, que fera mon avatar ?

– Il sera déstabilisé. Il s'évanouira avant que le programme d'origine ne prenne le relais.

– Ce soir, dit Kosto que ces questions agaçaient, nous ferons le point en dînant ensemble.

– Et si nous déjeunons au restaurant là-bas ? objecta Dimitri.

– Vous prenez vraiment ce séjour pour des vacances ? lui lança Weiss.

– Un repas virtuel ne remplit pas l'estomac, expliqua Logicielle. Quand vous rêvez que vous mangez, vous ne mangez pas.

– Nous avons un problème, révéla enfin David aux voyageurs.

– Depuis Apollo 13, soupira Blish, je redoute cette expression. Lequel ?

– Vous deviez tous évoluer en France. Hier, vos avatars étaient à Paris. Mais ils se sont déplacés dans la nuit et forment à présent deux groupes séparés.

– Incroyable ! De quel droit ? s'indigna Dimitri.

– Chaque avatar vit sa vie. Il prend des décisions dont nous ne sommes pas maîtres.

– Qu'importe ! répliqua Blish, le temps presse. On y va ?

Les autres voyageurs approuvèrent. Les flancs du Simulator clignotèrent. Il était 8 heures.

La tension monta d'un cran.

David saisit le patch destiné à Logicielle. Ses bords étaient armés de fines dents métalliques. Il dégoulinait de solution antiseptique.

Logicielle fixa son regard sur l'immeuble voisin, inhabité. Quand les griffes pénétrèrent sa peau pour atteindre les terminaisons nerveuses, elle réprima un frisson.

Max lui adressa un triste sourire. Puis, de la main, un baiser discret.

Elle en fut chavirée. Mais pourquoi l'avait-il abandonnée ?

La dernière chose qu'elle aperçut fut l'œil bleu du Simulator. Son éclat se fit puissant, insoutenable.

Et puis, d'un coup, ce fut la nuit.

16

Cinq degrés de plus
Samedi 11 août, 8h10 (heure de Paris)
2h10 (heure de Floride)

– Monsieur Blish, monsieur Zeroo, vous êtes là ? chuchota Logicielle. Mademoiselle Indiana ?

L'obscurité était totale. Autour d'elle régnait une atmosphère épaisse et moite. Une puissante odeur d'iode imprégnait l'air. Et elle entendait une rumeur lointaine semblable à celle du vent ou de la mer.

– Logicielle ? Je suis ici ! répondit en anglais une voix fluette qu'elle ne connaissait pas.

Une main saisit la sienne. Une petite main chaude et humide de sueur. Celle d'un enfant. Une petite fille qui pouvait avoir six ou sept ans.

– Qui es-tu ?

– Moi ? Mais Pussy, bien sûr ! Tu crois que l'électricité va bientôt être rétablie ? Tu crois que Tim et Jenny vont bientôt revenir ?

– Je n'en sais rien. C'est qui, Tim et Jenny ?

– Les jumeaux, mon frère et ma sœur.

Logicielle jura à voix basse. Dommage qu'elle n'ait pas pris le temps de demander à David dans quel pays ils émergeraient ! À en juger par l'accent de cette enfant, elle se trouvait aux États-Unis. À moins qu'à la fin du siècle on ne parle partout l'anglais.

– Dadou et Dimitri sont allés chercher un véhicule. Puisqu'ils ne revenaient pas, Tim et Jenny sont partis à leur tour. Quand vont-ils rentrer, dis ? Je n'arrive pas à me rendormir. J'ai peur.

Logicielle devina que Pussy était un norn, une entité électronique primaire, comme Lara Croft ou Super Mario. Il ne fallait surtout pas se laisser duper par l'apparence humaine et les sentiments des norns. Elle ne répondit pas à Pussy qui dut deviner sa perplexité et lui rappela :

– Dadou, Dimitri et toi, vous êtes arrivés hier soir pour nous ramener à New York, tu ne t'en souviens pas ? Votre suncar est tombé en panne de batterie.

– Notre suncar ?

Elle tenta d'accoler une image à ce mot inconnu. Une voiture solaire… À quoi cela pouvait-il ressembler ?

– Pussy, tu sais où nous sommes ?

– Évidemment ! En Floride, dans la maison d'été de Dadou, à Fort Pierce !

Voilà pourquoi il faisait nuit. En Floride, il était 2 heures du matin. La petite fille reprit :

– Hier, on a quitté l'appartement de Manhattan, les jumeaux et moi. Tim voulait venir ici pour se connecter au Sim7. Jenny n'était pas d'accord, on savait qu'il y avait un avis de tempête.

– Attends… Vos parents ne se sont pas opposés à votre départ ?

– Ils sont à Washington jusqu'à dimanche. Au congrès du MAD. Et ils ont emporté leur Sim7 évidemment ! Nos parents ne savent pas qu'on est partis, bien sûr…

L'électricité ne revient pas. Dis, tu peux essayer d'ouvrir la porte ? La commande vocale ne fonctionne plus.

– La porte ? Euh... je suis un peu perdue. Tu peux me guider ?

– C'est par là. Viens.

L'enfant l'entraîna à travers la pièce. Elles heurtèrent une table et des chaises.

– Et moi, Pussy, tu sais qui je suis ?

– Bien sûr ! Tu es Logicielle, un lieutenant de police. Quand Dadou t'a expliqué que nous étions bloqués en Floride, tu as accepté de l'accompagner.

– Et qui est Dimitri ?

– Un vieil ami de Dadou. Il était venu lui rendre visite à New York.

Dans l'obscurité, Logicielle distingua un minuscule œil bleu qui semblait la fixer. Une veilleuse ? Elle se dirigea vers cette lueur furtive, tendit la main et sentit sous ses doigts une demi-sphère froide.

– Ne touche pas au Sim7 ! recommanda Pussy.

– Qu'est-ce que c'est ?

– L'ordinateur moléculaire.

Comble de l'ironie ou de la prétention ? Simulator avait imaginé que la technologie dont il était issu avait été commercialisée à grande échelle dans le futur. Il s'appelait maintenant le Sim7... sans doute la septième génération, miniaturisée, à en juger par la taille de l'objet qu'elle palpait.

– En principe, seul Dadou a le droit de s'en servir.

– Tim et Jenny sont venus ici rien que pour utiliser cet ordinateur ?

– Oui. Mais ils n'en ont pas eu le temps, nous étions à peine arrivés dans la villa que la tempête s'est déclenchée ! Non, viens plutôt de ce côté...

Collé contre le sien, le corps du petit norn fut secoué d'un grand frisson. Logicielle le mit sur le compte de la peur.

À tâtons, elle découvrit la poignée de la porte. Elle dut la tirer de toutes ses forces pour qu'elle s'ouvre.

Un air épais et tiède s'engouffra dans la pièce. Avec, en prime, une nuée d'insectes vrombissants. Logicielle les chassa avec de grands gestes ; ils tourbillonnaient autour de sa tête, on eût dit qu'ils étaient devenus fous !

Des lampadaires diffusaient une clarté jaunâtre, révélant un spectacle qui la laissa sans voix. À trente pas, derrière une large avenue, un mur de béton haut de sept ou huit mètres semblait s'étendre à l'infini. Et face à ce mur, des dizaines, des centaines de villas entourées d'un jardin et pourvues d'une piscine couverte. Elles paraissaient construites sur le même modèle dans leur écrin de bougainvillées, de lauriers roses et de palmiers royaux. Des résidences de bord de mer...

Sauf que la mer était absente.

Le ciel, malgré la nuit, offrait un gris menaçant. De lourdes masses nuageuses se développaient lentement.

– Ouah ! s'écria Pussy. Quelle fraîcheur ! Ça fait du bien.

Logicielle se tourna vers la petite fille. Pas si petite qu'elle l'avait cru puisqu'elle lui arrivait à l'épaule.

– Quel âge as-tu ? lui demanda-t-elle.

– Presque six ans. Pourquoi ?

Son expression était pourtant celle d'une jeune enfant. Avec ses nattes brunes et son teint bronzé, elle avait le type latino. Logicielle se souvint que Pussy n'était qu'une création électronique en trois dimensions. La brillance de ces grands yeux innocents et le satiné de la main qui tenait la sienne étaient restitués... par le patch qui communiquait des milliards d'informations à son cerveau !

– Tu trouves qu'il fait frais, vraiment ?

La température était moins élevée qu'elle ne l'avait redouté. Environ trente degrés. Mais il ne faisait sûrement pas frais.

– Dis-moi Pussy, ce mur, qu'est-ce que c'est ?

– Ce n'est pas un mur. C'est la digue.

– La digue ?

– Eh bien oui, expliqua Pussy avec agacement. La digue qui s'étend de Miami à Charleston. Sans elle, on aurait les pieds dans l'eau. Et même les genoux !

Alors Logicielle sut que l'océan était là, derrière cette barrière de béton. Elle frémit. Comment l'océan avait-il pu monter si vite ?

À perte de vue, on ne voyait âme qui vive. Pas un animal. Pas un oiseau. Derrière les fenêtres des villas, pas une lumière, pas un son, pas un mouvement. Un court instant, elle crut que le Simulator avait reconstitué un décor en oubliant les figurants.

– Il n'y a personne… Pourquoi ?

– Parce que la tempête approche ! Tout le monde est parti. On va s'en aller, nous aussi ? Tu crois que Dadou et Dimitri reviendront avec une batterie ?

Pussy désigna, stationné devant la villa, un long véhicule aplati. Sa forme évoquait celle d'un hanneton. Oui, c'était une voiture solaire, sa carrosserie était couverte de capteurs luisants.

– Et si tu les appelais ? suggéra Pussy.

– Appeler qui ?

– Dadou et Dimitri !

– Et comment ?

– Ben avec ton percom !

La petite fille désigna l'objet que Logicielle portait au poignet gauche. Elle le prit d'abord pour une montre. Comment Pussy appelait ce truc ? Un percom. Comme *personal computer*. Mais elle ignorait le mode d'emploi de cet ordinateur de poche – non, de poignet.

– Ah, tu n'as pas enregistré Dadou vocalement. Laisse-moi faire !

Pussy effleura le percom. D'un coup jaillit un visage inconnu en trois dimensions. Un hologramme. Celui du dernier correspondant appelé. D'autres visages lui succédèrent tandis que Pussy faisait défiler le menu. Elle ralentit le rythme de la projection et figea dans l'air le portrait d'un homme d'une soixantaine d'années à l'imposant triple menton.

– Mais c'est monsieur Weiss ! s'exclama Logicielle.

– Oui. C'est Dadou. Je viens de te le dire. On l'appelle ?

Une seconde plus tard, le visage de Weiss s'anima et se tourna vers son interlocutrice. Magique !

Logicielle chassa un gros moustique qui s'acharnait sur sa joue, puis fit pivoter son poignet pour avoir son correspondant face à elle.

– Logicielle ! Enfin ! Comment avez-vous fait pour me joindre ?

– J'ai utilisé mon percom. Vous devez avoir le même au poignet.

Le regard de Weiss s'abaissa.

– Exact. Mais je ne sais pas m'en servir.

– Si. La preuve, c'est que vous m'avez répondu.

– Moi ? Pas du tout ! Ma montre m'a chatouillé le poignet. Au moment où je l'ai touchée, votre visage a surgi. Nous nous sommes matérialisés je ne sais où, au milieu d'un lotissement de maisons abandonnées. Et vous, où êtes-vous ?

– Dans votre villa. Avec votre petite-fille de six ans, Pussy.

– Ma villa ? Ma petite-fille ? Comment ça ?

Logicielle comprit que les avatars imaginés par le Simulator étaient leurs descendants probables. Celui de Weiss était le portrait de son arrière-petit-fils théorique. Né vers 2040.

– Eh oui, monsieur Weiss. J'ai deux bonnes et une mauvaise nouvelles à vous annoncer. Vous êtes le propriétaire d'une superbe maison à Fort Pierce, en Floride. Et le grand-père de trois petits-enfants : une petite-fille de six ans et des jumeaux, Tim et Jenny. Ils ont... dis-moi, Pussy, quel âge ont-ils ?

– Seize ans. Tous les deux. Forcément.

– En principe, monsieur Weiss, vous habitez New York. Mais si vous êtes venu à Fort Pierce avec Dimitri... Dimitri est bien là, n'est-ce pas ?

Weiss dut faire pivoter son poignet car le visage du Russe apparut en arrière-plan.

– Ce lieu est Fort Pierce, dites-vous ? reprit Weiss. Vous en êtes sûre ? Pourquoi sommes-nous ici ?

Le banquier orienta son percom qui révéla une large avenue déserte ; elle était éclairée par des lampadaires identiques à ceux qui bordaient la digue. Des dizaines de villas s'alignaient là aussi.

– Vous êtes venu récupérer vos trois petits-enfants.

– Bon sang, et pourquoi donc ?

– Parce qu'ils ont commis l'imprudence de se rendre dans votre propriété pendant l'absence de leurs parents. Tim voulait se connecter ici à votre ordinateur dernier cri, le Sim7.

Weiss ouvrait des yeux ahuris.

– Tim et Jenny ? Mes petits-enfants ! Où sont-ils ?

– Partis à votre recherche. Vous deviez revenir avec un véhicule ou une batterie, afin que nous filions au plus vite.

– Pourquoi devrions-nous fuir ?

Dimitri et lui ignoraient tout de la situation. Heureusement que Logicielle avait Pussy sous la main !

– Ça, monsieur Weiss, c'est la mauvaise nouvelle. Si nous ne filons pas d'ici avant l'aube, nous risquons d'être balayés par une méchante tempête. Et votre villa se trouve aux premières loges.

17

Paris, butte Montmartre
Samedi 11 août, 8h30

Quand la sonnerie du portable de Danielle Defaux retentit, les huit écologiens entassés dans le studio sursautèrent en chœur.

– Oui, c'est moi, répondit-elle de sa voix rauque et grave. Quand ?... Bien. Parfait, merci.

Soulagée, elle raccrocha et considéra avec tendresse ceux qui l'entouraient : cinq hommes et deux jeunes femmes. Aucun d'eux n'avait plus de trente ans. Elle aurait pu être leur mère, même si elle était loin de faire son âge grâce à sa taille fluette, son dynamisme et ses cheveux coupés court.

– Tout va bien, dit-elle enfin. Notre comédien est parti.

Un soupir général de satisfaction salua la nouvelle.

Noël versa à nouveau du café. Le meilleur cru de Max Havelaar, l'homme qui avait créé aux Pays-Bas le fameux concept du marché équitable.

Ils levèrent leurs tasses comme si elles avaient été des coupes de champagne.

– S'il joue bien son rôle, nous n'aurons pas besoin de passer à la deuxième phase ? demanda Noël.

Les regards convergèrent vers Danielle. Six ans auparavant, quand elle avait quitté la FOE pour s'engager dans ce mouvement activiste clandestin, elle n'imaginait pas qu'elle deviendrait la responsable française des écologiens. Mais ses connaissances, sa disponibilité, sa justesse de vue et son charisme lui avaient permis d'accéder à cette fonction. Cependant, si elle était aussi passionnée et convaincue qu'à vingt ans, elle ne se sentait pas l'âme d'un leader.

– En principe non, répondit-elle. Mais si le comédien échoue, nous devrons enlever six ou sept personnes. Voilà pourquoi vous êtes ici.

– Finalement, dit l'une des jeunes femmes du groupe, Elyne et Frédéric ont bien travaillé, n'est-ce pas Danielle ?

Elle sursauta et comprit qu'on l'apostrophait. Car Danielle ne s'appelait pas Danielle. Ni Defaux. C'est le surnom qu'elle s'était choisi, moins à cause du Robinson Crusoé de Daniel Defoe qu'en raison de son ancienne appartenance à la FOE. Ici, nul ne savait si les patronymes étaient réels ou imaginaires. C'était moins une règle qu'une précaution. Pour la même raison, quand une action était entreprise, chacun avait un rôle à remplir mais ignorait ce que l'autre avait à faire.

Danielle approuva vaguement et ajouta, dubitative :

– Mais je doute que nos voyageurs virtuels s'engagent dès demain à peser sur les décisions de leurs groupes !

– Alors il faudra les kidnapper ? demanda Noël.

– Oui. Et avertir la presse.

– Ce coup d'éclat ne nous rendrait pas sympathiques !

– Notre objectif, Noël, n'est pas de nous rendre sympathiques, mais d'ouvrir les yeux du monde sur la situation de la planète. Une situation que le libéralisme a rendue critique.

Elle prit conscience que les systèmes idéologiques en isme étaient désormais presque tous négatifs : despotisme, fascisme, nationalisme, populisme... Historiquement antérieur au nazisme et au communisme, le socialisme lui-même avait des relents suspects. Un seul terme était sorti vainqueur : le libéralisme ! On le prononçait sans honte depuis qu'il avait remplacé le capitalisme, mot laid et un peu vieillot qu'il avait bien fallu travestir. Le libéralisme, personne ne le remettait en cause. Ayant acquis le statut de monopole, il s'était imposé comme une évidence. Or, aux yeux de Danielle, il avait un défaut majeur, il était à l'origine d'un système pervers qui, par le jeu des intérêts financiers, entraînait l'agonie de la Terre.

– Si je comprends bien, commenta Noël, nous allons faire monter la pression pour faire baisser la température !

Il y eut de petits rires discrets. Danielle se contenta d'un pâle sourire. Elle savait que, parmi les soucis des habitants des pays industrialisés, le sort de la planète n'était pas une priorité. Les gens étaient d'abord préoccupés par leurs problèmes personnels : sauvegarder leur couple, élever leurs enfants, conserver leur emploi, boucler les fins de mois... Dans les pays riches, subsister en préservant les avantages acquis passait avant la sauvegarde du milieu. Quant aux pays pauvres, leur objectif était au pire de survivre, au mieux d'approcher le niveau de consommation de ceux qu'ils prenaient pour modèles.

Dans le groupe, les conversations à voix basse avaient repris.

Pour la centième fois, Danielle s'interrogea sur le bien-fondé d'une entreprise qui lui apparaissait de plus en plus comme désespérée. Certes, l'avenir de la planète et la survie de l'humanité méritaient qu'on prenne de gros risques. Mais ces risques, ces jeunes gens les mesuraient mal, aveuglés qu'ils étaient par l'importance des enjeux.

– Donc, enchaîna Noël, nous avons rendez-vous ce soir à La Défense ?

– Oui. À 21 heures.

Les sept jeunes gens se concertèrent du regard. Pour la dixième fois, ils énumérèrent à voix basse ce qu'ils avaient à apporter. Voilà plusieurs semaines qu'ils s'entraînaient en vue de cette audacieuse prise d'otages. Aucun d'eux n'avait contesté sa nécessité.

Danielle frémit devant cette docilité car elle en connaissait les enchaînements pervers. Mesurant le pouvoir qu'elle avait acquis, elle avait pris l'habitude de s'en méfier. Si elle avait été croyante, elle aurait sans doute demandé à Dieu qu'Il l'inspire. Mais voilà, elle ne croyait pas. Elle vitupérait ceux qui priaient au lieu d'agir, ceux qui disaient « Dieu l'a voulu » face au pire. Elle était convaincue que chacun possédait le moyen de peser sur son propre destin. Et, dans une modeste mesure, sur celui de toute l'humanité.

18

Cinq degrés de plus
Samedi 11 août, 9h (heure de Paris)

– Rejoignez la villa au plus vite ! décréta Logicielle au visage joufflu de Weiss qui avait jailli de son percom. Vous n'apercevez pas une digue ?

– On a longé un mur tout à l'heure, afin de sortir de ce lotissement.

– Essayez de revenir jusque-là.

– Heureusement que vous avez appelé ! jeta Dimitri derrière le banquier. Nous étions perdus, nous allions rejoindre la réalité !

– C'est ça, votre digue ? demanda Weiss en faisant pivoter son percom.

– Oui ! Approchez-vous d'elle. Nous faisons la même chose. Nous devrions nous apercevoir.

– Ils sont là-bas ! cria Pussy.

Elle désigna deux minuscules silhouettes à cinq cents mètres. Logicielle agita les bras.

– Vous me voyez ? Vous pouvez nous rejoindre ?

– On arrive ! promit Weiss.

Elle soupira, presque rassurée. Et les autres, où avaient-ils surgi ? Notamment Blish. Difficile d'assurer la sécurité d'avatars sans savoir où ils se trouvaient…

Soudain, le vent se leva. La rafale fut si violente que Pussy s'accrocha au blouson de Logicielle qui tomba. Elles durent ramper sur la chaussée pour regagner la villa.

– Attention ! cria Pussy.

Un suncar balayé par le vent avançait en effectuant des tonneaux, telle une boîte de conserve. Au moment où il parvint à leur niveau, il rebondit contre le mur. Logicielle ferma les yeux.

Il y eut un choc terrifiant, un hurlement de tôles froissées.

Puis plus rien.

– Ben, on l'a échappé belle ! dit Pussy en relevant la tête. Mais notre suncar est fichu.

Le véhicule avait percuté le suncar en stationnement. Les deux engins étaient réduits à un tas informe de ferraille et de plastique.

Logicielle se dit que la question de leur départ était réglée.

– Vite, Pussy, rentre ! ordonna-t-elle.

Une voix jaillie de nulle part les figea sur place :

– Nous vous rappelons que toute présence humaine est interdite. Les pillards seront abattus sans sommation par les polirobs.

– Les polirobs ? Qu'est-ce que c'est ?

– Les robots policiers, expliqua Pussy.

– La circulation est désormais réservée aux véhicules prioritaires et à la sécurité. Si vous êtes dans une habitation, barricadez-vous.

Logicielle poussa Pussy dans la villa.

Il était temps. À peine avait-elle refermé la porte qu'une nouvelle bourrasque balaya dans l'avenue deux palmiers déracinés.

Dans l'obscurité du séjour, elles percevaient la colère des éléments déchaînés et, tout proche, le vrombissement entêtant de gros insectes prisonniers de la maison.

Puis il y eut une accalmie. Et trois coups frappés à la porte.

– Déjà ? Formidable !

Logicielle ouvrit et deux silhouettes se précipitèrent à l'intérieur. Ce n'était ni Dimitri ni Weiss.

– Tim et Jenny ?

– Ouf ! Merci. Vite Logicielle, refermez la porte !

– Ça va ? demanda la voix de Pussy. Vous avez trouvé un suncar ?

– Rien ! répondit Tim. Toutes les villas sont bouclées. Il n'y a plus personne à Fort Pierce, à part nous.

– Dadou et Dimitri sont revenus ? s'informa Jenny.

Une faible lueur jaillit du percom de Jenny et les éclaira. La jeune fille dépassait Logicielle d'une tête. Elle avait un corps de mannequin ascétique, un visage à la moue enfantine et des rides d'adulte sur le front. On eût dit qu'elle avait grandi trop vite et assumait des soucis sans rapport avec son âge. Tim, lui, approchait deux mètres. Sa corpulence rappelait celle de Weiss. En examinant le visage anxieux des jumeaux, Logicielle leur trouva une ressemblance avec lui.

– Économise la batterie ! conseilla-t-elle. Nous risquons d'être bloqués longtemps ici.

– Quelle batterie ? répliqua Tim. Les percoms fonctionnent grâce à l'énergie du corps. Avec les kilomètres qu'on a parcourus à pied, on a des réserves !

De la main droite, Logicielle voulut manipuler l'appareil. Elle vit qu'il était incrusté à son poignet ! Elle dompta sa panique : ce corps était virtuel, celui d'une de ses descendantes potentielles... mais laquelle ? Le Simulator avait-il envisagé son mariage avec Max ?

– Nous avons eu tort de venir, Tim ! murmura Jenny.

– Tu aurais préféré accompagner dad et mam à Washington ? grommela Tim. Et apporter la contradiction au MAD, c'est ça ?

– Pourquoi pas ?

Logicielle se souvint que les parents étaient au congrès d'un parti.

– Le MAD, qu'est-ce que c'est ? demanda-t-elle.

Les jumeaux la fixèrent avec une expression méfiante et stupéfaite.

– Le Mouvement Anti-D, répondit enfin Tim. C'est le parti majoritaire dans les pays industrialisés. Celui grâce auquel nous vivons comme avant. Ou presque.

– Celui qui prône le profit et le gaspillage des énergies ! rétorqua Jenny. Celui qui veut préserver les avantages acquis.

– Mille mémoires mortes ! jura Tim. Arrête, tu caricatures !

D'instinct, Jenny avait compris que Logicielle était une auditrice attentive. Qu'elle pouvait s'en faire une alliée. Elle poursuivit :

– Aujourd'hui, sur onze milliards d'habitants, huit ou neuf soutiennent le 4D !

– Qu'est-ce que c'est, le 4D ?

– Décroissance Douce & Développement Durable. Un mouvement écologique mondial.

– Faux ! s'insurgea Tim. Le 4D approuve et soutient des terroristes qui veulent nous envahir.

– Des terroristes, les réfugiés climatiques ? Non, Tim, ce sont des désespérés qui tentent de rejoindre les nations riches. L'objectif du 4D, reprit-elle à l'intention de Logicielle, est de ralentir le rythme de notre croissance. De permettre à l'humanité de survivre. De partager une planète dont une minorité possède les ressources et dirige le destin.

– Langue de bois ! protesta Tim. Ne l'écoutez pas.

– Mais les pays industrialisés veulent conserver leurs privilèges. Voilà pourquoi ils ont fondé le MAD. J'ai honte quand je pense que nos parents en font partie !

Au-dehors, la tempête s'était calmée. De nouveaux coups ébranlèrent la porte. Cette fois, ce fut Tim qui ouvrit.

19

Cinq degrés de plus
Samedi 11 août, 9h20 (heure de Paris)
3h20 (heure de Floride)

– Enfin ! Je savais bien que c'était là ! gronda Weiss en se précipitant avec Dimitri dans la villa.

Le banquier était en piteux état. Assez fidèle à l'original, son avatar se déplaçait avec difficulté. Son visage était ruisselant de sueur.

– Dadou ! s'exclama joyeusement Pussy en se jetant dans ses bras.

– Qu'est-ce que… ?

Weiss leva un regard ahuri vers Logicielle qui, impuissante, écarta les bras. Un geste qui signifiait : « C'est votre petite-fille, monsieur Weiss, pas la mienne. À vous de la gérer ! »

Dimitri, lui, affichait une mine réjouie. Il se précipita vers Logicielle.

– Je suis ravi de vous revoir ! Très sportif, ce programme, vous ne trouvez pas ?

– Dadou, ça va ? s'inquiéta Jenny. Tu es blessé, ajouta-t-elle en désignant sa main.

– Je me suis cogné. Du coup, mon percom est hors d'usage.

Une bourrasque chargée de détritus et de feuilles s'engouffra dans le séjour.

– La porte ! hurla Dimitri. Fermez la porte, Logicielle !

– Je n'y arrive pas, elle est plaquée contre le mur !

Soudain, une gerbe d'eau se fracassa sur l'avenue et inonda le jardin. Logicielle leva les yeux. Au-dessus de la digue s'élevaient des geysers de vagues et d'immenses rideaux d'écume. Elle se souvint que l'ouragan Katrina[1], au même endroit, avait fait mille cinq cents victimes et un million de sans-abri.

– J'y vais, décida Dimitri. Tenez-moi !

Il agrippa la poignée. Mais la force du vent, qui faisait pression contre la porte, l'empêchait de l'amener jusqu'à lui.

Tout à coup, les gonds de la porte cédèrent et elle s'envola dans l'avenue, telle une feuille de papier.

Abasourdi, Dimitri recula. Il avait encore la poignée en main.

– Heureusement qu'elle s'est détachée ! grommela-t-il. Sinon, elle m'aurait emporté avec elle. Regardez, les volets ont disparu... Les fenêtres ne vont pas résister !

– Abandonnons le séjour ! hurla Tim. Il sera vite inondé !

La pièce était transformée en manège fou. Table, chaises, plantes, écrans, tableaux y dansaient la sarabande dans un tourbillon infernal. Au-dessus d'eux éclata une étrange pétarade. Aussitôt les objets les plus légers s'échappèrent par la cage d'escalier.

– Les tuiles s'envolent ! comprit Dimitri.

– Il faut gagner le premier étage ! déclara Logicielle.

Luttant contre l'appel d'air, ils montèrent les marches en se tenant par la main.

Logicielle eut une brève pensée pour Max. Max qui, en ce moment même, visionnait ces images sur le moniteur.

1. En août 2005, les vents de l'ouragan Katrina atteignirent 250 km/h.

Elle fut submergée par deux sentiments contradictoires, l'amour et la rancœur : au moment où elle prenait la mesure de son attachement pour Max, il disparaissait.

– Mille mémoires mortes ! jura Tim. On a oublié le Sim7 !

Il se précipita vers l'étagère où l'ordinateur était posé et s'en empara. Puis il rejoignit les rescapés.

Parvenus sur le palier, ils s'engouffrèrent dans une grande chambre à deux lits. Sur une table de nuit luisait faiblement une lampe de chevet.

– L'électricité est revenue ? s'étonna Dimitri.

– Mais non, c'est la veilleuse permanente, expliqua Tim. Elle est indépendante, elle fonctionne à l'énergie solaire.

– Pourquoi toute la maison n'est-elle pas alimentée de cette façon ?

L'adolescent considéra le Russe avec effarement.

– Parce que Oxoil a le monopole de l'énergie. Face au développement anarchique du solaire, son usage privé a été limité à l'eau chaude et à quelques gadgets. Vous l'ignoriez ?

Cette pièce de vingt mètres carrés serait un refuge très provisoire. À en juger par le boucan qui filtrait du plafond, le toit ne résisterait pas longtemps.

– Je ne sais pas ce que vous envisagez, grommela Weiss. Mais moi, je me déconnecte !

Il leva le bras gauche et le passa derrière son dos.

– Non ! cria Logicielle en arrêtant son geste. Votre avatar va s'effondrer et vos petits-enfants vont s'affoler.

– Ce sont des norns, vous l'oubliez, dit Weiss. Et les norns, je n'en ai rien à faire ! Je ne suis pas venu participer à un test de sauvetage ou à une épreuve d'endurance. Je suis venu glaner des informations. Et pour ça, j'ai payé très cher.

– Oh, je trouve que nous en avons déjà beaucoup appris, coupa Dimitri en désignant la fenêtre garnie de deux épaisseurs de planches.

Bouche bée, les jumeaux tentaient de donner un sens à ce dialogue surréaliste. Seule Pussy devina une partie de ce qui se tramait.

– Tu veux encore t'en aller, Dadou ?

Le regard du banquier plongea dans celui de sa petite-fille virtuelle. Il eut un geste pour lui caresser les cheveux et recula soudain, comme si elle avait été un transformateur de cent mille volts.

– Oui, je vais partir. Parce que nous n'avons rien à faire ici. Et je vous conseille de faire comme moi.

Weiss affichait sa détermination mais il n'agissait pas. Logicielle l'encouragea sèchement :

– Soit, déconnectez-vous. Et après ?

– Après ? Eh bien... commença le banquier en fronçant les sourcils.

– Savez-vous ce qui se passera quand vous vous reconnecterez, monsieur Weiss – car vous finirez par le faire, non ? Eh bien vous vous retrouverez dans cette villa. Coincé sous deux mètres d'eau. Ou bien noyé et emporté par les flots. Car vous ne disposez que d'un seul avatar, je vous le rappelle. On ne pourra pas le faire réapparaître sans tout reprogrammer.

L'argument porta. Weiss approuva et serra les poings.

– Nous aurions dû exiger des garanties ! On nous a tendu un traquenard, mademoiselle. Il n'y avait aucune raison pour que je me retrouve en Floride, nous devions évoluer en France !

Le banquier s'interrompit, il réfléchissait ; et soudain il blêmit.

– Monsieur Weiss... ça va ?

Le gros homme baissa la tête et expliqua, vaincu :

– Oui. Euh... je viens de me souvenir que mon fils a investi récemment dans cette région. Il a conclu un accord avec une grosse société immobilière. C'est...

Il s'affala dans un fauteuil crapaud deux fois plus étroit que son arrière-train et conclut, sous les yeux de ses petits-enfants consternés :

– C'est diabolique ! Cela signifierait que le... que cet ordinateur aurait trouvé cette information dans la presse ?

– Bien sûr ! affirma Logicielle. Simulator piège et traite tout ce qui circule sur Internet. Il en tire des projections qu'il utilise pour ébaucher les décors du futur. Pourquoi cette question ?

Weiss était effondré. Il venait de comprendre que le terrain où sa villa virtuelle avait été bâtie était un bien de famille dont l'acquisition remontait à moins d'un siècle. Simulator s'était contenté d'en transmettre la propriété à ses vraisemblables descendants.

– Et cet ouragan ? bredouilla-t-il. Vous ne croyez pas qu'il s'agit d'un piège qu'on nous a tendu ? D'un bug ?

– C'est une simple conséquence du changement climatique, j'en ai peur, répondit Logicielle.

Son poignet la chatouilla.

– Excusez-moi. On m'appelle.

Elle effleura le percom d'un doigt.

Un visage en trois dimensions jaillit sous ses yeux.

– Monsieur Colbert ! s'écria-t-elle.

20

Entre Bordeaux et Paris
Samedi 11 août, 9h30

Germain jeta un coup d'œil par la fenêtre du TGV et posa sa revue sur la tablette. Impossible de lire, il ne parvenait pas à se concentrer.

Étrange... Quand il était jeune, il pouvait dévorer un roman dans la nuit. Mais la soixantaine venue, il avait des difficultés à fixer son attention. Comme si son esprit était encombré par une couche de souvenirs qui faisait écran avec le contenu du livre.

Dormir ? Il avait essayé en vain plusieurs fois depuis que le train était parti.

Pourtant, sa nuit avait été courte...

Il se souvint de sa surprise, la veille au soir, quand le téléphone avait sonné. Cet appel, il ne l'attendait plus. Il avait à peine reconnu la voix de sa correspondante.

– Germain ? C'est Andre. Je ne te réveille pas ?

– Je ne me couche jamais avant minuit. Ne me dis pas que tu es à Paris ?

– Si ! Je suis arrivée à Roissy avec mon patron il y a une heure. Je t'appelle de l'hôtel. Nous pouvons toujours nous voir ?

– Bien sûr. Le commissariat peut se passer de moi. Je prendrai demain à Libourne le premier TGV, celui de 6h45. Je serai à Paris à 9h40. Tu restes combien de temps ?

– Trois jours. Mon patron a une réunion à La Défense. Une opération top secret d'envergure internationale, avait-elle ajouté dans un petit rire. On se retrouve demain, à midi ?

– Midi, entendu. Tu es descendue à quel hôtel ?

– Le *San Remo*, à deux pas des Champs-Élysées. Je t'attendrai au *François I*er. Un bistrot tout près de l'hôtel.

Il aurait volontiers poursuivi la conversation, mais elle s'était excusée :

– Je te laisse, je dois appeler Ray. À demain, Germain. Je t'embrasse !

Elle avait raccroché sans qu'il pût répliquer : « Moi aussi ! »

Un moment, il regarda défiler le paysage tandis que ses souvenirs se déroulaient pour la dixième fois...

Il avait fait la connaissance d'Andre quand il était étudiant à l'université de Nanterre. À l'époque, elle portait les cheveux courts, à la Jean Seberg. Aussitôt, il avait été attiré par son franc-parler. Pendant les événements de mai 1968, elle avait été l'une des plus virulentes. Quand lui avait-il demandé son prénom ? Il ne s'en souvenait plus. Mais il avait encore dans l'oreille le ton agressif avec lequel elle lui avait répondu :

– Andre sans accent. Et sans e. C'est un prénom féminin. Et américain.

– Tu es américaine ?

– Oui. Tu vois, ça ne m'empêche pas de défiler contre la guerre du Vietnam.

Au fil de leurs rencontres et des confidences qui avaient suivi, elle lui avait révélé que ses parents travaillaient à l'ambassade des États-Unis. Des parents qui aimaient la France, sa langue, sa culture, son passé. Des gens sensibles, fins et cultivés avec lesquels elle était en conflit ouvert.

Ils étaient sortis ensemble trois ans. Tous deux aimaient la littérature, le théâtre, la musique. Jamais il n'avait été si heureux.

Et puis les parents d'Andre avaient été rappelés en Amérique. Elle était restée à Paris jusqu'à ce que son père lui déniche aux USA un poste à responsabilités dans un gros groupe pétrolier.

Elle était alors repartie ; ils avaient suivi des routes séparées.

Un voile passa dans le regard de Germain, qui était resté célibataire. Il explora en imagination le chemin qu'ils n'avaient pas pris. Si elle était restée en France, s'ils avaient continué de se voir… Il grommela à mi-voix :

– Que ne ferait-on pas, avec des si !

Il avait arrêté ses études pour entrer dans la police.

Face à ses parents opposés à ce qu'il fasse du théâtre, il avait choisi cette filière par provocation. Mais il avait apprécié son métier dont il avait rapidement gravi les échelons.

Andre et lui avaient maintenu le contact. Ils s'écrivaient deux ou trois fois par an.

Quand elle lui avait appris son mariage, il lui avait envoyé un énorme bouquet qui lui avait coûté un quart de son mois de salaire.

Andre n'avait alors plus donné signe de vie. Pendant quinze ans.

Puis elle s'était remanifestée, brusquement. Une longue lettre dans laquelle elle se confiait avec franchise : son divorce, son métier, son fils Ray dont elle avait la garde.

Depuis, ils s'écrivaient régulièrement.

Une fois, une seule, il s'était risqué à lui passer un coup de fil. Leur conversation, brève, avait été terne, pleine de silences et d'hésitations. Il ne l'avait jamais rappelée. Enfants de la galaxie Gutenberg, séparés par vingt ans d'absence et des milliers de kilomètres, ils ne savaient bien communiquer que par écrit. Ou en tête à tête.

Dix ans auparavant, Andre lui avait révélé qu'elle était devenue directrice de cabinet d'un groupe industriel important. Elle avait précisé son nom, que Germain s'était empressé d'oublier. Depuis, elle n'évoquait plus ses activités professionnelles, s'attachant à ses lectures, ses sorties, le théâtre et les concerts.

Elle parlait souvent de son fils Raymond. Accaparée par son métier, souvent en déplacement, elle lui consacrait peu de temps. Ray avait entrepris des études d'informatique; il avait vingt-cinq ans et vivait encore chez elle.

La gorge serrée, Germain murmura :

– Trois jours…

Heureusement, ils auraient tout le temps de se voir, Andre avait été formelle. Si son patron avait exigé qu'elle l'accompagne, elle ne participerait pas à cette fameuse réunion.

La rue François-Ier était proche du Grand Palais. Il abritait sûrement une exposition. Que de musées à visiter! Après avoir été muté à Bergerac, Germain n'était plus retourné à Paris, plus rien ne l'y rattachait.

– Si, rectifia-t-il à mi-voix, Logicielle.

Depuis qu'elle avait été sa stagiaire, ils avaient gardé le contact. Il leur était même arrivé d'enquêter ensemble. Il avait pour elle beaucoup d'affection. Il appréciait sa gentillesse, son humour, son efficacité. Elle était la fille qu'il n'avait pas eue. L'élève qui avait dépassé le maître.

Il consulta sa montre. Si le train roulait très vite, le temps ce matin s'écoulait très lentement.

Il se replongea dans la lecture de son magazine. Il y était question des déboires du jeune Darius Blish, le fils de l'homme le plus riche du monde. À la suite d'un contrôle de police, on avait trouvé sur lui d'importantes quantités de drogue. Le bruit courait qu'il appartenait au Ku Klux Klan. Plusieurs de ses amis avaient été condamnés pour des agressions racistes et Blish Junior avait tenté d'user de l'influence de son père pour obtenir leur liberté provisoire. L'homme à la cicatrice, comme on le surnommait, avait refusé d'avancer l'argent des cautions. Le journaliste se perdait en conjectures sur les différends qui opposaient le père et le fils.

Germain rangea le magazine dans son sac.

Ces informations ne l'intéressaient pas, mais pas du tout.

21

Cinq degrés de plus
Samedi 11 août, 10h (heure de Paris)
4h (heure de Floride)

Au-dessus de sa barbe blanche, le climatologue affichait un sourire radieux.

– Comment avez-vous fait pour me joindre ? demanda Logicielle.

– Très simple. J'ai consulté mon percom. À la lettre L, votre visage est apparu. Il m'a suffi d'appuyer sur une touche.

– Blish, Indiana et Zeroo sont avec vous ?

– Non. Je suis seul. Enfin, une façon de parler, parce que je suis très entouré.

Il fit pivoter son poignet, révélant une salle identique à celle d'une tour d'aéroport : des rangées de techniciens face à des écrans ou plutôt face à des projections holographiques figées dans l'air.

– Où êtes-vous ?

– Au National Hurricane Center, le centre d'observation des ouragans de Miami. J'ai participé ici l'an dernier à un séminaire. Aujourd'hui, un staff colossal y travaille. C'est passionnant, je suis ravi.

– Vous avez dit Miami ?

– Oui. Et vous, où êtes-vous ?

– Je suis à…

Elle réfléchit, estima :

– À deux cents kilomètres environ ! À Fort Pierce. En compagnie de Dimitri, de monsieur Weiss et de, euh… ses trois petits-enfants.

– Fort Pierce ?

Le visage de Colbert se rembrunit. Son regard parcourut quelque chose que Logicielle ne pouvait voir. Une carte ?

– Savez-vous que vous êtes en zone rouge ?

– Difficile de l'ignorer, la tempête fait rage.

– Ce n'est pas une tempête, Logicielle, mais un ouragan. Avec des vents de 250 km/h. Fuyez de toute urgence !

– Impossible. Notre suncar est en miettes. Nous sommes bloqués. Si personne ne nous tire de là…

Elle effectua un travelling sur les naufragés rassemblés dans la pièce.

– … nous risquons de passer des moments difficiles.

– Je vais essayer d'emprunter un véhicule prioritaire.

– Un grand modèle ! Nous sommes six.

– Mais pour obtenir une réquisition légale…

– Passez-vous des autorisations ! De toute façon, vous n'irez pas en prison. Nous sommes à… où ça exactement, Tim ?

– Au 2024, avenue de la Digue. Chez Bradley Weiss.

– C'est noté, dit Colbert. Mais je ne serai pas là avant deux heures.

Au moment de couper la communication, il ajouta :

– Ah ! J'ai pu contacter Indiana, Blish et Zeroo.

– Vous savez où ils se trouvent ?

– Bien sûr ! Je les ai joints avec mon percom ! Vous n'avez pas essayé ?

– Nous avons été très occupés, monsieur Colbert ! Ils sont ensemble ?

– Oui. À vingt kilomètres de Pékin.

– Quoi ?

À en croire David, tous les avatars étaient à Paris la veille. Ils avaient parcouru beaucoup de chemin en peu de temps.

– Que font-ils là-bas ?

– Ils participent au congrès international des énergies géothermiques qui commence demain.

– Je les appelle, promit-elle. On vous attend. Faites vite !

Elle raccrocha et aperçut Pussy blottie dans les grands bras de Weiss.

– Cette gosse est malade ! lui lança-t-il. Elle tremble de fièvre. Il faut trouver un médecin.

Logicielle faillit lui rappeler que cette gosse était un simple norn. Et que sa fièvre était gérée par un programme sophistiqué.

– Ça va passer, affirma Pussy dans un sourire désarmant. Quand je suis avec toi, Dadou, je ne risque rien.

Les rescapés s'étaient rassemblés dans un coin de la chambre. Ils avaient dressé les deux lits l'un contre l'autre et s'étaient réfugiés sous ce tipi dérisoire. Logicielle leva la tête. Le plafond s'était fendu, laissant apparaître un ciel noir strié de nuages bruns. Parfois, des nuées d'écume s'y mêlaient.

La maison tiendrait-elle le coup ? Bah, si elle s'écroulait, ils se déconnecteraient. À moins que les techniciens de NCF ne les devancent.

– Venez nous rejoindre sous les lits ! hurla Dimitri.

Il lui tendit la main. Elle haussa les épaules et fit coulisser la molette de son percom. Le visage de Blish apparut et s'anima.

– Logicielle ? Vous tombez bien ! Où êtes-vous ?

– En Floride !!!

Elle devait hurler pour se faire entendre. Mais le plus étonnant, c'est que l'homme à la cicatrice semblait crier, lui aussi. Elle demanda :

– Et vous ? Vous êtes à Pékin, d'après ce que m'a dit Colbert ?

– Pas encore ! Indiana, Zeroo et moi avons atterri à l'aéroport provisoire de Lin Piao.

– Provisoire ? répéta-t-elle.

– L'aéroport principal est condamné. Trois centrales nucléaires ont explosé près d'ici en 2091. La zone est toujours contaminée.

– Et ce n'est pas la seule, précisa Indiana. Après plusieurs accidents identiques, une partie du Pakistan, de la Géorgie et de la Pologne sont désormais radioactives.

– Seulement voilà, poursuivit Blish, l'aérotrain qui assure la liaison avec Pékin a été stoppé par une tempête de sable. La police nous a réquisitionné une voiture.

– Un suncar ?

– Non. Un véhicule traditionnel. Regardez.

Blish pivota. Logicielle aperçut l'intérieur de ce qui ressemblait à une banale limousine. À côté du chauffeur asiatique se tenait Indiana. Blish et Zeroo étaient assis à l'arrière. La voiture cahotait. On ne voyait rien du paysage extérieur.

– Ce n'est pas un véhicule solaire ?

– Non, il fonctionne à l'hydrogène. Mais nous avons d'abord emprunté une voiture plus ringarde. Avec un moteur à explosion !

– Alimenté à l'essence ?

– À l'éthanol et au gazole.

– Il y a donc toujours du pétrole ?

– Bien sûr. Certes, il est un peu cher.

– Combien ?

– Ce matin, mille dollars le baril.

– Dix fois plus cher qu'aujourd'hui ?

– En 2100, tous les modes d'énergie sont coûteux.

– Je croyais que les réserves de pétrole seraient épuisées au milieu du siècle ?

– Ce n'est pas le cas. J'ai vérifié les avoirs de mes sociétés sur mon percom. Le pétrole rapporte plus qu'il y a cent ans ! Bon sang...

L'image holographique disparut. Puis revint. Les passagers semblaient affolés. Seul le chauffeur restait impassible.

– Que s'est-il passé ? demanda Logicielle.

– Je crois que notre route est coupée.

– D'ici, je ne vois rien.

– Rassurez-vous, nous non plus. Regardez !

Blish avança son percom vers la vitre du passager. Le paysage extérieur n'offrait qu'un rideau orange, des volutes rappelant celles des aurores boréales. Elle perçut un étrange bruit aigu.

– Qu'est-ce que c'est ?

– Du sable ! révéla Blish. Du sable jaune. Nous sommes au cœur d'un vrai simoun. Aux portes de Pékin !

– Étrange hasard, vous ne trouvez pas ? grinça Zeroo dont la myopie se serait passée de ce brouillard.

Logicielle se demanda si cette avalanche de calamités pouvait être fortuite. Les soupçons de Kosto étaient peut-être fondés. Et si, avant de démissionner, Tony avait pimenté le programme de catastrophes ?

Elle vit Indiana, mine défaite, se tourner vers les passagers assis à l'arrière et leur déclarer :

– Le chauffeur m'assure que toutes les routes menant à Pékin sont fermées. Nous devons rebrousser chemin.

– Il prend ça avec philosophie, nota Blish.

– Oui. Il a l'habitude de ce genre d'incidents.

– Comment ça, l'habitude ?

– Pékin est ensablé depuis 2060. La ville se trouve au centre d'un désert. Cette région souffre d'une sécheresse endémique.

– Depuis quand ? demanda Zeroo.

– La fin du xxe siècle, paraît-il.

– Je ne comprends pas.

Dans cet univers virtuel, l'Irlandais semblait bien entendre. D'ailleurs son avatar était dépourvu d'appareil auditif.

– Il y a bien le fleuve Jaune à proximité, non ? reprit-il. C'est l'un des plus grands cours d'eau du monde !

Le chauffeur, qui avait entendu la remarque, se retourna pour expliquer dans un anglais à l'accent prononcé :

– Le Huang He ? Voilà trente ans qu'il ne coule plus ! Quant aux tempêtes de sable, elles sont quotidiennes.

Il s'interrompit car le vacarme était assourdissant. À présent, ils étaient pris sous une averse torrentielle. Les gouttes d'eau étaient noires comme de l'encre.

– Damned ! grommela Blish. Et ça, qu'est-ce que c'est ?

– Une pluie mêlée de sable, expliqua le Chinois en écartant les mains dans un geste d'impuissance.

– Vous vouliez de l'eau ? Eh bien en voilà ! brailla Zeroo.

– Hélas non ! répliqua le chauffeur. Demain, le sol l'aura absorbée.

– Logicielle ? suggéra Blish. Puisque la ville est inaccessible, nous allons reprendre l'avion pour Paris. Vous pouvez faire demi-tour, chauffeur ?

– Pas pour l'instant. Des milliers de véhicules bloquent la route.

Avec cette averse funèbre, la nuit semblait tombée, pourtant on était au cœur de l'après-midi.

– Ah, la communication est coupée, révéla Tim à Logicielle. Les satellites n'assurent plus la liaison.

L'adolescent quitta l'abri des matelas pour la rejoindre.

– Tu connaissais la situation de la Chine ? lui demanda-t-elle.

– Évidemment !

– C'est le seul pays à souffrir de la sécheresse ?

– Vous plaisantez ? En Afrique, c'est bien pire. En Amérique centrale, ça n'est pas brillant non plus. On dirait que vous débarquez.

– Je débarque, admit-elle. J'ignorais que la désertification allait de pair avec les inondations.

– Ben oui, fit Tim en haussant les épaules. L'air contient davantage d'eau à mesure que sa température augmente, c'est la relation Clausius-Clapeyron. Aujourd'hui, mieux vaut faire partie du bon quart de l'humanité. Voilà pourquoi il faut soutenir le MAD.

Tout à coup, un craquement sinistre retentit. Le toit venait d'être arraché. Une tornade emporta en une seconde rideaux, couvertures, tapis...

Déséquilibrée, Logicielle plongea vers l'abri des lits que les rescapés, bras tendus, maintenaient à grand-peine.

– La maison s'écroule ? gémit Pussy en fermant les yeux.

– Pas encore, répondit Logicielle. C'est l'escalier qui a été emporté.

Une fois de plus, ses pensées allèrent vers Max. Bon sang, mais pourquoi n'intervenait-il pas ? Nul doute qu'il allait surgir d'un coup en lui demandant pardon d'avoir tant tardé.

Un pan de mur de la chambre bascula dans le vide. Elle eut alors une vue panoramique du quartier de Fort Pierce. Les villas avaient résisté, à l'exception des deux bâtiments voisins qui avaient disparu. L'eau recouvrait entièrement l'avenue. Les vagues, chassées par de furieuses bourrasques, passaient par-dessus la digue.

Logicielle murmura :

– Jamais Colbert n'arrivera jusqu'à nous !

– Cet ouragan est pire que celui de l'an dernier, estima Jenny.

– Il y en a un chaque année ? s'étonna Logicielle.

– Un ? Oh non, huit ou dix ! Celui-ci est le quatrième depuis janvier. Mais ils ne sont pas toujours aussi violents.

– Dadou ? fit Tim en se tournant vers Weiss. Tu devras faire reconstruire la maison. Comme il y a six ans.

Le banquier ne répondit pas. Il tenait Pussy dans ses bras. Et la petite fille grelottante de fièvre se raccrochait à ce drôle de grand-père comme s'il avait été un nounours géant et bienveillant.

22

Paris, gare Montparnasse
Samedi 11 août, 10h50

En sortant de la gare Montparnasse, Germain attrapa le bus 92 au vol et descendit à Alma-Marceau. Il passa devant le *San Remo* et alla s'installer à la terrasse du *François Ier* où il commanda un crème. Vers midi, il leva le nez de sa revue.

Il était certain de reconnaître Andre. À l'occasion du nouvel an, elle lui avait envoyé via Internet des photos d'elle et de son fils Ray.

À midi un quart, il ne jugea plus impoli de l'appeler. En composant le numéro, il sentit son cœur battre plus fort.

– Allons, ne rêve pas ! grommela-t-il à mi-voix. Tu as soixante ans, Germain. Et Andre repart mardi aux États-Unis.

Il tomba sur le répondeur. Peut-être était-elle en ligne ? Dix minutes plus tard, il réitéra son appel.

Personne.

Pour tromper sa fébrilité, il commanda un demi et attendit 1 heure moins vingt. Plus mécontent qu'inquiet, il se rendit alors au *San Remo*. Le voiturier voulut prendre son sac de voyage.

– Inutile, merci. Je désire un simple renseignement.

À l'accueil, une jeune femme l'accueillit avec un sourire radieux. Son corsage affichait un badge où était inscrit Lætitia.

– Mais madame Connely n'est pas rentrée! affirma-t-elle. Elle est encore à l'hôpital. Son mari a eu un malaise cardiaque cette nuit. Elle a appelé le Samu et ils sont partis en ambulance.

– Son mari? Un malaise cardiaque?

Il comprit qu'Andre avait inscrit son patron sous son propre nom. Cet accident imprévu expliquait qu'elle ne soit pas venue au rendez-vous.

La jeune femme consulta un registre et ajouta :

– Mr Connely a été conduit par le docteur Vernier à La Pitié-Salpêtrière. À minuit et quart.

– Oh! Très bien. Je vous remercie.

Perplexe, Germain regagna la terrasse du *François 1er* d'où il appela l'hôpital. Une minute plus tard, on lui annonçait qu'il n'y avait eu aucune admission à La Pitié-Salpêtrière après minuit. Encore moins au nom de Connely. Il insista :

– Il a pu être admis sous un autre nom. Il était accompagné d'une femme de soixante ans. Ils sont arrivés dans une ambulance du Samu. Avec un certain docteur Vernier.

– Je vous assure qu'ils ne sont pas venus ici. Je les aurais vus, j'étais de garde cette nuit.

Serviable, l'interne de service fournit le numéro du Samu, que Germain composa aussitôt. Là, on fut formel :

– L'hôtel *San Remo*? Vers minuit? Non. Et nous n'avons aucun Vernier sur nos listes. D'ailleurs nos seuls problèmes cardiaques datent d'hier soir, à la Bastille et à la gare du Nord. Renseignez-vous auprès des pompiers. Ou des autres hôpitaux de Paris.

L'inquiétude de Germain montait en même temps que grandissaient ses doutes. Quels que soient les problèmes qu'Andre avait rencontrés, il était impensable qu'elle ne l'ait pas appelé. Il connaissait sa rigueur et sa ponctualité.

Par acquit de conscience, il se renseigna auprès des pompiers et des hôpitaux. Leurs réponses négatives confirmèrent son intime conviction, quelque chose d'imprévu et de grave était survenu. L'idée d'un enlèvement l'effleura. À cause de cette fameuse « opération top secret d'envergure internationale » qu'Andre avait évoquée et qui aurait dû leur permettre de se voir pendant trois jours.

– Bon sang, murmura-t-il. Comment s'appelle son patron ? Et le groupe dans lequel elle travaille ?

Pour avoir la confirmation de ses soupçons, il revint à l'hôtel. Cette fois, le voiturier le salua en levant légèrement son grand parapluie. Accessoire superflu, la météo promettait le beau fixe.

– Vous avez des nouvelles de Mrs Connely ? lui demanda Lætitia.

– Non. Elle ne se trouve pas à La Pitié-Salpêtrière. Et le Samu affirme ne pas être venu ici cette nuit. Aussi, je vais être contraint de vous poser quelques questions. Vous avez des caméras vidéo ?

– C'est-à-dire… Je ne sais pas si je peux…

– Mais si, vous pouvez, affirma-t-il en sortant sa carte professionnelle. Je fais partie de la police, mademoiselle. Je suis le commissaire Germain.

23

Cinq degrés de plus
Samedi 11 août, 11h20 (heure de Paris)
5h20 (heure de Floride)

Au-dehors, le vent faiblit. Mais en voyant le ciel noir où filaient de monstrueux nuages, Logicielle comprit que ce calme était le prélude à la vraie tempête. Elle s'accroupit parmi les rescapés. Tim, qui serrait son Sim7 contre lui, disait à Weiss :

– Rassure-toi, Dadou, j'en prends soin !

Le banquier approuva sans comprendre. Il aurait donné tous les Sim7 du monde pour être ailleurs.

– Cet appareil est si précieux ? s'étonna Logicielle.

– Il coûte plus cher que la maison ! affirma Tim. Et sans lui, on ne pourrait plus accéder à l'Après.

– L'Après ? Qu'est-ce que c'est ?

– Mille mémoires mortes ! C'est l'Après ! L'Après, tout le monde sait ce que c'est !

– Et tu as fugué à Fort Pierce pour récupérer ce… Sim7 et te connecter à l'Après ?

– Je voulais visionner les décors. Centner est en train de les peaufiner.

– Centner ?

– L'informaticien qui a mis le Sim7 au point. Un génie ! Il l'était déjà à vingt ans. Aujourd'hui, il en a cent quinze. D'où son surnom. Vous l'avez déjà vu aux infos, non ?

– Je ne sais même pas à quoi il ressemble.

Une mini-tornade fit vaciller l'édifice sous lequel ils se tenaient. Des trombes d'eau s'abattirent sur les sommiers. Pluie ? Eau de mer ? Sans doute les deux à la fois.

Tim désigna l'ordinateur et demanda à Weiss :

– Je peux, Dadou ?

Le banquier avait d'autres soucis en tête. Il courbait le dos, offrant son large corps à Pussy en guise d'abri. D'un geste, il indiqua à son petit-fils de faire ce qu'il désirait.

Tim murmura à mi-voix :

– Sim7 ? Connexion.

Aussitôt jaillit un visage en trois dimensions. Celui d'un vieillard aux cheveux blancs et fins, aux joues flasques et ridées, au regard pétillant.

– Salut Tim ! dit-il d'une voix chevrotante. Qu'est-ce que je peux faire pour toi ?

Devant ce personnage qui tenait de Gandalf, Logicielle se dit qu'elle vivait une situation délirante... Un adolescent virtuel lui présentait un hologramme de jeu vidéo, une simulation de simulation.

– Je voulais te présenter une amie, dit Tim. Logicielle.

Centner la fixa d'un regard malicieux.

– Logicielle ? répéta le vieillard avec un rire discret. Tiens donc... Enchanté. Je me souviendrai de vous.

Tim jeta :

– Déconnexion.

Le portrait s'évanouit.

– Voilà, Centner vous connaît ! Si un jour, vous vous connectez à l'Après...

Au loin, un grondement s'intensifia. Ils s'aplatirent sur le sol. Quel nouveau cataclysme allait les assaillir ?

– C'est le véhicule d'entretien de la digue ! cria Jenny. Nous sommes sauvés !

Logicielle releva la tête. Un aérotrain apparut au sommet de la digue qui lui servait de rail.

Les jumeaux se risquèrent hors de l'abri et agitèrent les bras avec frénésie. Le véhicule s'immobilisa. À sa tête, sous un cockpit transparent, le climatologue leur adressa un signe.

De l'aérotrain jaillit un escalier escamotable qui se déplia et vint buter contre le sol. Logicielle sentit une vibration à son poignet. Le visage de Colbert se matérialisa face à elle.

– Je ne peux pas faire mieux. À vous de venir jusqu'à moi !

– Mais nous sommes à l'étage ! Et l'escalier a été emporté.

– Nous n'avons pas le choix ! dit Dimitri en sortant des lits entassés.

Il s'apprêtait à lancer un matelas dans le jardin quand un coup de vent l'entraîna ; il bascula dans le vide.

– Dimitri ! hurla Logicielle. Où êtes-vous ?

Elle l'aperçut en contrebas. Il releva la tête, un peu groggy.

– Le matelas a amorti ma chute. Allez, Logicielle, il faut que tout le monde me rejoigne !

Une accalmie permit de procéder à l'opération. Tim et Jenny se reçurent sans mal. Dimitri accueillit dans ses bras Pussy qui était quasi inconsciente. Weiss, lui, bascula, roula dans l'eau et se redressa en soufflant comme un phoque. Il semblait épuisé.

– À vous ! cria le Russe.

Logicielle s'élança. Des bras l'accueillirent et la serrèrent plus que nécessaire. Elle se dégagea en jouant des coudes.

– Merci Dimitri. Vous pouvez me lâcher à présent, c'est bon !

– C'est bon, vraiment ?

Elle lui jeta un regard assassin. Puis songea à Max qui suivait la scène des yeux. Il devait crever de jalousie.

– Allons, fit Dimitri en riant, ça n'est que virtuel !

Weiss n'était pas de cet avis. Soutenu par les jumeaux, il pataugeait lamentablement en direction de la digue.

Tim fut le premier à se risquer sur les barreaux de l'escalier de secours ; il se hissa jusqu'à l'aérotrain sans mal. Dès qu'il eut pénétré dans la soute, Jenny le rejoignit. Sans doute les jumeaux étaient-ils rompus à cet exercice de sauvetage.

Weiss connut des difficultés à la mesure de sa corpulence. Parvenu à six mètres de hauteur, il dut interrompre son ascension à cause du vent violent et il se mit à osciller sur les marches étroites comme un grotesque culbuto. Dimitri, qui avait hissé Pussy sur ses épaules et se trouvait bloqué sous le banquier, le poussa brusquement par derrière. Tous trois s'engouffrèrent pêle-mêle dans l'ouverture.

Logicielle fut la dernière à entrer. Étourdie par le vent et le bruit, elle se retrouva bientôt dans le poste de pilotage. Enfin un lieu sec, climatisé, insonorisé…

– Il était temps que j'arrive, non ? dit Colbert.

Il fit pivoter son siège vers le tableau de bord et articula :

– Direction Charleston. Vitesse maximum !

24

Cinq degrés de plus
Samedi 11 août, 12h30 (heure de Paris)
6h30 (heure de Floride)

Logicielle reprit son souffle et constata que ses compagnons, ou plutôt les avatars et les trois norns, avaient tous pris place dans le véhicule d'entretien. Jenny s'était installée à l'arrière et câlinait sa jeune sœur tandis que Tim avait choisi de s'asseoir à gauche du climatologue.

En jetant un coup d'œil par le hublot qui faisait face au poste de commandes, elle eut une vision d'apocalypse.

Depuis le sommet de la digue, on dominait Fort Pierce ou plutôt ce qui en restait : des centaines de villas déchiquetées émergeant d'un échiquier liquide où les courants charriaient des tonnes de débris.

À sa droite, l'océan se déchaînait, un océan qu'un mur infranchissable séparait des villas. Elle se demanda quelle métaphore obscure cachait l'obstination des hommes à côtoyer la nature, une nature aujourd'hui résolue à rejeter ceux qui l'avaient saccagée.

Elle se tourna vers un écran qui précisait la situation et la vitesse de l'engin. D'autres indications chiffrées défilaient dans des incrustations. Logicielle s'installa à côté de Colbert.

– Le niveau de la mer a donc considérablement monté ?

– À peine un mètre.

– Mais alors… pourquoi cette digue ?

Le climatologue lui lança un regard aussi dur que l'acier.

– Sans elle, des centaines de kilomètres carrés seraient inondés par les ouragans.

– On a la même à Manhattan ! révéla Tim.

– Un mètre, c'est énorme, reprit Colbert. Au centre de Miami, j'ai appris que six millions d'Égyptiens abandonnaient le delta du Nil où les terres arables sont noyées. Au Bangladesh, à cause de l'océan qui envahit les terres, treize millions de personnes ont fui. Et cent millions en Chine, ce qui a causé l'an dernier la faillite de la banque des pauvres. Les microcrédits en cours ont été annulés de fait et la misère a touché d'un coup six milliards d'individus. Des chiffres qui augmenteront de façon exponentielle au XXIIe siècle.

– Tout cela à cause de la montée des eaux ?

– Mais oui.

– Comment est-ce possible ?

– Un tiers de la population mondiale vit à moins de cent kilomètres de la mer, Logicielle. Un tiers ! Vous ne le saviez pas ? Dans les pays pauvres, il suffit parfois d'une seule inondation pour ruiner une famille et provoquer l'exode d'une population. Moins à cause de l'eau qu'en raison des dégâts qu'elle provoque !

– La mer a monté à cause des icebergs qui ont fondu ?

– Ils ont fondu. Mais cela n'a rien changé au niveau de la mer !

– Comment ça ?

Irrité, Colbert lui asséna, comme si elle avait été une mauvaise élève :

– Quand un glaçon fond dans un verre, le niveau de l'eau ne varie pas. Si celui des océans a monté, c'est à cause de la fonte des glaciers, d'une partie de l'inlandsis de l'Antarctique, mais surtout parce que la température de l'eau a augmenté. Plus une eau est chaude, plus elle se dilate.

– Vous ne le saviez pas ? s'étonna Tim.

Il avait découvert sous son siège le sac contenant les rations de survie. Une barre vitaminée à la main, il jubilait :

– Extra, ces véhicules de service ! C'est la première fois que j'en emprunte un !

– Moi aussi, avoua Colbert. Et c'est sûrement la dernière. Ma demande a été refusée, le danger était de niveau 5. J'ai été obligé de voler cet aérotrain, de débloquer des sécurités, de déclencher des alarmes... Je risque le renvoi.

– Dans trois jours, dit Logicielle, vous serez renvoyé du programme !

À l'arrière, Pussy s'était endormie. Parfois, un frisson la secouait. Weiss avait enlevé sa cravate et ouvert sa chemise ; sa respiration était celle d'un asthmatique. Quant à Dimitri, il flirtait avec Jenny qui, déridée, riait de façon idiote. Logicielle avait envie de les gifler tous les deux.

À gauche, une cité sous globe apparut. Malgré les trombes d'eau qui noyaient la coque transparente, on y apercevait des fusées et des rampes de lancement.

– On dirait... ce n'est pas le cap Kennedy ?

– Pas le cap, le parc Kennedy, rectifia Tim.

L'ancienne base de lancement était devenue un parc d'attraction où des visiteurs déambulaient sans se préoccuper de l'ouragan. Si l'on envoyait encore des vaisseaux dans l'espace, ce n'était plus d'ici. Logicielle désigna d'immenses poteaux, au loin.

– Et là-bas, en pleine mer, qu'est-ce que c'est ?

– Les restes d'un champ d'éoliennes, répondit le jeune garçon. Comme la plupart de ceux qui ont été mis en place, il a été détruit par les tempêtes et Oxoil a renoncé à le réparer.

L'aérotrain se frayait un chemin dans les eaux autant que dans les airs. Parfois, des geysers d'écume l'inondaient ; il tanguait, ralentissait puis reprenait de la vitesse.

– Ne craignez rien, la rassura Colbert. Le nouvel alliage composite de ce véhicule le rend très robuste. J'ai noté sa composition au National Hurricane Center.

À l'est, une pâle lueur perça les nuages.

– Et tout cela ne vous surprend pas ? soupira Logicielle à Colbert en désignant l'extérieur.

– Non. En 2100, le seuil des 27 °C aura été franchi depuis longtemps !

– Le seuil des 27 °C, j'espère que vous savez ce que c'est ? demanda Tim.

Au moins, la population de ce futur connaissait les causes de ces dérèglements ! Face au silence humilié de Logicielle, Tim expliqua :

– Quand la température de l'eau dépasse 27 °C, l'évaporation s'intensifie d'un coup. Voilà pourquoi nous avons tant de cyclones.

– Mais cette montée de la température est plus rapide que prévu, non ?

Elle avait posé la question au climatologue, mais ce fut Tim qui déclara :

– Entre 2000 et 2050, la température a augmenté de deux degrés. À cause des gaz à effet de serre. Notamment du CO_2. Mais ça a suffi pour faire fondre le permafrost. Et pour libérer le méthane qui était enfoui en dessous.

Aucun affolement ni regret dans cette froide constatation.

– Le permafrost, avoua Logicielle, je ne sais pas non plus ce que c'est.

– De la glace, répondit Colbert, une couche de glace dans l'Antarctique, l'Alaska et la Sibérie, sous laquelle il y a dix mille milliards de tonnes de méthane – à peu de choses près.

Elle essaya de se remémorer ses vieux cours de chimie. Méthane égale CH_4...

– Entre 2050 et 2060, acheva Tim, il s'est produit ce qu'on redoutait. Le permafrost a fondu et le méthane s'est libéré dans l'atmosphère.

– Et alors ?

Colbert sourit avec indulgence.

– Le méthane, mademoiselle, est un gaz à effet de serre au même titre que le CO_2. Il est fabriqué par des bactéries à partir de composés carbonés. Les plus gros producteurs en sont les rizières, les décharges, les vaches, les tourbières et les termites... Mais les quantités qu'ils dégagent sont une goutte d'eau en regard de celles qui se sont accumulées pendant des millions d'années sous le permafrost.

Des tourbillons d'eau fouettèrent l'habitacle. Un arbre heurta violemment la cloison de l'aérotrain qui résista mais freina. Avec un hoquet d'hésitation, il reprit sa course.

– Ce méthane enfoui, il a suffi de deux degrés de plus pour le libérer et provoquer l'emballement de l'effet de serre.

Le Simulator n'avait donc rien inventé. Il avait intégré ces données et créé un environnement conforme aux conséquences qui en découlaient !

– Le jour se lève, déclara le climatologue. Charleston approche.

Quand le poignet de Logicielle la chatouilla, elle l'effleura et le visage de Zeroo surgit. Il était furieux.

– Nous sommes toujours bloqués près de Pékin ! Nous perdons un temps précieux. Nous avons décidé de nous déconnecter. Libre à vous de rester dans le programme, mais nous, nous rejoignons NCF !

Il désigna le ciel. Comme Logicielle s'interrogeait sur ce geste, le percom s'éteignit.

– Faisons une pause, nous aussi ! supplia Otto Weiss qui semblait friser l'évanouissement. Déconnectons-nous, par pitié !

– D'accord, déclara Logicielle en glissant sa main derrière son dos. Dimitri, monsieur Colbert, vous êtes prêts ?

Responsable de la sécurité des participants, elle préférait qu'ils rejoignent tous ensemble la réalité.

Dimitri, qui avait entouré Jenny d'un bras protecteur, s'écarta en soupirant :

– Dommage. Cette jeune fille est charmante. Je suis navré de la laisser aux soins de mon avatar.

25

Hôtel *San Remo*
Samedi 11 août, 13h20

– Vous êtes commissaire ? s'étonna Lætitia que la situation semblait désarçonner. Vous permettez ? Je dois prévenir la direction.

Dès qu'elle eut raccroché, elle expliqua :

– Madame la gérante sera là dans une demi-heure. En attendant sa venue, elle m'a recommandé de me mettre à votre disposition.

– Je suppose que Mrs Connely a réservé deux chambres ? s'informa Germain.

– Oui. Son mari occupait une suite, la 72, et Mrs Connely la chambre 71.

– À quelle heure sont-ils arrivés hier ?

– Je n'étais pas là, j'ai commencé mon service à 7 heures ce matin. Attendez, je vais regarder, ajouta-t-elle en pianotant sur un clavier.

– Et votre collègue ? demanda Germain en désignant le voiturier sur le seuil.

– Il n'était pas là non plus. Voiturier et chasseurs quittent leur service à 23 heures. Cette nuit, c'est Julien et Luc qui ont assuré la permanence. Luc sera là à 14h30. Ah, voilà. Ils sont arrivés à 22h20. Mrs Connely a réglé d'avance. Pour elle, trois nuits. Une seule pour la suite.

Germain avisa la caméra vidéo habilement intégrée à la pendule.

– Vous avez les enregistrements ? Je peux les voir ?

Lætitia entraîna Germain dans la salle de repos attenante à la réception. On y trouvait un téléviseur face à un canapé, un frigo, un coffre, un bureau encombré de revues et une console de surveillance vidéo face à laquelle la jeune femme s'installa.

– Voyons, hier vendredi après 22 heures… Ah, nous y sommes.

Germain fut troublé en reconnaissant Andre. Il la vit tendre sa carte de crédit au réceptionniste, repartir, revenir accompagnée du voiturier qui portait deux valises, et d'un homme qui marchait rapidement, tête baissée.

– Vous pouvez faire un arrêt sur image ?

L'écran se figea sur un visage inconnu. Germain fut frappé par la cicatrice qui éclatait sur la joue, comme un bug.

Les confidences d'André lui revinrent en mémoire. Cet homme était James Blish, le PDG d'Oxoil ! Mais oui, c'était à Oxoil qu'Andre travaillait. Elle était donc la directrice de cabinet de l'homme le plus riche du monde…

Aussitôt, Germain fut à peu près sûr qu'ils avaient été enlevés tous les deux. Sans doute à cause de cette réunion secrète qu'Andre avait évoquée.

– Ça va, monsieur le commissaire ? s'inquiéta Lætitia. Vous êtes tout pâle !

– Oui… oui, ça va.

Germain grimaça en songeant qu'il était en train de contourner la procédure officielle. Il aurait dû se rendre au commissariat de l'arrondissement pour y livrer ses soupçons. Mais il imagina le rituel : accueil, présentation, explications, déposition…

Il pesta contre l'imprévoyance du PDG. Quand on pèse des milliards de dollars, on assure sa propre protection !

– On peut visionner la suite ? demanda-t-il.

Elle offrait peu d'intérêt. Un couple entra, prit une carte et monta.

– Un producteur de cinéma et sa femme, commenta Lætitia. Je les connais.

À 22 h 50, un jeune homme apparut et alla s'asseoir dans le salon d'attente.

– Et lui ? fit Germain en désignant l'écran.

– Ce n'est pas un client de l'hôtel. Cette jeune femme non plus. C'est une motarde allemande qui veut un renseignement. Je monte le son ?

– Inutile. Passez en avance rapide. C'est l'arrivée du Samu à minuit qui m'intéresse... Non, stop ! Revenez en arrière. Ce garçon qui est entré il y a trois minutes... il contourne le comptoir et prend la place du réceptionniste. Que fait-il ? Il vole dans la caisse ?

– Impossible. L'argent liquide est rangé aussitôt dans le coffre. Non, il consulte l'ordinateur.

– Les numéros des chambres ! comprit Germain. Regardez ! Il est de mèche avec la fille qui occupe votre collègue à l'entrée !

Lætitia l'admit en rougissant. Aucun doute, Luc avait abandonné son poste pour flirter avec la jeune Allemande. Julien, lui, devait dormir ou regarder la télévision.

– Et voilà, commenta Germain. Il revient s'asseoir au salon. La jeune femme s'en va. Il quitte l'hôtel à son tour, ils sont complices. Voyons plus loin.

Pendant la demi-heure qui suivit, il y eut peu d'allées et venues. À 23 h 44, la jeune motocycliste rentra dans l'hôtel.

– Elle entraîne le réceptionniste au salon, nota Germain. Et pendant ce temps, qui pénètre dans l'hôtel ?

– Incroyable ! Le même garçon que tout à l'heure. Il se dirige vers l'entrée de service qui conduit aux étages.

– Et sa complice ? Où va-t-elle ?

– Aux toilettes.

Lætitia fit défiler les images. La jeune Allemande ne réapparaissait pas.

– Elle a rejoint le jeune homme, supposa Germain.

Il essaya de reconstituer la scène : ces jeunes inconnus étaient sûrement au septième. Du côté des chambres 71 et 72. Ils n'avaient pourtant pas le profil de malfrats. Difficile d'imaginer qu'ils aient pu se rendre maîtres d'Andre et de son patron !

– Vous avez des caméras sur les paliers ?

– Hélas non.

L'écran affichait 23 h 50.

À 0 h 10, deux hommes en blanc se présentèrent à la réception et prirent l'ascenseur. À 0 h 14, des infirmiers en sortirent, chargés d'un brancard où un corps reposait, recouvert d'un drap. Germain se rendit à l'évidence : ce ne pouvait être que celui de James Blish.

– Ces brancardiers, nota-t-il, ce sont l'Allemande et le jeune homme !

L'un des deux faux médecins accaparait Luc, lui rendait les cartes des chambres. Le second apparut, soutenant Andre, en robe de chambre, qui vacillait.

– Que lui ont-ils fait ? gronda-t-il.

Une sourde inquiétude serra le cœur de Germain.

Il était bien placé pour savoir qu'une fois sur deux, les otages étaient exécutés avant qu'on ne verse une rançon !

26

La Défense (NCF)
Samedi 11 août, 13h30

Quand Logicielle rouvrit les yeux, elle découvrit Max, fébrile, qui détachait les sangles retenant ses jambes.

– Tu as été formidable ! s'exclama-t-il. Tu vas bien ?

– Oui. Tu m'as manqué.

En réponse à ce reproche, il lui prit la main. Elle voulut la retirer mais il refusa de la lâcher. Une façon de dire qu'il ne l'abandonnerait plus ?

– On peut avoir un café ? demanda Blish sur un ton cassant.

– Et quelques explications, ajouta Dimitri qui semblait avoir perdu son humour.

Indiana serrait les dents de dépit. Weiss, lui, se relevait lourdement en soufflant comme un phoque. Quant à Zeroo, il jeta à Kosto un méchant regard que les verres de ses lunettes décuplèrent.

– Le repas, vite ! ordonna Kosto à son assistant.

Empressé et docile, Vincent transmit l'ordre à des vigiles. Indiana, dont le beau visage lisse avait désormais la froideur du marbre, prit le PDG à témoin :

– Tout ça ne me paraît pas du tout concluant !

– Je suis entièrement d'accord, appuya Otto Weiss.

Le banquier s'essuya le front. Pourtant, il ne transpirait pas. Il n'avait déployé d'efforts qu'en imagination.

– Je suis navré que vous soyez déçus, bredouilla Kostovitch.

– Déçus ? Le mot est faible, jeta Indiana en défroissant son sari. Nous avons payé une fortune pour participer à cette simulation. Nous pensions garder notre liberté d'action. Et vous nous bloquez dans les sables, à dix kilomètres de Pékin !

Kostovitch leva la main pour l'interrompre.

– Nous ne sommes pas responsables, mademoiselle !

– Vraiment ? Vous ignoriez qu'un cyclone ravagerait la Floride ? Qu'une tempête de sable s'abattrait sur Pékin ?

David intervint :

– Certes, nous savions qu'en 2100, des phénomènes de plus en plus violents ravageraient la Terre. Mais...

– Pékin pris dans les sables, vraiment ? insista Indiana.

– Parfaitement, confirma le climatologue sans qu'on lui eût rien demandé. En 1990, l'herbe avait disparu de la région et le désert gagnait déjà 2 500 kilomètres par an. En l'an 2000, sept tempêtes de sable ont traversé Pékin. Et l'an dernier, plus de vingt.

– À la fin du siècle, la sécheresse aurait progressé à ce point ?

– Oui, mademoiselle. Le nord de la Chine sera inhabitable bien avant 2100. Savez-vous qu'en 1997, le cours du Huang He est resté à sec pendant 226 jours ?

– Stop ! ordonna-t-elle. Vos chiffres, nous les connaissons monsieur Colbert.

Un silence glacé suivit l'interruption. Quatre vigiles arrivèrent avec une luxueuse collation. Ce qui n'apaisa pas Indiana qui pointa un doigt accusateur vers Kosto et son équipe.

– Et nos avatars qui ont surgi dispersés et en pleine tourmente ! Pourquoi ?

David, qui explorait les données du programme, expliqua :

– Vous souhaitiez participer au congrès international des énergies thermiques, n'est-ce pas ? Théoriquement, il devait se tenir à Paris fin août 2100, et vous avez désiré qu'il ait lieu le 11 août pendant que vous seriez connectés ici. Nous avons dû modifier le programme, ce qui a entraîné malgré nous un changement de lieu. Les futurs participants ont opté pour une réunion à Pékin.

– Et nous, demanda Dimitri, pourquoi sommes-nous arrivés en Floride ?

– Oui, renchérit Weiss, pourquoi avons-nous surgi à Fort Pierce ?

– Eh bien, profitant de l'absence de leurs parents partis au congrès du MAD, les enfants ont rejoint la villa de monsieur Weiss. Quand ils ont appris l'avis de tempête, Dimitri et lui se sont aussitôt portés à leur secours.

Ces justifications détendirent Kostovitch qui, conforté, jeta :

– Vous pensiez à une conspiration ?

Logicielle, elle, n'était pas convaincue. Elle demanda à voix basse :

– On peut joindre Tony ?

– J'ai essayé encore ce matin, avoua Kosto. Je tombe sur le répondeur.

– Il est chez lui, vous êtes sûr ?

– Oui. Depuis sa démission, deux vigiles font le guet à l'entrée de son immeuble. À mon avis, quand il voit s'afficher le numéro de NCF sur son téléphone, il ne décroche pas. Et si vous l'appeliez, vous ? suggéra soudain Kosto. Je veux dire, avec votre portable ?

– Je l'ai perdu.

– Et vous, Max ?

– Vos charmants vigiles me l'ont confisqué hier soir.

– On va vous le rendre ! Vincent ! Eh bien, qu'attendez-vous ?

L'assistant fila vers les ascenseurs. L'homme à la cicatrice en profita pour lever la main. Solennel, il balaya le groupe du regard et déclama :

– Chers amis, je comprends vos questions et vos doutes. Pour ma part, j'ai subi la plus belle leçon de ma vie !

Il laissa planer un silence et désigna Simulator qui lui adressait des clins d'œil bleus.

– Je suis consterné par l'avenir qui nous attend.

– Ce n'est pas nous qu'il attend ! coupa Weiss.

– Non. Ce sont vos arrière-petits-enfants, les miens, les vôtres, reprit Blish, ceux de toute l'humanité. Et cela nous renvoie à nos responsabilités. Cet avenir vous semble-t-il acceptable ? Ces conditions de survie ne vous scandalisent-elles pas ?

– Que voulez-vous insinuer ? jeta Dimitri.

– Que ce futur est une simulation ! Nous pouvons donc le modifier.

– Vraiment ? Et comment ? demanda Indiana.

– En réorientant notre politique. Pour enrayer le changement climatique.

Logicielle accusa le coup. C'était un revirement de taille. Voilà que la plus grosse fortune de la planète semblait sensible au sort de la population future. Otto Weiss se rebiffa le premier.

– Vous plaisantez ? Ce n'est pas en notre pouvoir.

– Mais c'est dans notre intérêt ! rétorqua Blish. Je parle de nos intérêts financiers. Bloqués près de Pékin, nous avons consulté les chiffres d'affaires de nos concurrents. Ceux qui ont misé sur les énergies nouvelles nous ont dépassés !

– Moins que prévu, nuança Zeroo. La politique éolienne a été un fiasco un peu partout, le solaire s'est révélé coûteux à mettre en œuvre et peu productif. La géothermie n'a pas tenu ses promesses. La plupart des nations ont misé sur le nucléaire et la fission.

– Avec tous les problèmes qu'ils entraînent, se permit de noter Colbert. Des accidents à répétition, un renforcement de la surveillance, une généralisation des États policiers et une accumulation des déchets dont la gestion est laissée aux générations futures.

D'un geste, Dimitri fit taire le climatologue et admit :

– Sur le plan pétrolier, le Venezuela a déçu. La Norvège est devenue le premier producteur mondial.

– Plaignez-vous ! jeta Indiana. Le gaz est passé aux mains de votre trust Gazprom qui a fusionné avec quinze autres sociétés : Statoil, Norsk Hydro, Total, Chevron, Conoco, Phillips... Qui eût cru qu'en 2100 les réserves situées sous la mer de Barents seraient toujours exploitées ?

– Nous maintiendrons donc nos investissements là-bas ! préconisa Weiss.

– Et le changement climatique ? tonna Blish. Il ne vous préoccupe toujours pas ?

Un nouveau temps de réflexion s'installa. Plus tendu que les précédents. Max saisit la main de Logicielle et la serra dans la sienne. Comme si le sort du monde se jouait. Blish prit à témoin Zeroo qui n'avait encore rien dit et haussa le ton :

– Qu'en pensez-vous, Zach ?

– Je... vous avez raison, James.

Un peu sourd et pris de court, l'Irlandais approuvait. Logicielle se dit que Blish avait bien joué.

– Cependant, poursuivit-il, le risque financier est important. Vous... nous aurons du mal à convaincre nos partenaires.

– Moi, je suis convaincu ! s'obstina le PDG d'Oxoil.

– Pourtant, en 2100, objecta Indiana, ce sont vos sociétés qui s'en tirent le mieux !

– Je m'en moque. Je ne veux pas laisser de moi aux générations futures l'image du premier responsable de la détérioration de l'environnement.

Dimitri éclata de rire et prit les participants à témoin :

– C'est le syndrome Bill Gates ! Notre ami Blish est gravement atteint.

– Quel syndrome ? demanda sèchement Weiss. En quoi consiste-t-il ?

– Après s'être enrichi, donner dans l'humanitaire ! Passer du statut de Rockefeller au rôle de mère Teresa. Très sympa.

Logicielle comprit que, sous ses dehors amènes, Dimitri se révélait peu influençable.

– Pour ma part, reprit le Russe avec un sourire narquois, je soupçonne cette simulation d'être une gigantesque supercherie !

– Comment ?

Indigné, Kostovitch se dressa de toute sa hauteur, c'est-à-dire un mètre cinquante-huit. À cet instant, Vincent revint avec un téléphone portable. Face à l'assemblée attentive, Max composa le numéro de Tony et, dix secondes plus tard, déclara :

– Il ne décroche pas, je tombe sur son répondeur. Je lui laisse un message ?

– Non, décida Logicielle. On va chez lui.

27

Hôtel *San Remo*
Samedi 11 août, 14h

La gérante du *San Remo*, la quarantaine élégante, fit son apparition dans le local où travaillait Germain. Elle affichait un maquillage voyant, un parfum capiteux et une mine affectée.

– Un enlèvement ? s'exclama-t-elle quand il lui eut montré les vidéos. Il faut appeler la police !

– Mais je suis la police ! répliqua Germain en lui tendant sa carte.

– Pardon, commissaire. Je voulais dire... Peut-être avez-vous besoin de renforts ?

Si Andre n'avait pas été enlevée, il aurait volontiers laissé l'enquête à ses collègues de Paris. Mais chaque minute écoulée réduisait les chances de retrouver les otages.

– C'est un sale coup, murmura la gérante tandis que Germain réfléchissait. Oui, vraiment un sale coup.

Elle devait moins penser aux otages qu'à la réputation de son hôtel.

– L'établissement est à votre disposition, monsieur le commissaire. En quoi puis-je vous être utile ?

– J'aimerais recharger mon portable. Revoir les enregistrements d'hier soir. Avoir accès à Internet et téléphoner.

– Aucun problème. Vous pouvez faire tout cela dans la salle de repos.

À peine installé, Germain appela Delumeau. Il savait que le commissaire de la brigade de Saint-Denis serait là, il passait ses week-ends à travailler.

– Germain ! Qu'est-ce qui t'amène ?

– Un méchant problème. Je suis en transit et il me faudrait accéder aux fichiers d'identité. Tu peux jouer les relais ?

– Bien sûr. Pour une fois que tu ne réclames pas Logicielle !

– Je sais qu'elle est en vacances dans les Landes.

– Perdu, elle est rentrée à Paris hier soir !

– Rien de grave ?

– Un ordre de mission du ministère de l'Intérieur. Une opération top secret. Elle est réquisitionnée par Kostovitch pendant trois jours. Inutile de chercher à la joindre.

D'ordinaire bougon, Delumeau était d'humeur loquace. Germain lui laissa les coordonnées du *San Remo* et il eut bien du mal à raccrocher.

Il réfléchit à cette information inédite : Logicielle se trouvait à NCF. Pour trois jours… comme Blish qui devait participer à « une opération top secret d'envergure internationale ».

Ça ne pouvait pas être une coïncidence.

Peu à peu, Germain nouait des fils qui lui avaient paru épars. Et il sentit monter une fièvre familière, celle du limier qui flaire une piste. Une maladie dont il se croyait guéri.

Il visionna à nouveau les images du rapt. L'identification des ravisseurs serait difficile. Ils n'avaient pas le profil de truands ordinaires. Pourvu qu'ils soient fichés !

Avant d'appeler au domicile d'Andre, il vérifia l'heure de New York : 8 h 15. Raisonnable.

On mit longtemps avant de décrocher. Enfin, une voix ensommeillée murmura :

– Hi ? Mam ?

– Euh… bredouilla Germain. I'm a friend of Andre. Are you Ray ?

– Oh ! Vous êtes Germain, n'est-ce pas ? L'ami de ma mère ? Elle est bien arrivée à Paris ?

– Oui. Mais…

– Elle est avec vous ?

– Non. Je vous appelle de son hôtel. Il y a eu un problème, Ray. Dites-moi, c'est bien chez Oxoil qu'Andre travaille ?

– En effet. Mais ma mère…

– Son patron, c'est James Blish, n'est-ce pas ?

Il y eut un temps de silence. Puis :

– Comment le savez-vous ? C'est elle qui vous l'a révélé ?

À présent, Germain comprenait pourquoi, depuis tant d'années, Andre était restée si évasive sur ses activités professionnelles. Son admiration pour elle en fut renforcée.

– Il est arrivé quelque chose à mam, n'est-ce pas ? demanda le jeune homme d'une voix blanche.

– Oui. Blish et elle ont été enlevés.

– Enlevés ? Vous êtes sûr ?

– Oui. La nuit dernière. À l'hôtel d'où je vous appelle, le *San Remo*, à Paris. Voici d'ailleurs le numéro, vous notez ?

À l'autre bout du fil, le jeune homme ne répondit pas.

– Ray ? Andre vous a-t-elle contacté hier soir, en arrivant ?

– Non. À moins que… oh, attendez ! Je n'ai pas vérifié si j'avais des messages.

Germain attendit. Plus longtemps que prévu : une minute. Jusqu'à ce que Ray lui révèle :

– Germain ? Elle m'a laissé quatre messages sur mon portable !

Chez le commissaire, un espoir se fit jour. Ray expliqua :

– Elle a tenté de me joindre à 17 h 50, 17 h 56, 18 h 40 et 18 h 55.

L'espoir de Germain s'éteignit. À ces moments-là, Andre était aux États-Unis ou dans l'avion.

– Tiens ? Le dernier message est une photo !

Germain ne comprenait plus. Puis il s'écria :

– Je suis stupide… le décalage !

Le calcul fut rapide. Les messages avaient été envoyés entre minuit moins dix et 1 heure moins cinq, heure de Paris. Autrement dit… pendant l'enlèvement et même après le départ de l'hôtel !

C'était incompréhensible. Comment Andre aurait-elle pu appeler pendant son enlèvement ? À minuit, elle semblait d'ailleurs droguée !

Germain tendit l'oreille et perçut un murmure. Son correspondant devait écouter les messages.

– Ray ? Vous êtes là ? Eh bien ?

– Le premier message est bref, dit-il d'une voix altérée. Mam annonce qu'elle est bien arrivée et qu'elle rappellera. Dans le deuxième, elle chuchote : « Ray, call the police ! »

– Et le troisième ? Qu'y a-t-il sur le troisième message ?

– Des bruits vagues. Des voix lointaines que je ne comprends pas.

– Surtout n'effacez rien !

– Oh, j'ai tout sauvegardé ! Germain, est-ce que vous pensez que ma mère…

– Et la photo, que représente-t-elle ?

– Je ne sais pas. C'est très mauvais. Elle est très sombre. On dirait un gros tuyau.

– Ray ? Il faudrait que je puisse écouter ces messages et voir cette photo !

– Donnez-moi l'adresse e-mail de votre hôtel.

– Vous pouvez faire quelque chose ? Vraiment ?

Germain n'avait jamais été un aigle en informatique. Dans ce domaine, les progrès lui semblaient tenir du prodige.

– Bien sûr. Je vais vous les envoyer. Mais par pitié, Germain. Retrouvez ma mère. S'il vous plaît.

28

Clichy-sous-Bois
Samedi 11 août, 14h10

– Vous voulez aller chez Tony ? Y aller… maintenant ? répéta Kosto.

Le PDG de NCF hésitait à laisser Logicielle et Max quitter l'immeuble. C'était enfreindre les clauses qu'ils avaient signées. Il se résigna et fit signe à son assistant.

– Vincent ? Vous les accompagnerez avec une voiture de fonction.

– Ni voiture ni chauffeur, trancha Max. Je peux récupérer ma moto ?

– Ça sera plus rapide, approuva Logicielle. On fait un saut chez Tony et on revient. Où habite-t-il ?

– À Clichy, 72 rue Michelet. Prenez les quais. Vous y serez dans vingt minutes.

– Douze au pire, estima Max. Si je conservais mon portable, monsieur Kostovitch, je pourrais vous tenir au courant.

– Emportez-le, évidemment !

Logicielle nota que Max était subitement en forme. Était-ce parce qu'il allait retrouver sa moto ? Son portable ? Ou une bonne raison d'agir ?

Comme Vincent entraînait le couple vers les ascenseurs, Blish lança :

– Pas d'imprudence, Logicielle ! Et prenez votre temps !

– Cette pause nous revient cher, murmura Indiana.

– Bah, elle permettra à nos avatars de rejoindre l'aéroport et de regagner Paris, dit Blish en pointant le doigt vers le plafond.

Ils quittèrent l'immeuble après un bref contrôle à la sortie du parking.

Quand la moto de Max jaillit à l'air libre, Logicielle eut l'impression d'entrer dans la gueule d'un four. La moiteur était étouffante.

– Ton verdict ? Tes soupçons ? questionna Max dans le micro qui le reliait au casque de sa passagère.

– Attendons d'avoir vu Tony.

Lui tirer les vers du nez serait facile, l'ancien hacker rougissait au moindre compliment et au plus infime reproche. S'il mentait, elle le saurait très vite.

En trois minutes, la moto parvint à la Seine et emprunta les quais. Bientôt, ils furent à Clichy.

L'immeuble où habitait Tony était une vieille bâtisse en U à trois étages. Elle était pourvue d'une cour intérieure où les voitures des locataires pouvaient stationner.

Max désigna le quai de la Seine. Là, accoudés au toit d'un véhicule, deux hommes vêtus d'une chemise rose vif discutaient en fumant. Ils levèrent vaguement les yeux vers la moto quand elle s'engouffra sous le porche.

– Plus discret, tu meurs. Ils devraient porter une casquette au sigle de NCF !

– Ce sont des vigiles, Max. Pas des flics.

Dans le hall, ils consultèrent les boîtes aux lettres. Tony habitait au premier. Ils bondirent dans l'escalier qu'un homme en blouse grise, accroupi, était occupé à cirer.

Ils sonnèrent et frappèrent plusieurs coups. L'homme se releva et leur lança :

– Tony n'est pas là.

– Il n'est pas là ? Mais c'est impossible !

Logicielle se mordit les lèvres, elle avait failli évoquer les vigiles.

– Il est parti ? Quand ? Comment ? Pourquoi ?

– Eh, doucement !

L'homme les dévisagea d'un air soupçonneux.

– D'abord, qui êtes-vous ? Et qu'est-ce que vous lui voulez, à Tony ?

– Lui parler. Nous sommes de la police, dit-elle en tirant sa carte de son blouson.

– Ah, la police ! fit l'autre en hochant la tête. D'accord, je comprends.

– Qu'est-ce que vous comprenez ? grommela Max. Où est Tony ?

– À l'hôpital Beaujon. Il a fait une tentative de suicide ce matin. Ou dans la nuit, on n'en sait rien. Mais pourquoi vous le cherchez, Tony ?

– C'est nous qui posons les questions, répliqua Logicielle. Vous pourriez nous expliquer tout ça depuis le début ?

– Oh, je ne sais pas grand-chose ! Ce matin, à 7 heures, quand j'ai rentré les poubelles, j'ai entendu Ahmed frapper à la porte de Tony et l'appeler. Il semblait inquiet.

– Ahmed ? Qui est Ahmed ?

– Son voisin de palier. Il est infirmier-chef à Beaujon. Il m'a demandé si j'avais vu Tony sortir de chez lui. Non, je ne l'avais pas vu. Je ne surveille pas les gens de l'immeuble, moi !

– Et alors ? pressa Logicielle.

– Ahmed m'a appris que Tony était déprimé depuis quelques jours. Il vient de perdre son emploi.

– Oui, dit Max. Nous sommes au courant.

– Comme Tony n'ouvrait pas, Ahmed s'est inquiété. Il voulait savoir si j'avais la clé. C'est vrai, j'ai un double des clés de tous les locataires. On a donc ouvert et on a trouvé Tony inconscient sur son lit. Il y avait des tubes de médicaments sur sa table de nuit : des calmants, des somnifères…

– Bon sang ! grogna Logicielle entre ses dents.

– La veille, Ahmed était revenu en ambulance, alors on y a mis Tony. Et Ahmed a filé avec lui à Beaujon. Je n'ai pas de nouvelles depuis.

Voilà pourquoi les vigiles n'avaient pas réagi. Le matin, en voyant l'ambulance sortir, ils avaient cru que l'infirmier-chef partait au travail !

– Nous pouvons voir son appartement ? demanda Logicielle.

– Bien sûr ! dit le gardien en sortant un gros trousseau de sa poche. Ce matin, je n'ai rien fait d'illégal ?

– Non, rassurez-vous. Et si Tony s'en tire, ce sera grâce à vous.

Elle ne précisa pas que l'acte illégal, c'était elle qui le commettait. Elle pénétrait chez Tony sans commission rogatoire du juge !

Le studio de Tony était en ordre. Seul le lit était défait.

– Les médicaments ? fit Logicielle en désignant la table de nuit.

– Ahmed les a emportés.

Logicielle examina la pièce. Les rayonnages d'une immense bibliothèque supportaient des centaines de logiciels ou de DVD.

Sur le bureau trônait un OMNIA 3 en veille. Logicielle doutait y trouver un indice. Non, Tony n'avait pas trahi. En démissionnant, il s'était soumis à une épreuve si rude qu'il ne l'avait pas supportée.

Elle chassa sa rancœur envers Kostovitch qui, indirectement, était responsable de cette tentative de suicide.

– Vous voulez que je vous laisse ? demanda le gardien.

– Inutile. Nous repartons. Vous savez comment on va à Beaujon ?

– C'est très simple. L'hôpital est à trois rues d'ici.

Après avoir ajusté son casque et enfourché sa moto, Max désigna les vigiles de NCF qui discutaient en riant.

– Tu leur dis que l'oiseau s'est envolé ?

– À quoi bon ? Kosto leur passera un savon bien assez tôt.

29

Hôtel *San Remo*
Samedi 11 août, 14h30

Germain fit un saut dans la chambre 71 et dans la suite où Blish avait séjourné. Elles étaient dans un état impeccable, le ménage y avait été fait. Comme il le craignait, il n'y trouva aucun indice ; dans la chambre d'Andre, il fouilla la valise dans laquelle étaient rangés des effets personnels. Les ravisseurs n'avaient rien laissé au hasard. Et l'espoir de découvrir des empreintes était faible.

Il redescendit dans la salle de repos pour rappeler le fils d'Andre, qui, lui expliqua-t-il, était en train de compresser les données des photos et des messages audio.

– Ray, il me faut le numéro de la direction d'Oxoil. Je dois prévenir les responsables, vous comprenez ?

Il y eut un reniflement en guise d'approbation. Puis :

– Je vais vous donner le numéro de Dan, c'est l'adjoint de ma mère.

– On est samedi. Il sera là ?

– Oui. Il travaille le week-end. Et puis il y a toujours quelqu'un chez Oxoil, vous savez. Même la nuit.

Avant d'appeler Oxoil, Germain décida de contacter NCF. Il songeait à cette mystérieuse réunion top secret à La Défense… Évidemment Blish n'avait pas pu s'y rendre ! Sans doute Kosto avait-il déjà reçu une demande de rançon !

Au standard de NCF, on fut formel :

– Impossible de joindre monsieur Kostovitch avant mardi soir.

– Passez-moi un responsable, voulez-vous ? C'est très important. Je suis de la police.

– Très bien. Ne quittez pas...

Dix secondes plus tard, une voix retentit au bout du fil :

– Je suis Vincent, l'assistant de la direction. Vous êtes policier ?

– Oui. Le commissaire Germain. J'appelle au sujet de James Blish.

Son interlocuteur marqua un temps de silence étonné. Puis jeta :

– Mr Blish est très occupé.

– Comment ça ? Il est ici ?

– Vous pourrez peut-être lui parler pendant une pause. Mais je ne vous garantis rien.

– Quand monsieur Blish est-il arrivé ?

– Ce matin. Peu avant 8 heures. Je dois lui communiquer un message ? Un numéro ? Souhaitez-vous qu'il vous rappelle ?

– Non. Ne le dérangez pas. Je voulais seulement m'assurer qu'il était là. Une question de sécurité, vous comprenez ?

Il raccrocha en murmurant :

– Quelqu'un aurait donc usurpé l'identité de Blish à la fameuse réunion qui avait lieu à NCF.

Ce faux Blish, songea-t-il avec espoir, était pris au piège : il suffisait d'aller le cueillir là-bas, et il les mènerait jusqu'à Andre.

Il appela la direction d'Oxoil. Un inconnu lui répondit aussitôt, dans le meilleur français :

– Oxoil à votre service. Que puis-je faire pour vous ?

– J'aimerais avoir le secrétariat de Mrs Connely.

– Vous y êtes, monsieur.

– Dan est-il là ?

Il y eut un silence. Et l'on demanda à Germain :

– Puis-je savoir qui vous êtes ? Et comment vous avez eu ce numéro ?

– Je suis un vieil ami d'Andre. Son fils m'a confié vos coordonnées. Je vous téléphone de Paris.

– Oui. Je le sais. Mais qui êtes-vous exactement ?

Germain comprit que son interlocuteur avait repéré le pays d'appel grâce à l'affichage du numéro.

– Je m'appelle Germain Germain-Germain. Je suis commissaire de police. J'appelle pour des raisons graves et privées. Dan est-il là ?

– C'est moi. Je suis désolé monsieur Germain, Mrs Connely est absente.

Germain décida de ne pas prendre de gants :

– Je le sais, puisqu'elle est à Paris ! Enfin, elle s'y trouvait hier soir. Ce matin, j'avais rendez-vous avec elle. Nous devions passer trois jours ensemble pendant que son patron se rendait à cette fameuse réunion chez NCF, à La Défense. Et elle n'est pas venue.

– Mais que se passe-t-il ? demanda enfin le secrétaire d'une voix blanche.

– Je pense que James Blish a été enlevé cette nuit avec sa directrice de cabinet.

Il ne laissa pas à son interlocuteur le temps de réagir et enchaîna :

– Et pour les besoins de l'enquête, j'aurais besoin d'en savoir plus.

– Un enlèvement ? Je suis sceptique, monsieur Germain ! Et fort étonné que vous déteniez de telles informations.

– Commissaire Germain. Eh bien moi, je suis moins étonné que vous, Dan. Ces informations top secret, d'autres les possédaient. Et depuis plus longtemps que moi !

– Écoutez commissaire, je pense que vous vous trompez. Hier soir, à l'heure de Paris, j'ai reçu deux appels de Mr Blish. Où êtes-vous, en ce moment ?

– À son hôtel.

– C'est-à-dire ?

– Au *San Remo*. Je suppose que vous voyez le numéro affiché.

Étrangement, cette révélation parut convaincre son interlocuteur. Germain enfonça le clou :

– S'il vous a appelé d'ici, c'était juste avant minuit puisqu'il a été enlevé peu après. Je suppose que vous n'avez eu aucun appel depuis ?

– En effet. Mais ce matin, il n'était pas prévu que Mr Blish me joigne. Qu'est-ce qui vous fait croire qu'il a été enlevé ?

– J'ai visionné la prise d'otages grâce aux caméras de l'hôtel. Écoutez, Dan, vous êtes bien gentil avec vos questions, mais c'est moi qui ai besoin de vos réponses ! Je crois être plus compétent que vous pour agir. Je suis de la police et je me trouve à Paris. Ce n'est pas votre cas.

– Le problème, commissaire, c'est que si Mr Blish avait été enlevé, je ne pense pas qu'il vous appartiendrait de le retrouver.

Hélas, Dan avait raison. James Blish était un ressortissant américain. La procédure légale exigeait que la police française prévienne l'ambassade des États-Unis. Qui se mettrait en rapport avec la Sûreté nationale ou la DST[1].

1. La Direction de la surveillance du territoire.

Germain avait mis le doigt dans l'engrenage d'une machine dont le mode d'emploi était délicat. Il en connaissait les rouages mais il n'était pas autorisé à les toucher... et il risquait d'y laisser la main.

– Soit, admit-il d'une voix sèche. Alors bonne chance, Dan ! Et merci pour ce que vous m'avez appris.

Il raccrocha en réfrénant son dépit. Au lieu d'obtenir des précisions, c'est lui qui en avait fourni !

– Logicielle ! s'écria-t-il soudain.

Elle aussi se trouvait à NCF. Elle disposait sûrement des éléments dont il avait besoin ! Tout en composant le numéro de Max, il murmura à mi-voix :

– Chère Logicielle, j'ai l'impression que nous allons nous revoir plus tôt que prévu...

30

Clichy-sous-Bois, hôpital Beaujon
Samedi 11 août, 14h50

Logicielle et Max se garèrent au parking de l'hôpital et gagnèrent le bureau des admissions.

– Tony comment ? demanda l'employée à l'accueil en consultant son ordinateur. Ah oui ! Ce patient a été admis ce matin à 7 h 30. Vous le trouverez en médecine générale, chambre 16. Premier étage du bâtiment A, à votre droite.

Deux minutes plus tard, ils frappaient à la porte de la chambre. Faute de réponse, Logicielle entra sans bruit, Max sur ses talons.

Tony était là, allongé sur le lit, très pâle. Il semblait dormir. Parfois, un tic nerveux secouait la commissure de sa lèvre droite, déclenchant un rictus qu'on pouvait prendre pour un bref sourire. L'un de ses bras était relié par une perfusion à une bouteille de glucose suspendue à un pied à perfusion. Au-dessus de sa tête, un écran affichait un graphique et des chiffres.

Très émue, Logicielle s'approcha de Tony dont les cheveux roux en désordre dessinaient un brouillon d'auréole sur l'oreiller.

– Qui êtes-vous ? Que désirez-vous ? lança une voix grave et basse derrière eux.

Ils se retournèrent et se retrouvèrent face à un géant africain en blouse blanche.

– Nous sommes des amis de Tony, dit Logicielle.

– Vous faites partie de NCF ?

– Non, répondit-elle en exhibant sa carte. Je suis lieutenant de police. Voici Max, mon adjoint.

– La police ?

– Oui. Mais c'est une visite à titre privé. Nous avons été chez Tony et nous avons appris… Est-ce que nous pourrions parler à Ahmed ?

– C'est moi ! révéla le géant d'une voix chaude.

– Comment va-t-il ? demanda-t-elle en désignant Tony.

– Je crois qu'il est hors de danger. On y verra plus clair demain.

Ahmed leur fit signe de sortir dans le couloir avec lui.

– Je préfère qu'il reste au calme.

– C'est très gentil, ce que vous avez fait. Sans vous…

L'infirmier-chef balaya l'air de sa large main.

– Je suis arrivé quand il fallait, c'est tout. Soyez sans crainte. J'ai l'œil sur lui.

Logicielle n'en doutait pas. Quand Ahmed avait quelqu'un sous son aile, on devait être en sécurité.

À la sortie de l'hôpital, Max soupira :

– À NCF, on doit s'impatienter. Tu mets ton casque, Logicielle ? Hé, tu rêves ?

– Non. Je réfléchis. Et si…

– Quoi ?

– Rien ! fit-elle en souriant. Une idée absurde.

– Flûte ! Attends… j'ai un appel.

– Si c'est Kosto, dis-lui que nous arrivons.

Mais Max lui tendit son portable.

– C'est pour toi.

– Pour moi ?

– Germain.

Elle saisit l'appareil et jeta, trop sûre d'elle :
– Germain ! Alors vous avez retrouvé mon portable ?
– Non. Je vous appelle de Paris.
– C'est vrai ! Vous y aviez rendez-vous avec votre amie d'enfance !
– D'université. Et je sais que vous êtes à Paris, vous aussi.
– Ah bon ?...
– Oui, acquiesça Germain. Ça tombe bien, nous allons pouvoir enquêter ensemble !
– Impossible, Germain. Rappelez-moi après-demain, OK ?
– Je crains que ce ne soit très urgent.
– Je ne suis pas disponible. Je suis en mission. Je dois assurer la surveillance de... de personnes importantes.
– James Blish, par exemple ?
Logicielle resta bouche bée. Germain acheva de la même voix posée :
– Inutile de vous précipiter à NCF, Logicielle. Parce que le Blish qui s'y trouve est un imposteur.
Max enfourcha sa moto et se tourna vers Logicielle.
– Alors, on y va ?
– Oui. Mais il y a un changement de programme.
– Nous ne retournons pas à NCF ?
– Non. Nous allons retrouver Germain.
– Attends, j'ai mal entendu. On va... à Bergerac ?
– Germain est à Paris. Il nous attend dans un hôtel près des Champs-Élysées. Fonce ! Je t'expliquerai.
– Mais Kosto va être furieux ?
– Il le sera encore plus si Germain m'a dit la vérité.

31

Hôtel *San Remo* & Champs-Élysées
Samedi 11 août, 15h20

Arrivés au *San Remo,* Logicielle et Max furent accueillis par le voiturier qui se précipita vers eux. Germain l'écarta pour venir les saluer.

– Ne faites donc pas cette tête ! leur lança-t-il.

– Comment savez-vous que Blish devait venir à Paris ? demanda Logicielle.

– Il le sait ? s'étonna Max. Vous savez, Germain ?

– Je n'ai encore rien dit à Max.

– Je vais vous expliquer. Vous venez ?

Il les fit pénétrer dans l'hôtel et leur présenta la gérante que l'arrivée de ces renforts parut rassurer. Puis il les entraîna dans la pièce de repos. Là, il leur relata son rendez-vous manqué avec Andre ; il leur expliqua comment il avait conclu à un double enlèvement après avoir visionné les vidéos de surveillance et appelé le fils d'Andre.

– Alors l'homme qui voyage dans *Cinq degrés de plus* est un imposteur ! murmura Logicielle abasourdie. Et il a réussi à duper les invités de Kostovitch ?

– Personne ne sait à quoi Blish ressemble, lui rappela Germain.

Elle se souvint que l'homme à la cicatrice était arrivé in extremis. Il avait ainsi échappé aux contrôles et s'était connecté au plus vite. Malgré les précautions dont Kosto s'était entouré, quelque chose avait cloché.

– Avez-vous une idée, Logicielle, des raisons de cette substitution ?

– Oh oui ! Ces trois jours chez NCF devaient permettre…

– Stop ! la coupa Max. Et la clause de confidentialité ?

– Je m'en moque. La situation est grave. Et puis Germain est commissaire, non ?

Max ébaucha une grimace qui signifiait : OK, c'est toi qui décides. Puis il s'écarta pour pianoter sur son portable.

À son tour, elle résuma à Germain les événements survenus depuis la veille et la prise de position étonnante de James Blish après leur première incursion dans le programme, en 2100. Puis elle conclut :

– Je crois que notre imposteur a pour mission de convaincre ces industriels de modifier leurs opinions.

– C'est très naïf ! grommela Germain. Vrai ou faux, un James Blish ne peut pas inverser la politique énergétique mondiale !

– La politique d'un seul homme suffit parfois à faire basculer le monde ! coupa Max. Surtout quand il a l'envergure de James Blish.

– Exact, admit Logicielle, les responsables du rapt n'ont pas choisi Blish au hasard. Son influence est déterminante. Et ses collègues, même les plus réticents, ont été sensibles à son revirement.

– C'est très naïf, répéta Germain, car la supercherie finira par être découverte. Vous croyez que Greenpeace serait derrière tout ça ?

– Non, affirma Logicielle. Ce coup-là est trop illégal.
– Mais qui alors ? Un groupuscule clandestin ?
– Oui. Le 4D par exemple, suggéra-t-elle en souriant.
– Le quoi ?
– Développement Durable & Décroissance Douce.
– Jamais entendu parler. C'est un mouvement récent ?
– Non, futur. Je vous expliquerai.
– Heureusement que nous avons le faux Blish ! reprit Germain.
– Nous allons l'arrêter tout de suite ?
– Non. Il ne peut pas nous échapper. Et puis j'attends d'une seconde à l'autre les fichiers que le fils d'Andre doit m'envoyer.
– Au fait, Germain, vous avez inspecté les chambres ?
– Oui. Juste après avoir visionné les vidéos du rapt. Rien à en tirer.

Logicielle insista pour voir les enregistrements. Deux fois. Très attentivement. Quand les faux médecins et infirmiers eurent disparu de l'écran, elle s'écria :
– Cette fausse ambulance, on doit pouvoir retrouver sa trace ! Le central VidéoSécur de Paris a son antenne Porte Maillot.

✻

Comme ils se garaient devant le Central, le portable de Max sonna. Logicielle décrocha.
– Voilà deux heures qu'on vous attend ! tonna Kostovitch. Qu'est-ce que vous fabriquez, Logicielle ? Vous avez interrogé Tony ?
– Il est à l'hôpital Beaujon. Dans le coma. Tentative de suicide.
– Ah, l'imbécile !

Logicielle faillit répliquer, mais Kosto enchaîna :
– Par pitié, revenez au plus vite ! Mes invités s'impatientaient et ils viennent de se reconnecter.
– Blish est-il toujours là ?
– Bien sûr ! Où voulez-vous qu'il soit ?
– Surveillez-le de près. Il ne doit quitter NCF sous aucun prétexte !
– Entendu. Pour quelle raison ?
Elle raccrocha sans livrer plus d'explications.

Du Central, on piégeait en direct toute l'activité routière de Paris. On s'interpellait d'un peu partout :
– Un accrochage entre la Porte de Vanves et la Porte de Versailles !
– À l'entrée de l'A1, j'ai un véhicule immobilisé sur la file de gauche.
– Nous voulons reconstituer le parcours d'une ambulance du Samu, dit Logicielle à l'employé qu'on avait mis à leur disposition. Elle a quitté la rue Jean-Goujon peu après minuit.
Les enregistrements nocturnes étaient de qualité médiocre mais l'employé avait l'habitude de les décrypter.
– La voilà ! affirma-t-il en désignant l'écran. Elle remonte les Champs-Élysées pour rejoindre l'Étoile.
– 0 h 19, nota Logicielle. C'est elle. L'heure correspond.
En la voyant évoluer, elle se sentit très excitée. Blish et Andre se trouvaient là, à l'intérieur !
L'employé effectuait des accélérés, de brefs retours en arrière…
– Regardez ! Elle descend l'avenue de la Grande-Armée. À mon avis, elle va rejoindre le périphérique ou filer vers La Défense. Ah, perdu !

– Comment ça, perdu ? demanda Max.
– Je l'ai perdue de vue. Porte Maillot. À 0 h 31.
– Elle n'a pas pu se volatiliser ! protesta Logicielle.
– On devrait la retrouver au carrefour qui permet d'accéder au périph. Et je ne la vois pas. Elle a dû s'arrêter avant.
– Où ? Vous pourriez explorer les rues avoisinantes ?
Après trois minutes d'observation, l'employé conclut :
– Je ne la localise pas. En toute logique, elle devrait s'y trouver !
– J'en doute, soupira Logicielle. On peut revenir à minuit et demi ? Oui, voilà. Regardez : ce n'est pas un véhicule du Samu ! L'avant est un peu plus sombre que l'arrière. Comme si…
– … on l'avait repeint ? suggéra Max.
– Oui, ou recouvert d'une bâche, d'un panneau… Cette fausse ambulance, nous devrions la retrouver. Grâce à sa forme, à son volume.
– Allons-y ! se résigna l'employé. Mais combien de temps plus tard ? Trois minutes ? Un quart d'heure ?
Il désigna le carrefour où la circulation était incessante. Ils s'obstinèrent à visionner les images sans venir à bout du problème.
Les ravisseurs de Blish et d'Andre avaient bel et bien disparu. Pour une destination inconnue.

32

Samedi 11 août
16h à Paris (Trocadéro)
10h à New York (Manhattan)

Comme il pénétrait dans l'appartement de ses amis, Ronald entendit le téléphone sonner. Il se précipita et déclencha son MultiMédia3.

– Allô Ronald ? Enfin, tu es là !

Blish Junior semblait très excité.

– Qu'est-ce qui t'arrive, Darius ? Ton père a eu un infarctus ?

– Mieux que ça ! Il a été enlevé.

– Quoi ?

Ronald fut surpris d'être dépité. Après l'appel du matin, il n'avait pas pu se rendormir. Il était sorti prendre un café au *Saint-Dominique,* un bar-tabac voisin. En arpentant l'esplanade des Invalides, il n'avait cessé de ruminer la proposition du fils de Blish.

– Ton père a été enlevé ? Tu es sûr ?

C'était comme si ces maudits ravisseurs lui subtilisaient cent millions de dollars sous le nez.

– Certain ! Ce matin, je suis arrivé chez Oxoil avant 9 heures. J'ai demandé à voir mon père.

– Mais il était parti à Paris !

– Je n'étais pas censé le savoir. J'espérais soutirer des renseignements à Dan.

– C'est lui qui t'a annoncé la nouvelle ?

– Non. Il ne m'a même pas vu. Je venais d'arriver dans le bureau de Connely quand le téléphone a sonné. Dan a répondu en français. J'ai été intrigué et j'ai écouté la conversation. Si tu avais vu sa tête quand il est sorti du bureau…

– Tu comprends le français, maintenant ?

– J'en ai assez appris pour tout piger, crois-moi !

– Et si c'était un canular ?

– C'était un flic qui appelait, Ronald. Un commissaire, depuis l'hôtel où mon père a été enlevé cette nuit.

– Et alors ? Qu'est-ce que je peux y faire ? Prier pour que ton père ne s'en sorte pas vivant ? C'est ça, que tu veux ?

– Non. Je veux te donner l'adresse de l'hôtel où il a été enlevé.

– Comment tu l'as obtenue ?

– Dan l'avait griffonnée sur son bloc-notes. Mon père a été enlevé à l'hôtel *San Remo*. Tu notes ?

– C'est fait. Qu'est-ce que tu veux que j'en fasse ?

– Écoute, Ronald. Mon père est en danger. S'il meurt, ce sont les ravisseurs qui seront accusés. Pas toi !

– Mais comment veux-tu que je les découvre et que je leur arrache ton père pour l'assassiner ?

– À toi de voir.

– À ta place, j'attendrais, grommela Ronald. Si ça se trouve, ton père est déjà mort.

– Il représente trop de fric pour que ses ravisseurs le suppriment. Si Oxoil paie la rançon et que mon père s'en tire vivant, je serai doublement perdant. Bon sang, Ronald, ça ne te coûte rien de faire un saut du côté du *San Remo* !

– Je vais voir. Rappelle-moi ce soir.

Ronald raccrocha. Il était furieux. Furieux de s'être fait doubler et de se voir donner des ordres impossibles à exécuter. Il ne supportait plus que ce fils de milliardaire lui confie ses malheurs – ou ses bonheurs, ce qui était pire.

Cent millions de dollars…

Il réfléchit.

Après tout, le *San Remo* ne devait pas être si loin. Paris était une ville minuscule.

33

Hôtel *San Remo*
Samedi 11 août, 16h15

– Les fichiers de Ray sont arrivés ! s'exclama Germain en se précipitant vers l'ordinateur.

Il cliqua sur le premier fichier joint. Une voix féminine jaillit, calme et claire :

– *Ray ? I'm OK. I'm in Paris...*

Toujours en anglais, elle poursuivit :

– *L'hôtel est très confortable. Il fait un temps magnifique. Demain... oh, attends, on frappe à la porte de ma chambre. Je te rappelle !*

– C'est tout, dit Germain. Le message suivant est parti six minutes plus tard.

On entendit une respiration haletante. Puis un froissement léger et un chuchotement :

– *Ray ? Call the police !*

Il y eut six secondes de vague brouhaha et de bruits de pas. Enfin, lointaine, étouffée, une voix :

– *Ine... i... oua...*

Puis une autre :

– *Oua... è... ui...*

Trente secondes plus tard, la communication fut coupée automatiquement, la durée des messages ne pouvant excéder une minute.

– Incompréhensible ! soupira Logicielle. Il faudrait pouvoir traiter ce message, dommage que je n'aie pas mon matériel ici.

– Le fils d'Andre est informaticien, révéla Germain, un sourire en coin. Il a déjà fait le travail. Écoutez.

Germain cliqua sur l'avant-dernier fichier. Une voix masculine précipitée criait :

– *Elyne ! Vite, viens voir !*

– *Quoi ?* répliquait une femme. *Il s'est enfui ?*

– *Non mais...*

– *An... ii...*

– Je sais, admit Germain. Les dernières paroles restent inaudibles.

Après la dernière réplique, quarante secondes s'écoulaient. Avec des bruits de pas, le choc d'une porte refermée.

– Et le troisième message ? demanda Logicielle.

– Il a été envoyé à 0 h 40, heure de Paris. Le voici.

Pendant une longue minute, c'était un simple bruit de fond continu, rompu par un bref coup de Klaxon, au loin.

– Un trajet en voiture ? suggéra-t-elle.

– Ça paraît évident.

– Nous pouvons reconstituer l'enlèvement à la minute près ! Et cela colle parfaitement avec les informations fournies par le central VidéoSécur. Ce qui m'étonne, c'est que votre amie Andre soit parvenue à laisser ces messages pendant son enlèvement.

– À l'arrivée des ravisseurs, supposa Germain, elle a coupé son téléphone qu'elle a dû glisser dans la poche de sa robe de chambre.

– Il lui suffisait alors d'appuyer sur la touche de rappel pour être à nouveau en communication avec son fils, acheva Logicielle. Même si elle ne pouvait rien dire ou presque. Une chance.

– Non, une nouvelle preuve du sang-froid d'Andre, rectifia le commissaire. Cela dit, nous avons affaire à des amateurs. De vrais truands auraient pris plus de précautions.

– Et il y a un dernier message ?

– Mieux. Une photo, prise à 0 h 45.

Germain cliqua sur le dernier document joint qui s'afficha pleine page. La moitié inférieure de l'image était noire. La seule partie visible représentait, sur un fond gris foncé, un tube presque vertical dont l'extrémité s'achevait par une collerette.

– Qu'est-ce que c'est ? demanda Max.

Les neurones de Logicielle travaillaient à cent à l'heure.

– À mon avis, Andre a pris une photo par la vitre du véhicule. Cette partie sombre, en bas, c'est la porte.

– Et ce tuyau ?

– Ça ressemble à une cheminée.

– Nous voilà bien avancés ! jeta Max. Vingt minutes après son arrêt Porte Maillot, le véhicule est passé devant une cheminée. Quel indice !

– Oui, Max, un indice important ! Cette photo, très nette, a été prise à l'arrêt.

– Un feu rouge ?

Logicielle essayait de se mettre à la place d'Andre, soucieuse de laisser le maximum d'informations.

– Plutôt à l'arrivée à destination, affirma-t-elle.

– Résumons ! dit Germain. Andre et James Blish pourraient être retenus prisonniers dans un lieu où leurs ravisseurs sont arrivés, euh... vingt-cinq minutes après avoir stationné Porte Maillot ! C'est ça ?

– Oui, confirma-t-elle. Déduisons cinq à dix minutes pour enlever le maquillage de la camionnette, il reste quinze à vingt minutes de trajet avant l'arrivée face à ce... à cette usine. Cela limite les recherches.

– Nous savons aussi, compléta Germain, que l'un des ravisseurs s'appelle Elyne.

– Drôle de nom pour une Allemande, nota Max en aparté.

– La vidéo de l'hôtel nous livre son signalement, reprit le commissaire. Elle appartient certainement à un groupe d'activistes. Tendance écologiste. Ce sera suffisant.

– Suffisant pour quoi ? grommela Max.

– Pour l'identifier, assura Logicielle. Et quand nous aurons cuisiné le faux Blish, nous aurons une chance de retrouver les otages.

– Tout va bien ? demanda la gérante depuis la réception.

– Oui, merci, répondit Germain. Je crains de monopoliser ces lieux jour et nuit…

– Et si vous occupiez la chambre de Mrs Connely ? suggéra la gérante. De toute façon, elle est disponible jusqu'à mardi. On va vous monter tout le matériel dont vous avez besoin.

– Vraiment ? Je vous remercie. Logicielle ? À présent, filez à NCF. Et appréhendez le faux Blish !

– Vous ne venez pas ?

– Je vais appeler l'Identité judiciaire pour tenter de découvrir qui est cette Elyne, et essayer d'identifier le bâtiment dont Andre a photographié la cheminée.

Il accompagna Max et Logicielle au bas des marches de l'hôtel.

– Surtout, leur conseilla-t-il, pas d'imprudence avec notre imposteur !

– Oh, c'est comme s'il avait déjà les menottes aux mains, affirma Logicielle.

34

La Défense (NCF)
Samedi 11 août, 17h40

En arrivant dans la zone de la tour Phare, Logicielle et Max longèrent l'immeuble voisin de NCF, qu'Oxoil avait racheté. Les étages, où le vent s'engouffrait, n'abritaient que des bétonnières, des sacs de ciment et du treillis soudé. Des palissades protégeaient l'accès au chantier.

– Qu'est-ce que tu cherches ? demanda Max. Une cheminée ?

– Pourquoi pas ? Il nous a fallu treize minutes pour arriver ici !

À l'entrée du parking souterrain, les gardiens levèrent la barrière et leur firent signe de passer. Logicielle obligea Max à s'arrêter.

– Navrée, dit-elle aux hommes, mais vous auriez dû nous contrôler. Il faut redoubler la surveillance ! Quelqu'un est-il entré ou sorti depuis notre départ ?

– Personne. Tout est bouclé.

Parvenue au trente-troisième étage, Logicielle écarta Vincent qui se précipitait vers elle et apostropha son patron :

– Monsieur Kostovitch, êtes-vous sûr de vos employés ? Des techniciens, infirmières et vigiles qui sont ici ?

– Je m'en porte garant. Pourquoi cette question ?

– Parce que je détiens une nouvelle information.

Elle nota que les six vigiles dispersés aux quatre coins de la salle portaient sous leur veste un holster garni et elle se sentit rassurée d'avoir récupéré son arme de service. Elle rejoignit l'angle de la pièce où étaient allongés les membres de l'opération *Cinq degrés de plus*.

James Blish semblait dormir. Ses yeux roulaient vivement sous ses paupières closes, preuve d'une vive activité cérébrale.

Au pied de chaque fauteuil, un moniteur diffusait l'image d'une grande ville baignée par un fleuve aux flots brunâtres.

– Nos voyageurs sont enfin réunis ? demanda-t-elle.

– Oui, révéla David. Ils sont en France, à Bordeaux.

– Eh bien ? s'impatienta Kosto. Cette information inédite, Logicielle ?

– La voici.

Elle se pencha sur l'imposteur dont les lèvres et les paupières tremblaient, comme celles d'un rêveur au sommeil agité. Elle gratta sa joue droite et finit par trouver, sous son ongle, le bord de la fine pellicule qui y était collée. Du travail de professionnel.

Elle la décolla lentement.

– Bon sang… qu'est-ce que c'est ? murmura Kostovitch à mi-voix.

– Oh, disons une décalcomanie.

Logicielle brandit le morceau de caoutchouc, en guettant l'expression de toutes les personnes présentes dans la pièce.

– Mais… mais… bredouillait Kostovitch. Qui est-ce ?

– Sûrement pas James Blish, répondit-elle.

– Alors… alors il faut l'arrêter ! brailla le PDG de NCF.

Il se précipita vers le fauteuil, mais Logicielle le retint.

– Un instant. J'aimerais me livrer à un petit interrogatoire.

– Justement ! Faisons-le revenir à la réalité !

– Pas avant mon retour, ordonna-t-elle en s'allongeant sur son propre fauteuil.

– Tu es folle ! chuchota Max. Qu'est-ce que tu fais ?

– Tu vois bien, je le rejoins.

Elle saisit le patch qui reposait dans sa solution antiseptique. Puis, d'un geste sûr, elle le posa entre sa quatrième et sa cinquième vertèbres. Et elle l'enfonça.

D'un coup.

35

Hôtel *San Remo*
Samedi 11 août, 18h

Ronald observait le *San Remo* depuis le trottoir d'en face. Il fut soulagé quand la gérante quitta la réception pour emprunter un ascenseur.

Il traversa la rue, adressa un signe amical au voiturier et gravit quatre à quatre les marches de l'escalier de marbre.

Le salon d'attente était désert. Le moment idéal pour agir.

– Monsieur ? demanda en souriant le jeune réceptionniste qui venait de prendre son service.

– Je m'appelle Donald. Donald Wollheim, précisa-t-il sans atténuer son accent américain.

Il sortit de sa poche un mince portefeuille qu'il ouvrit.

– Je suis correspondant à Paris de l'*International Herald Tribune*.

– Oh ! Enchanté.

Ronald s'empressa de refermer le porte-cartes. Un œil exercé aurait vite reconnu une carte de presse périmée et quelque peu bricolée. Il leva brièvement la tête et, rassuré, nota l'absence de toute caméra vidéo.

– Que puis-je faire pour vous, monsieur ?

– Appelez-moi Donald.
Il ajouta à voix plus basse :
– Vous pouvez me renseigner, Luc. Vous vous appelez bien Luc ?
– En effet. Vous renseigner à quel propos ?
– À propos de l'enlèvement qui a eu lieu ici la nuit dernière, celui de ce riche homme d'affaires.
Le réceptionniste marqua un bref temps d'hésitation avant de répondre :
– Je ne vois pas de quoi vous voulez parler, monsieur.
– Écoutez, Luc, fit Ronald en saisissant familièrement le bras du jeune homme. Je vais être franc. Notre journal possède déjà pas mal d'informations à ce sujet.
Il baissa encore le ton et reprit :
– Si ce n'est pas vous qui me renseignez, ce sera quelqu'un d'autre. Mais je préférerais que ce soit vous. Qu'est-ce que vous en pensez ?
Il rouvrit son portefeuille, en sortit un billet de cent euros. Luc bredouilla :
– Mais je ne peux pas...
– Si. Vous pouvez très bien. Si l'on vous demande qui s'est présenté ici, vous n'en savez rien, OK ? Je ne vous ai rien dit, ni mon nom ni celui de mon journal, entendu ?
Il glissa de force le billet dans la main de Luc, enchaîna :
– Des billets comme celui-ci, j'en ai encore beaucoup. Est-ce qu'on a retrouvé l'homme d'affaires et sa secrétaire ?
Luc n'hésita pas longtemps. Après tout, ce n'était pas lui qui avait révélé cet enlèvement à la presse !
– Non. La police française enquête, révéla-t-il en désignant les étages. Un commissaire s'est installé dans la chambre 71 où le rapt a eu lieu. Deux lieutenants sont venus et repartis.

Luc se souvint de la caméra intégrée à la pendule, juste au-dessus de lui. Mais les enregistrements du rapt avaient déjà été visionnés, ceux d'aujourd'hui n'intéresseraient personne. Il réfléchit et conclut d'un air navré :

– C'est… c'est tout ce que je sais, monsieur.

– Appelez-moi Donald. Si, prenez-les ! C'est moi qui vous remercie.

Avant de ramasser deux billets supplémentaires, Luc jeta un coup d'œil du côté de l'ascenseur dont les portes s'ouvraient. La gérante en surgit.

Ronald fila au salon pour s'asseoir dans un des fauteuils de cuir. Et garder un œil sur le réceptionniste. Il ouvrit un magazine, sortit son paquet de cigarettes. Et cracha son chewing-gum dans sa main. Il ne trouva, pour le jeter, que le porte-parapluies. Ignorant la pancarte d'interdiction, il voulut allumer sa dernière cigarette mais la molette de son briquet était bloquée. Un modèle en plastique bon marché.

Le briquet rejoignit le chewing-gum dans le porte-parapluies.

La gérante reprit l'ascenseur avec deux femmes de chambre. Alors, Ronald se leva d'un bond.

– Finalement, dit-il à Luc, je vais prendre moi aussi une chambre. Contiguë à la 71. C'est possible ?

– La 69 ? Mais c'est une chambre non-fumeur. Est-ce que…

– J'éviterai de fumer.

– C'est une chambre à 450 euros, monsieur. Puis-je vous demander l'empreinte de votre carte de crédit ?

– Inutile, je paie en liquide. Ah… auriez-vous des cigarettes ? Et des allumettes ?

– Mais oui.

Luc ouvrit l'un des tiroirs sous l'ordinateur tandis que Ronald alignait sur le comptoir cinq cents euros.

– Gardez tout, Luc. Et n'oubliez pas, je suis un client ordinaire.

– Oh ! Je vous remercie beaucoup, monsieur !

– Dites-moi, le commissaire qui occupe la 71, il est toujours là ?

– Oui. Il n'est pas sorti.

– C'est parfait. Bonne soirée.

– C'est moi qui vous souhaite une bonne nuit, monsieur.

Ronald ne releva pas l'absurdité de ce vœu convenu. S'il avait pris une chambre au *San Remo*, ce n'était pas, mais pas du tout pour y dormir.

36

Samedi 11 août, 18h30 (heure de Paris)
Cinq degrés de plus (12 août 2100, 18h30)

– Notre lieutenant de police a réintégré son avatar, affirma Colbert.

– Ah, Logicielle est enfin de retour parmi nous ! s'écria Dimitri.

Elle ouvrit les yeux et vit le fleuve, un large ruban ocre aux allures d'océan dont les vaguelettes s'écrasaient sur un rivage bétonné. Là aussi, on avait édifié une immense digue au-delà de laquelle s'étendait la ville.

Elle était assise entre Tim et Jenny à l'arrière d'un véhicule aux vitres et au toit de verre fumé.

Dimitri conduisait, le climatologue à ses côtés.

– Où sommes-nous ? demanda-t-elle.

– Bloqués à l'entrée de Bordeaux, grommela le Russe. Contrôles, péages, sécurité... Ce genre de tracasseries s'est multiplié.

Elle reconnut les lampadaires du vieux Pont de pierre.

– Et les autres ? Où sont-ils ?

– Devant nous, dans une voiture identique, indiqua Colbert.

Elle se leva et posa la main sur la portière. Jenny s'interposa aussitôt.

– Stop. Que voulez-vous faire ?

– Sortir, voyons ! On n'avance pas.

– Vous êtes folle ! s'exclama la jumelle. C'est interdit. Vous voulez qu'on écope d'une amende ? Ce voyage revient assez cher comme ça !

Leur véhicule était cerné par des dizaines d'autres suncars dont la carrosserie couverte de capteurs solaires ne laissait rien voir de l'intérieur.

– C'est un embouteillage ?

– Oh, une petite file d'attente ! rectifia Tim. Nous serons à l'hôpital Bergonié dans moins d'une heure.

– Je ne comprends pas, murmura Logicielle. À l'aube, nous étions en Floride. Blish, Indiana et Zeroo se trouvaient à Pékin. Comment pouvons-nous nous retrouver tous à Bordeaux ? Et si vite ?

– Nous avons avancé de vingt-quatre heures d'un coup, expliqua Colbert en se retournant. Comme ça, sans crier gare ! Je me suis déconnecté un instant pour avoir une explication. David et ses collègues n'en avaient aucune, ils étaient les premiers surpris.

L'incident troubla Logicielle. Elle savait que le programme ne pouvait pas s'automodifier. Elle se pencha vers l'avant pour chuchoter au climatologue :

– Que s'est-il passé depuis mon départ ?

– Quand nous avons rejoint nos avatars, ils se trouvaient à l'aéroport de Charleston avec les jumeaux. Blish, Indiana et Zeroo étaient enfin arrivés à l'aéroport Lin Piao. Nous étions en liaison percom avec eux quand la rupture a eu lieu. Nous avons ressenti une secousse brutale.

– Un vrai court-circuit ! précisa Dimitri. Le temps que nous reprenions nos esprits, et nous étions en France, à l'aéroport de Bordeaux ! Un jour entier s'était écoulé en une seconde. Les jumeaux ont dû nous expliquer ce que nos avatars et eux avaient fait pendant tout ce temps !

– Et pendant ce trou temporel, que s'est-il passé ?

– Du vilain, répondit Dimitri. Pussy a été examinée à l'infirmerie de l'aéroport de Charleston. Elle est atteinte d'une maladie infectieuse. Les médecins nous ont révélé que seul l'hôpital de Bordeaux était spécialisé dans ce genre d'affection. Ils voulaient nous consigner sur place à cause de la contagion, mais Otto Weiss a tout fait pour que nous leur échappions et que nous prenions le premier vol pour la France. De toute façon, ajouta-t-il en désignant le suncar qui les précédait, notre objectif était de nous retrouver tous en France.

– Les parents n'ont pas voulu rejoindre leurs enfants ? s'étonna Logicielle.

– Ils sont bloqués à Washington ! expliqua le Russe. Le 4D prépare une action d'envergure, si bien que les adhérents du MAD sont sur le pied de guerre. Incroyable, ce prétexte pour arriver ici, non ?

– Quel prétexte, Dimitri ?

– La maladie de Pussy ! Weiss s'est entêté pour que nous rejoignions Bordeaux. Il est devenu un grand-papa gâteau et a perdu de vue nos objectifs initiaux. Ce petit norn l'a convaincu qu'il existait.

– Mais Pussy est convaincue qu'elle existe, murmura Logicielle.

Ils avançaient au pas sur le vieux Pont de pierre. Logicielle aperçut, à perte de vue, une armada de cargos géants.

– Cette flotte vous étonne ? jeta Dimitri. Bordeaux est devenu le deuxième port d'Europe après Rotterdam. Il assure le relais des transports maritimes qui transitent autour du pôle Nord.

– Autour du pôle ? répéta Logicielle. Mais... et la glace ?

Le Russe éclata de rire.

– Elle a fondu ! Désormais, la baie d'Hudson est accessible dix mois par an, elle permet la liaison entre le port de Mourmansk et le port de Churchill. Mais la révolution, c'est le passage du nord-ouest qui relie la mer de Baffin à la mer de Béring !

– C'est-à-dire ? demanda Logicielle dont les souvenirs en géographie étaient vagues.

– À la fin du XXe siècle, expliqua Colbert d'une voix funèbre, le pôle Nord était en permanence recouvert par les glaces. Mais en 2100, il n'est gelé que trois mois sur douze. La banquise n'est plus qu'un gros iceberg qui achève de fondre.

– Pour aller de Londres à Tokyo, les navires de commerce ne passent plus par Panamá, acheva Dimitri. La route est réduite de moitié. Une belle économie, car le coût des carburants a décuplé.

– Ce coût est si prohibitif, nota Colbert avec amertume, que l'usage de la voiture et de l'avion est désormais réservé à une élite.

– Il a raison, déclara Tim en se tournant vers sa sœur. Nous sommes des privilégiés. Et toi, tu voudrais partager ?

Jenny le fusilla du regard.

La voie se dégagea et leur suncar avança de trois mètres. Sur le tableau de bord, les chiffres défilèrent à toute vitesse.

– Qu'indique ce compteur ? s'informa Dimitri.

– Les sommes qui sont débitées du compte de Dadou, répondit Jenny. Péage correspondant aux kilomètres parcourus, à notre vitesse, aux zones dans lesquelles nous roulons…

– L'hôpital coûtera moins que le trajet ! ajouta Tim.

Logicielle connaissait bien Bordeaux. Elle fut étonnée que la plupart des bâtiments historiques soient toujours là.

Certains quartiers avaient laissé place à des espaces verts. Vert n'était pas l'adjectif approprié car, malgré l'arrosage automatique, la végétation, tropicale, semblait grise.

– On se croirait à Alger !

– Et encore, dit Colbert en désignant l'écran de l'ordinateur de bord, vous n'avez pas vu Londres. Les hêtres et les chênes ont complètement disparu d'Angleterre.

– À cause de la température ?

– Oui. La hausse a été trop brutale, les espèces n'ont pas eu le temps de s'adapter. Elles succombent à de nouvelles maladies. En Europe, les zoos abritent les derniers pics-verts, les crapauds et les grenouilles.

En centre ville, la circulation était presque inexistante. Parfois, d'étranges vélos les doublaient, dont le conducteur pédalait à peine.

– Drôles de bicyclettes ! s'exclama Logicielle.

– Des bicykélecs, rectifia Jenny. Des vélos électriques, quoi ! Ma parole, on dirait que vous n'en avez jamais vu.

Logicielle aperçut des piétons la tête emprisonnée dans un casque transparent. Au passage, ils les abreuvaient d'insultes.

– Les véhicules individuels n'ont pas la cote, expliqua Jenny.

– On pourrait interdire leur usage en ville ? suggéra le climatologue.

– Non, ça rapporte trop à l'État, révéla Tim. Pour circuler, il faut payer.

Soudain, leur véhicule pénétra dans un sas illuminé et s'arrêta. Dimitri s'inquiéta :

– Nous sommes en panne ?

– Non. Aucun véhicule n'a le droit d'aller plus loin, annonça Tim.

Devant eux, Blish et ses compagnons quittèrent leur suncar. Weiss portait Pussy dans ses bras.

Un polirob d'apparence vaguement humaine les invita à revêtir une combinaison isolante et un casque transparent et souple.

– Jenny, tu nous expliques ? demanda Logicielle.

– C'est simple. En ville, il y a deux manières de circuler : sans protection, avec le risque d'attraper des maladies dues à la pollution, ou avec un équipement approprié. Qui coûte très cher.

Dès qu'ils eurent quitté le sas, la chaleur les saisit malgré leurs vêtements protecteurs. Mais ce qui frappa Logicielle, ce furent les insectes. Ils formaient une ronde incessante autour de son visage. Certains, qu'elle ne parvint pas à identifier, étaient plus gros que des guêpes.

Weiss avait pris la tête du groupe. Tim grommelait :

– Quelle idée de se risquer à l'extérieur ! Chez soi, on peut tout commander à distance et on est en sécurité.

Logicielle songea à Max qui lui reprochait souvent de préférer le virtuel au réel. La société du futur semblait foncer droit dans cette direction.

Ils croisèrent une borne où s'affichaient la température à l'ombre, 44 °C, et le taux de pollution, que Jenny estima raisonnable. Logicielle ne sut décoder les autres indications dont Colbert apprécia le détail : teneur de l'air en méthane, azote, dioxyde de carbone, mesure des ultraviolets et autres radiations.

Enfin, la tour de verre de l'hôpital fut en vue. Dans le hall climatisé, Logicielle voulut enlever sa combinaison.

– Conservez-la, lui recommanda une jeune interne. À cause de la contagion et des microbes.

Le corps de Pussy était agité de tremblements. Derrière son casque transparent, son visage était cireux, ses lèvres pincées. Réelle ou virtuelle, c'était une enfant malade et innocente. Parfois, dans son délire, elle répétait :

– Dadou, Dadou.

Weiss était au bord des larmes.

On les orienta vers un couloir où s'affichait : Médecine privée.

– Weiss n'a pas voulu faire appel aux services de santé publique, grommela Dimitri. À cause des délais d'attente.

Jenny révéla à Logicielle qu'il existait deux façons de se faire soigner : l'une bon marché mais lente et sans garantie. L'autre privée et efficace, mais hors de prix.

Ils furent accueillis par un groupe de jeunes médecins qui prirent la patiente en charge. On les pria d'attendre le diagnostic dans un confortable salon d'attente.

Weiss, très pâle, se mit à faire les cent pas. Les jumeaux s'installèrent sans un mot côte à côte face à un jeu vidéo. Dimitri, lui, rejoignit Colbert, Indiana et Zeroo qui consultaient les ordinateurs mis à la disposition des visiteurs. Ils étaient ravis de mettre ce temps à profit pour glaner de nouvelles informations climatiques ou financières.

– Monsieur Blish, vous avez un instant ? dit Logicielle.

– Bien sûr.

Elle l'entraîna à l'écart près d'une immense baie vitrée d'où l'on dominait la Garonne et la ville. L'imposteur la considéra avec bienveillance. Sa vilaine balafre ressemblait presque à un sourire.

– Que désirez-vous ?

– Vous poser une simple question puisque je sais que vous n'êtes pas James Blish… Qui êtes-vous ?

37

Paris, butte Montmartre
Samedi 11 août, 18h35

Danielle Defaux composa le numéro de Noël et elle fut rassurée qu'il décroche aussitôt. Sans se présenter, elle lui annonça :

– Je viens de recevoir un SMS. Mauvaise nouvelle, le remplaçant de Blish a été démasqué.

Il y eut un long silence consterné.

Puis :

– Il faut donc lancer la seconde phase ?

– Oui. La prise d'otages est indispensable. Les hommes d'affaires doivent absolument signer notre Protocole.

Elle évoquait le Protocole Pour la Protection de la Planète que les écologiens du monde entier avaient passé plusieurs mois à peaufiner et dont la presse ne s'était même pas fait l'écho.

– Notre comédien ne peut plus agir, reprit-elle. J'ai même peur que la police l'appréhende avant notre intervention.

– Il ignore tout de la capture de Blish. Et il n'a commis aucun crime !

– Les choses pourraient mal tourner.

Dès le début de l'opération, Danielle avait deviné qu'il faudrait en passer par un enlèvement risqué. Elle ne s'y résolvait pas de gaieté de cœur mais une fois l'opération lancée, elle savait qu'il n'était plus possible de reculer.

Surtout, elle s'inquiétait pour ces jeunes écologiens qui, par altruisme, allaient se rendre acteurs ou complices d'un crime qui pourrait leur coûter très cher.

– Tu peux relayer l'info aux autres ? reprit-elle. Qu'ils soient sans faute en place ce soir avec le matériel.

– Compte sur moi, Danielle. Nous serons là. Tous. Sans exception.

38

Samedi 11 août, 20h30 (heure de Paris)
Cinq degrés de plus (12 août 2100, 20h30)

L'avatar de Blish pâlit, ses traits se décomposèrent. Puis il se ressaisit et répliqua d'une voix ferme :

– Je ne comprends pas. Je suis le PDG du groupe Oxoil et je...

– Non. Vous êtes un imposteur.

Logicielle avança la main vers Blish et lui pinça la joue. Mais la cicatrice de cet avatar était réelle !

– Vous êtes dans de très vilains draps, monsieur Lefauxblish.

– Moi ? Mais...

– La nuit dernière, James Blish a été enlevé à son hôtel avec sa directrice de cabinet. Ce matin, vous avez pris sa place. Jusqu'ici, vous avez été parfait dans ce rôle. Mais si vous ne voulez pas que cette comédie tourne au drame, vous allez me révéler votre identité et celle de vos complices. Ainsi que le lieu où Blish et sa dircab sont retenus.

Le comédien lui saisit brusquement la main et lui lança avec conviction :

– Logicielle, dans quel camp êtes-vous ?

– Moi ? Dans celui de la légalité. De la police. De la justice.

– Ces trois termes sont loin d'être synonymes. Il va falloir choisir.

– Disons que j'ai été réquisitionnée par monsieur Kostovitch.

– C'est encore un camp différent !

Agacée, elle haussa les épaules.

– N'inversez pas les rôles voulez-vous ? Vous n'avez plus le choix. Revenez donc à la réalité, dans tous les sens du terme ! J'ordonne qu'on vous ôte votre patch, ajouta-t-elle en haussant le ton.

– Non ! Non, ne faites pas ça !

Le faux Blish leva un regard suppliant vers le plafond comme pour implorer un dieu invisible.

– Négocions ! reprit-il d'une voix alarmée. Laissez-moi être Blish pendant trois jours et je vous dirai ensuite tout ce que je sais. Je me mettrai à la disposition de la justice. Que risquez-vous ?

Elle hésita, comme devaient hésiter les informaticiens de NCF puisqu'ils n'avaient pas enlevé le patch de l'imposteur.

– Mon nom ne vous dirait rien. On m'appelle Charmeuil, je suis comédien.

– Pour interpréter ce rôle, on vous a payé combien ?

– Rien ! J'ai agi par pure conviction.

– Vous faites partie de quel mouvement écologiste ?

– Aucun. Je suis un sympathisant, c'est tout.

– De quelle organisation ?

– Je sais que l'opération a été mise au point par les écologiens.

– Où est détenu James Blish ?

– Je vous jure que je l'ignore !

– Vous vous moquez de moi, Charmeuil !

Il lui jeta un regard de détresse. Hélas, elle était sûre qu'il disait la vérité ; elle aurait préféré qu'il mente pour pouvoir la lui extorquer.

– Le nom de vos complices ?

– Je prends mes ordres auprès d'une jeune femme. J'ai cru comprendre qu'elle s'appelait Line. Ou Aline. C'est mon seul contact.

Elyne, rectifia intérieurement Logicielle.

– Vous l'avez déjà vue ?

– Oui. Deux fois… non trois.

– Elle a moins de trente ans, elle est très mince et elle a un ami qui possède une moto. C'est bien ça ?

Devant le mutisme stupéfait de l'acteur, elle jeta d'une voix forte :

– Votre rôle s'achève ici, Charmeuil. Alors avant de quitter la scène, dites-nous ce que vous savez. Vous bénéficierez ainsi de l'indulgence du juge !

– Quel juge ?

– Vous ne comprenez pas que vous allez être inculpé ? Que Blish est en danger ? On n'est plus au théâtre, Charmeuil, mais dans la réalité !

Elle voulut rectifier cette contrevérité quand l'imposteur débita d'un coup :

– La première fois que j'ai rencontré Line, c'était il y a un an, dans une manif. Nous avons sympathisé, bu un verre. Elle m'a demandé mon numéro de téléphone mais a refusé de me confier le sien. La deuxième fois, elle est venue chez moi. Seule, il y a deux mois. Elle a évoqué un rôle que je pourrais tenir…

– Et la troisième fois ?

– C'était la semaine dernière. Elle m'attendait à la sortie du théâtre avec son copain. Elle m'a mis le marché en main. Si je n'étais pas volontaire, elle ferait appel à un autre comédien. J'ai accepté.

– Vous avez conscience de votre responsabilité ? Vous savez les risques que vous avez pris ?

– Oui.

Charmeuil releva crânement la tête. Logicielle devina que le comédien avait moins cédé à ses convictions qu'à l'orgueil. Ce rôle, il ne l'aurait laissé à aucun autre ! Entraîné sur la pente des confidences, il poursuivit :

– Elle m'a livré les détails par téléphone, m'a demandé de me documenter sur Blish. Je l'ai fait. Je ne l'ai pas revue depuis.

– Le nom de son complice ?

– Je l'ignore. Je vous le jure.

Elle soupira car elle n'en doutait pas.

– Vous me laisserez jouer mon rôle jusqu'au bout ? demanda Charmeuil en désignant les autres participants rassemblés face aux ordinateurs.

– Vous plaisantez ? Je ne vous ai rien promis.

Elle réfléchit. Révéler l'imposture de Blish allait semer une jolie pagaille parmi les clients de Kostovitch et perturber leur séjour dans *Cinq degrés de plus*. Mais pour des questions de sécurité, elle ne pouvait pas dissimuler la vérité.

Elle s'apprêtait à ordonner aux techniciens d'enlever les patches de tous les participants quand une porte s'ouvrit. Trois hommes en blouse blanche surgirent. Leur visage était grave. Weiss se précipita sur eux.

– Eh bien ? les pressa-t-il. De quoi souffre Pussy ? Où est-elle ?

– En observation dans une chambre stérile, déclara l'un des médecins. Les examens sont en cours. Mais ses symptômes évoquent l'Eboline.

– L'Eboline ? répéta Logicielle. Un dérivé du virus africain Ebola ?

Le médecin consentit à expliquer :

– Pas exactement. Car ce sont des moustiques qui transmettent ce virus, comme des dizaines d'autres aussi difficiles à identifier. Sans parler des insectes responsables de la récente épidémie mondiale de leishmaniose...

– Les insectes ! s'écria Colbert. Ils propagent les maladies tropicales...

– Oui. Mais le problème, c'est que ces virus mutent très vite. Quand un virus est identifié et qu'on trouve un vaccin ou un remède, un autre, voisin, apparaît. C'est le cas de l'Ebola 3. Il en existe dix ou douze variantes.

– Mais Pussy va guérir, n'est-ce pas ? demanda Weiss.

Les médecins détournèrent la tête avant que l'un d'eux ne déclare :

– Pouvez-vous attendre deux heures ? Le diagnostic sera plus précis.

– Pendant ce temps, ajouta un autre, vous devrez répondre à un questionnaire et vous soumettre à quelques examens.

– Mais pourquoi ? s'inquiéta Dimitri. Nous nous portons très bien !

– Parmi vous, quels sont ceux qui ont été en contact avec la patiente ? demanda le troisième médecin.

Le bilan fut vite fait. Ce fut Charmeuil qui le révéla :

– Nous avons tous été en contact avec Pussy.

Les médecins se consultèrent du regard.

– Alors vous devez tous rester ici, décréta l'un d'eux. Plusieurs d'entre vous sont sûrement déjà porteurs de la maladie.

39

La Défense
Samedi 11 août, 20h50

– Arrête-toi ici, ordonna Danielle Defaux comme ils arrivaient devant l'immeuble en construction voisin de la tour NCF.

La semaine précédente, elle avait effectué une visite clandestine sur le chantier. Pourvu qu'on n'ait pas amélioré les dispositifs de sécurité !

Noël s'exécuta. En descendant, Danielle vérifia la présence du Grand Espace et de la vieille 807 derrière eux. Noël repartit aussitôt. Même si aucune caméra ne piégeait la circulation à cet endroit, il était imprudent de s'y garer.

Danielle était vêtue d'une salopette bleue et d'un casque ; elle portait une sacoche de cuir. Dans le soir naissant, elle pouvait passer pour un ouvrier du chantier.

Elle sortit de sa sacoche un tournevis électrique et, en trente secondes, ôta les boulons d'un panneau de tôle ondulée. Elle pénétra sur le chantier. Malgré les profondes ornières sur le sol en terre battue, cet endroit était un parking idéal pour les trois monoplaces de l'expédition.

Elle dégagea un second panneau, se dissimula derrière la palissade et attendit.

Une minute plus tard, le monospace de Noël franchit l'ouverture, suivi de l'Espace et de la 807.

Danielle referma la palissade sans remettre les boulons en place. Pendant que les membres du commando déchargeaient les véhicules, elle se rendit jusqu'au monte-charge et releva le disjoncteur. On y entassa une première caisse qui contenait deux arbalètes, des filins d'acier, des pitons, poulies et poignées Jumar utilisées en spéléologie. Dans une deuxième se trouvaient des bombes lacrymogènes, des grenades à fumée et huit masques à gaz munis d'une lampe frontale. Enfin, on chargea sept civières identiques à celles qui permettent en montagne le sauvetage d'alpinistes blessés, des civières pliantes à roulettes.

Une fois que le petit groupe eut pris place sur la plate-forme, Danielle consulta sa montre. Il était 9 h 05. La nuit était presque tombée. Leur complice avait confirmé qu'il serait à son poste à partir de minuit et demi. Ils disposaient de trois bonnes heures.

C'était plus qu'il n'en fallait.

Elle appuya sur le bouton du trentième et dernier étage.

Après un bref hoquet, le monte-charge s'éleva dans l'obscurité.

40

La Défense (NCF) & hôtel *San Remo*
Samedi 11 août, 22h15

Un vertige fit défaillir Logicielle. Elle comprit qu'on la déconnectait.

Elle cligna des yeux et aperçut David qui replaçait son patch dans sa solution antiseptique. Au-dehors, la nuit était tombée.

Se redressant, elle vit les autres voyageurs allongés.

– Vous êtes la seule que nous ayons rappelée, lui apprit Kostovitch.

– Germain veut que nous passions le voir, expliqua Max en brandissant son portable.

Logicielle s'ébroua. Passer du virtuel au réel était une épreuve. Les moniteurs fixés au pied de chaque fauteuil montraient les participants de l'opération, assis dans la salle d'attente de l'hôpital Bergognié, occupés à examiner les chiffres qui défilaient sur les écrans des ordinateurs.

– Nous gardons l'œil sur lui ! assura Kostovitch en désignant Charmeuil toujours allongé sur son fauteuil. Le plus urgent est de retrouver le vrai Blish. Quelle histoire ! Si vous m'expliquiez ?

– Plus tard. Gardez-le au chaud.

Dès que Logicielle fut installée à l'arrière de la moto, Max lui déclara :

– Kosto n'est pas pressé de les faire revenir à la réalité. Il ne sera pas fier de leur révéler qu'un loup s'est introduit dans la bergerie.

Mais Logicielle ne l'écoutait pas. Elle goûtait la douceur de la nuit. Elle imaginait mal qu'à la fin du siècle les conditions de vie deviendraient si dures. On n'apprécie jamais assez le présent, songea-t-elle. Jeune, on vit dans l'espoir d'un meilleur avenir ; vieux, on pleure un passé qu'on cherche à embellir.

Au *San Remo*, Luc les accueillit d'un sourire et désigna l'ascenseur.

– Le commissaire s'est installé chambre 71.

– Oui, dit Max. Au septième. On connaît le chemin.

Germain les reçut en écartant les bras. Autant pour leur souhaiter la bienvenue que pour leur désigner les trois repas qu'on avait livrés sur des tables roulantes.

– Vous nous invitez à dîner ? ironisa Logicielle. Je croyais que nous devions travailler.

– Je n'y suis pour rien, avoua Germain, c'est offert par la maison. Et puis faire le point ne nous empêche pas de manger. Vivant près de Bergerac, j'ai été vite atteint du fameux paradoxe périgourdin...

– « Ventre affamé n'a point d'oreille » ?

– Non. « Un Gascon réfléchit bien quand il a le ventre plein. » J'ai identifié Elyne. Regardez.

Sur une desserte Louis XV trônaient un ordinateur, une mini-imprimante et un écran plat. Germain leur tendit la photo, un peu floue, d'une jeune femme aux cheveux châtains.

– Ce cliché a été pris pendant une manifestation près d'un champ de colza transgénique. La gendarmerie avait relevé l'identité des participants... C'est elle, n'est-ce pas ?

– Aucun doute. Bien joué, Germain ! Comment avez-vous fait ?

– J'ai demandé au service national des identités une recherche sur le prénom d'Elyne, moins de trente ans, appartenance à un groupe écologiste. L'ordinateur a sorti une seule fiche. Et la DST m'a transmis cette photo.

– C'est une activiste écologienne ?

– On peut dire ça. La manif anti-OGM était orchestrée par le mouvement Attac. La moitié des participants n'appartenaient à aucun groupe organisé. La liste officielle des écologiens n'est pas disponible sur Internet.

– Qu'en penses-tu, Max ?

– Succulent !

– Je ne parlais pas du coq au vin mais de notre suspecte. Qu'avez-vous appris sur elle, Germain ?

– Elyne Taugenichts, vingt-six ans. Domiciliée à Schiltigheim, une ville de la banlieue de Strasbourg. Actuellement à la recherche d'un emploi. J'ai appelé sa mère. Malheureusement, elle ignore l'adresse de sa fille à Paris. Elle habite chez des copains, m'a-t-elle expliqué, et elle a perdu l'habitude de lui rendre des comptes. Mais elle m'a confié le numéro de son portable.

– Vous avez essayé de téléphoner à Elyne ?

– Non. Mais j'ai livré son numéro aux services de recherches téléphoniques. Si elle utilise son portable, on localisera ses appels. C'est-à-dire, avec un peu de chance, l'endroit où Blish et Andre sont détenus. Un lieu qui devrait se trouver dans la proche banlieue de Paris, à une vingtaine de kilomètres d'ici.

Bluffée par ces informations plus précises que ses propres déductions, Logicielle murmura :

– Comment le savez-vous ?

– La nuit dernière, expliqua Germain en sortant une bouteille du seau à glace, la circulation dans cette zone était fluide. Les ravisseurs ont roulé moins de vingt minutes à… disons entre 30 et 80 km/h, et pendant un bon quart d'heure. Faites le calcul, vous verrez. Sur ce plan de la banlieue, ajouta-t-il en dépliant une carte, j'ai hachuré la zone qui nous intéresse. Il faudrait y découvrir une usine ou un bâtiment surmonté de cette étrange cheminée… Ah, on m'envoie le fax que j'attendais !

D'une main, il tira de l'imprimante un cliché qu'il scotcha sur le mur au-dessus de la table de chevet.

– J'ai fait traiter l'image. C'est un peu mieux, qu'en dites-vous ?

Cette fois, la photo montrait clairement des traînées de nuages dans le ciel gris. Et la fine collerette qui garnissait le sommet du tuyau.

– C'est bien une cheminée, confirma Logicielle. Elle est munie d'un filtre, comme les conduits d'évacuation des incinérateurs d'ordures ménagères. J'ai l'impression de l'avoir déjà vue…

– Où ?

– Peut-être entre Épinay et Saint-Denis. L'usine de déchets de Clichy ?

– Perdu ! J'ai répertorié six cheminées dans ce secteur. Toutes sont différentes de la nôtre.

– Il faudrait que Max et moi allions faire un tour dans cette zone. Pourquoi pas cette nuit ?

– Demain, conseilla Germain. Kosto vous attend. J'ai aussi glané des renseignements sur Elyne Taugenichts. Milieu aisé. Parents divorcés. Mère au foyer, père ayant fait carrière dans l'import-export à Paris. Elle a décroché à Strasbourg un master d'allemand. Elle a été hospitalisée à dix-sept ans pour des problèmes d'anorexie…

Logicielle leva la main pour arrêter ce flot d'informations. Et en prolongeant son geste, elle désigna, entre la commode et la salle de bain, la porte de communication avec la chambre voisine.

– Vous avez eu de la visite ? demanda-t-elle.

– Non, pourquoi ?

– La porte est ouverte. Non, ne bougez pas, je vais la fermer.

Saisie d'un doute, elle l'ouvrit en grand. Une autre porte, identique, lui faisait face. Elle voulut l'ouvrir mais elle était fermée à clé.

– Tu devrais goûter ce coq au vin, lui conseilla Max. Et boire une larme de ce Pessac-Léognan.

Elle accepta de manger en vitesse mais refusa sa part de dessert.

– Bon, on peut y aller, à présent ?

– Déjà minuit ? s'étonna Max. Filons ! Je suppose que tu ne vas pas te reconnecter ?

– Bien sûr que si.

– Que feras-tu, en 2100 ?

– Je dormirai ! Je suis épuisée.

– Que ce soit ici ou dans *Cinq degrés de plus*, tu peux m'expliquer la différence ?

– Oui : ma mission consiste à accompagner les participants, pas à somnoler face à un écran.

DIMANCHE

41

La Défense (NCF)
Dimanche 12 août, 0h05

Comme Max enfourchait la moto, Logicielle l'arrêta.

– Pas question que tu conduises. Tu as bu.

– Toi aussi !

– Presque rien. Et puis j'irais bien jeter un œil aux usines du bord de Seine.

Max soupira et consulta sa montre. Puis il contempla le *San Remo*, dont l'entrée, de l'autre côté de la rue, semblait l'attirer.

– Logicielle, tu ne préférerais pas qu'on prenne une chambre dans ce petit palace ?

– Plus tard, Max. Tiens, nous passerons notre nuit de noces ici. La gérante nous fera sûrement un prix.

– Pourquoi pas maintenant ?

Une fois de plus, elle se demanda s'il était sérieux. Elle choisit le ton de la plaisanterie pour répondre :

– Pas question, nous ne sommes pas mariés !

Brusquement, il l'enlaça et l'embrassa. Ce fut un baiser inattendu. Elle sentit une bouffée de désir l'envahir et songea que ce n'était pas, mais pas du tout le moment. Depuis quelque temps, Max témoignait sa passion de façon très imprévue.

Elle se dégagea doucement.

– Logicielle ? Dis-moi que tu ne me quitteras jamais !

Elle hésita ; elle craignait les serments.

– Tu as peur de quoi, Max ?

– Quand je t'ai proposé de m'épouser dans les Landes, tu n'as pas répondu.

– Vraiment ? Alors admettons que je t'ai dit oui.

Il l'embrassa une nouvelle fois, plus fougueusement que la première. Puis il ajusta son casque, referma la visière. Et s'assit à l'arrière.

Logicielle longea lentement les quais de Seine de Levallois à Asnières. Quand ils parvinrent aux docks de Saint-Ouen, Max lui annonça :

– Si Germain a raison, les ravisseurs n'ont pas été plus loin.

Elle revint à La Défense par la rive gauche sans repérer de cheminée ressemblant à celle du cliché.

– Tu sais qu'il est minuit vingt ? lui fit remarquer Max.

– D'accord, on rentre au bercail.

Aux abords de la tour NCF, la circulation était fluide. Aucun véhicule suspect ne stationnait à proximité. Cette fois, les vigiles les arrêtèrent et vérifièrent leur identité. L'un d'eux jeta en riant à Logicielle :

– Vous acceptez une fouille au corps ?

La pièce qui faisait office d'infirmerie était déserte. Au pied de l'ascenseur, deux vigiles les attendaient, qui les conduisirent au trente-troisième étage où Vincent les accueillit. Max s'excusa et fila aux toilettes.

– Quoi de neuf ? demanda l'assistant.

– Des indices mais aucune piste sûre, dit Logicielle qui préférait rester évasive. Et ici ?

– Ils sont toujours à l'hôpital, dit-il en désignant les participants allongés.

Grâce aux moniteurs, Logicielle constata que seuls Indiana et Colbert étaient éveillés. La première subissait des contrôles médicaux dans un bloc opératoire ; le second était assis face à un ordinateur.

– Et le faux Blish ? demanda-t-elle à David, le seul informaticien présent.

– Il dort. Son électroencéphalogramme indique un sommeil profond.

– Où sont vos collègues ?

– Partis se reposer.

– Et monsieur Kostovitch ?

– Dans sa chambre, répondit Vincent. La journée a été longue.

– Et vous ?

– Il faut bien que quelqu'un veille !

L'assistant désigna les quatre vigiles dispersés à l'étage.

– Mais je ne suis pas seul. Que souhaitez-vous faire, Logicielle ?

– Les rejoindre dans *Cinq degrés de plus*.

– Tu ne préférerais pas dormir dans la chambre ? lui jeta Max qui venait de réapparaître.

Si. Elle aurait mille fois préféré être dans la réalité avec lui plutôt que sans lui dans le virtuel. Mais elle était en mission.

David la sangla sur sa couchette. Elle posa elle-même le patch et ordonna à l'informaticien d'allumer le modem.

La dernière chose qu'elle aperçut, dans la pénombre, ce furent les yeux de Max plantés dans les siens, un regard inquiet et plein de tendresse.

Puis elle bascula dans le néant...

... et se retrouva assise dans un fauteuil du salon d'attente de l'hôpital Bergonié.

Dans *Cinq degrés de plus*, c'était aussi la nuit. La même lune éclairait la ville de Bordeaux de l'an 2100.

Tout était calme. Les jumeaux dormaient l'un contre l'autre, entourés par Weiss et Charmeuil qui ronflaient. Dimitri et Zeroo avaient le sommeil plus discret. Seul Colbert, face à son ordinateur, veillait.

Le programme restituait l'ambiance nocturne d'un hôpital : un silence où se devinaient, lointains et furtifs, les plaintes des malades en proie à des cauchemars, les bips des appareils de surveillance, les conversations feutrées des infirmières qui évoluaient sans bruit dans les couloirs.

Rassurée de savoir le faux Blish à moins d'un mètre d'elle, Logicielle s'endormit.

Un cauchemar la perturba très vite. Elle courait à en perdre le souffle dans un labyrinthe de bureaux et d'escaliers. Il lui fallait sortir de là et rattraper celle ou celui qu'elle poursuivait. Charmeuil ? Blish ? Elyne ? Andre ?

Elle sentit sa gorge la brûler ; elle entendit des explosions, des cris, des bruits de portes claquées.

Quelqu'un surgit derrière elle et la ceintura. Malgré elle, elle hurla :

– Max !

Elle eut la surprise d'entendre :

– Je suis là, Logicielle ! Réveille-toi, vite !

Elle ouvrit les yeux. Et découvrit que la réalité ressemblait beaucoup à son rêve...

42

Hôtel *San Remo*
Dimanche 12 août, 0h20

Ronald avait eu beaucoup de chance – mais aussi très peur.

De la chance, parce que sa chambre communiquait avec celle du commissaire. Crocheter la porte avait été un jeu d'enfant. Sauf qu'il avait trouvé une seconde porte. Et qu'en plaquant son oreille contre le battant il n'avait perçu que de faibles bruits de voix. L'arrivée d'un couple l'avait convaincu de prendre le risque de crocheter la deuxième serrure et d'entrouvrir la porte.

À présent, il savait qui avait enlevé Blish et sa dircab ! Une certaine Elyne Taugenichts. Il avait aussi noté que le lieu de détention probable était situé à vingt kilomètres de la Porte Maillot. En face d'une haute cheminée dont il avait aperçu la photo affichée près du lit.

Quand la jeune femme s'était dirigée vers lui, il avait cru que tout était perdu ! Il n'avait eu que le temps de refermer la porte de sa chambre à clé. Et d'espérer que l'investigation de sa voisine n'irait pas plus loin.

Il avait entendu partir le couple. À présent, le commissaire ronflait.

Finalement, ces trois policiers français lui avaient mâché le travail !

Pourquoi aucun d'eux n'avait-il pensé à effectuer la recherche qu'il allait entreprendre ? Certes, elle n'avait qu'une chance sur dix d'aboutir, mais c'était la seule piste dont il disposait.

Arrivé au rez-de-chaussée, il vérifia que Luc était seul et posa la carte magnétique sur le guichet.

– Oh, vous pouvez garder la clé, monsieur, si vous sortez !

– Je sors définitivement.

– Vous partez déjà ? Rien de grave ?

– Non, non, tout va bien ! Je voulais vous demander… avez-vous un, comment appelez-vous cela déjà ? Un bottin.

– Bien sûr ! Vous pouvez utiliser Internet aussi. Nous avons…

– Non. Un bottin, si possible.

– Le voici. Malheureusement, il date un peu.

– Au contraire, c'est encore mieux.

Pour le consulter, Ronald rejoignit le salon d'attente.

Comme il l'espérait, les Taugenichts qui avaient habité Paris cinq ans plus tôt étaient peu nombreux : deux. Le premier était domicilié dans le Ier arrondissement, où les usines étaient rares.

Le second se trouvait 123 boulevard Ney, dans le XVIIIe arrondissement. À côté du nom figuraient le sigle de la société, Parsec, et la mention « Import-Export ».

Ronald déchira soigneusement la page.

– Eh bien nous y voilà ! murmura-t-il avec un soupir satisfait.

43

La Défense (NCF)
Dimanche 12 août, 0h35

Quand Logicielle ouvrit les yeux, Max l'entraînait dans ses bras vigoureux. Elle crut que l'immeuble avait pris feu tant la fumée était épaisse. Une odeur insupportable lui irritait la gorge et les poumons, des larmes obscurcissaient sa vue. Elle identifia l'odeur caractéristique du gaz lacrymogène.

– Max ! Que se passe-t-il ?

– Vite, entre là… Non ! Là, bon sang !

Elle avança en titubant, la porte d'un ascenseur se referma sur eux. Elle s'écroula sur le sol et la cabine plongea.

Ici, l'air était respirable. Elle reprit son souffle et releva la tête.

– Si tu m'expliquais ?

L'ascenseur s'immobilisa entre deux étages. À travers les cloisons leur parvenaient des exclamations, des cris, la clameur des sirènes d'alarme.

Max avait les yeux injectés de sang et le visage inondé de larmes. Il enleva le mouchoir qu'il avait noué autour de sa bouche et murmura :

– J'ai été réveillé en sursaut par des explosions. Quand j'ai ouvert les yeux, l'étage était plongé dans la pénombre et noyé de gaz lacrymogène. On n'y voyait rien ! Un homme a surgi devant moi, il portait un masque. Il m'a bousculé et s'est précipité vers Dimitri, ou Zeroo, je ne sais plus.

– Quoi ?

– Il l'a détaché et posé par terre comme un vulgaire sac.

– Tu n'as rien fait pour l'en empêcher ?

– J'aurais voulu t'y voir ! J'étais à moitié asphyxié. Et puis l'agresseur n'était pas seul, il y en avait deux ou trois autres. Quand l'un d'eux s'est approché de toi, je me suis précipité sur lui. Je crois bien que nous nous sommes disputé, euh… ton corps.

– Tu aurais pu m'enlever mon patch !

– Tu as raison, admit Max dans une grimace. J'aurais aussi dû dégainer, crier les sommations d'usage, enlever la sécurité de mon arme, empêcher les intrus de s'emparer des participants, tirer le signal d'alarme et faire un rempart de mon corps à Vincent, David, et aux participants pour qu'aucun d'eux ne soit blessé par une balle perdue. En moins de deux secondes, j'ai commis dix fautes professionnelles.

– Excuse-moi, Max. Tu… tu m'as sauvée et protégée. Merci !

– Quant à ton patch, j'ai fini par te l'enlever. Le voilà.

– Merci.

– Arrête de me remercier ! Bon, on va rester bloqués longtemps dans cet ascenseur ?

Logicielle fulminait. Après la capture de James Blish, on n'avait quand même pas kidnappé les participants sous son nez ? Non, toutes les issues étaient gardées. Voilà pourquoi leur ascenseur était bloqué : pour couper la sortie.

À cet instant, l'appareil descendit d'un mètre et s'immobilisa au trentième étage. Les portes s'ouvrirent. Deux vigiles habillés d'un gilet pare-balles braquèrent sur eux des fusils-mitrailleurs.

Dès qu'ils les reconnurent, ils abaissèrent leurs armes.

– Ici Adrien, ascenseur 2 ! dit l'un d'eux en dégainant un talkie-walkie. Fausse alerte, ce sont Logicielle et Max... D'accord, je vous les envoie.

Il leur ordonna de rentrer dans l'ascenseur, expliqua :

– Monsieur Kostovitch vous attend au trente-troisième.

L'appareil consentit à fonctionner. Quand les portes se rouvrirent, Logicielle crut rentrer en enfer : l'étage était noyé de brumes pestilentielles. Au gaz lacrymogène s'ajoutaient des fumigènes qui avaient permis aux ravisseurs d'agir sans être vus. Prise à la gorge, elle saisit le mouchoir de Max pour se protéger le nez.

Kosto, en pyjama rayé, pérorait comme un forcené parmi les vigiles, au centre de cette turbulence qu'il contribuait à alimenter :

– Bon sang, où sont-ils ? Et l'ascenseur 3 ? Vous l'avez débloqué ? Que dites-vous ? Vide ? Impossible ! Ils ne se sont pas évaporés ! Et au sous-sol ? Comment ? Rien dans les parkings ? Personne n'est entré ni sorti ? Ah, ouvrez donc les fenêtres pour évacuer cette fumée !

– Elles sont bloquées, monsieur Kostovitch, vous le savez bien ! expliqua calmement Vincent. À cause de la climatisation. Et par souci de sécurité.

– La sécurité ? Parlons-en ! Comment se fait-il que six personnes se soient volatilisées ? Hein ? Qui pourra me l'expliquer ?

Au milieu de ses larmes, Logicielle distingua les sièges des voyageurs de *Cinq degrés de plus*.

Les fauteuils étaient vides. Les moniteurs, comme pour en témoigner, affichaient un écran vierge.

Quant au Simulator, il ne clignotait plus. Et pour cause, il avait disparu !

44

Parsec (123, boulevard Ney)
Dimanche 12 août, 0h40

Ronald regagna l'appartement de ses amis pour y prendre le Glock et, à tout hasard, des outils : une pince, un jeu de clés Allen et deux tournevis plats. Il ajouta un morceau de fil de fer rigide, de quoi ouvrir une serrure peu sophistiquée.

Avenue Bosquet, un taxi déposait un couple dans l'immeuble d'en face. Il lui fit signe, monta et jeta :

– Porte de Saint-Ouen.

Ronald se méfiait des chauffeurs. Curieux ou trop attentifs, ils pouvaient devenir des témoins gênants. Mais l'homme fatigué qui conduisait cette vieille Mercedes le déposa et repartit aussitôt sans lui jeter un regard.

La première chose que Ronald repéra dans la nuit, ce fut la haute cheminée qui surmontait l'hôpital Bichat. La même que celle dont la photo était scotchée sur un mur de la chambre du commissaire. Il faillit lancer un cri de victoire.

Il ralentit l'allure et jeta un coup d'œil alentour.

Tout était calme, hormis la circulation du boulevard des Maréchaux. Il fit mine de s'abriter sous le porche pour allumer une cigarette. Ce faisant, il observa le digicode de l'immeuble et les noms qui s'alignaient sous les boutons. La société Parsec était au rez-de-chaussée. À gauche de l'entrée de l'immeuble s'étendait une large vitrine. Collée au centre, une affiche précisait :

LOCAL À LOUER.

La vitre était recouverte de peinture blanche. Et l'intérieur du local plongé dans l'obscurité. À cet instant, la pièce s'illumina. Stupéfait, Ronald recula, glissa la main dans son blouson et saisit son Glock. On l'avait repéré !

Il courut se dissimuler à l'entrée de l'immeuble voisin et attendit que la porte s'ouvre.

Trois minutes coulèrent sans que rien se produise. Il sortit de son repaire et longea la devanture. Il y remarqua un trou de la taille d'un euro où la peinture était écaillée. Il colla son visage sur cet œilleton providentiel.

Il vit une grande pièce éclairée par de vieux néons. Au fond, une porte entrouverte béait sur une cage d'escalier. Il murmura :

– Ce serait trop beau !

Soudain, un jeune homme surgit de l'escalier et se précipita vers ce qui semblait être un compteur électrique.

Ronald fut frappé par la nervosité de l'inconnu qui ouvrit un tiroir, en sortit un trousseau de clés et une arme.

Ronald étouffa un juron, ses derniers doutes s'évanouirent.

Le garçon bondit dans l'escalier et disparut.

Le cœur de Ronald cognait à coups précipités. C'était le moment ou jamais ! Il s'approcha du digicode. Trois des touches luisaient plus que les autres, ce qui limitait le nombre des combinaisons.

Après cinq essais infructueux, la porte s'ouvrit.

Il entra dans le vestibule ; la lumière jaillit grâce au détecteur situé au plafond. À sa gauche, une porte, sur laquelle était affiché : Parsec. La serrure, ordinaire, était surmontée d'un verrou. Ronald espéra qu'on ne l'avait pas fermé de l'intérieur.

Posément, il posa le Glock sur le paillasson et sortit de sa poche le fil de fer…

45

La Défense (NCF)
Dimanche 12 août, 0h50

– Ah, vous voilà ? s'écria Kostovitch en apercevant Logicielle. Où étiez-vous cachée pendant qu'on kidnappait mes invités ?

– Elle était connectée ! brailla Max. Que vouliez-vous qu'elle fasse ?

– Et vous ? Qu'avez-vous fait ?

– Moi ? J'ai pensé à ma collègue en priorité, c'est exact !

Le cœur de Logicielle bondit de reconnaissance.

– Vous auriez pu…

– Oui, monsieur Kostovitch ! J'aurais pu essayer de sauver Dimitri. Ou Indiana. Ou le faux Blish. Hélas, je n'ai que deux mains, ajouta-t-il avec un geste vers les vigiles.

Séraphin avoua en baissant la tête :

– Tout s'est passé si vite, monsieur ! Nous étions loin des fauteuils, près des ascenseurs.

Kosto l'interrompit et hurla en désignant l'étage :

– Où sont-ils ? Hein ? Où sont-ils ?

Il fallut se rendre à l'évidence. Il n'y avait, sur six cents mètres carrés, plus aucune trace des participants de l'opération *Cinq degrés de plus*.

Le PDG foudroya du regard le seul informaticien présent, David, et répéta :

– J'aimerais qu'on réponde à deux questions, messieurs ! Comment des intrus ont-ils pu s'introduire ici ? Et comment ont-ils pu en sortir avec mes invités ?

– Personne n'a pris les ascenseurs, déclara Séraphin. Ni les escaliers ! Je... tout à coup, j'ai entendu des objets qui roulaient à terre. Des bombes lacrymogènes, car de la fumée a jailli. Ici... Là, et là aussi. La lumière s'est éteinte presque en même temps !

– On a coupé le courant, constata un vigile. L'armoire du tableau électrique est ouverte. Facile, il suffit d'une clé carrée.

– Si les agresseurs n'ont pas fui par les escaliers ni par les ascenseurs, il ne reste que cette issue, conclut Séraphin.

Il désigna au fond de la salle, près des toilettes, une porte métallique pourvue d'une barre horizontale basculante.

– Impossible ! décréta Kosto. C'est l'issue de secours, elle mène sur le toit et...

Saisi d'un doute, il courut vers elle en traînant les pieds, gêné par ses mules à carreaux.

– J'ai déjà vérifié, affirma un vigile. On ne peut pas ouvrir cette porte, elle est bloquée.

Aussitôt, Kosto réagit :

– Bloquée ? Mais elle ne devrait pas l'être puisque c'est l'issue de secours !

– Exact, confirma Séraphin d'un air penaud.

Le géant fit peser ses cent vingt kilos sur la barre. En vain. Il appela ses hommes à la rescousse.

– Vite, un pied-de-biche ! Il y a quelque chose qui bloque cette porte.

– Les agresseurs venaient du toit ! comprit Logicielle. Et après être repartis, ils ont coincé l'ouverture !

– S'ils sont sur le toit, déduisit Kosto, alors ils sont pris au piège. Comment voulez-vous qu'ils s'en aillent ? Avec une corde à nœuds ? Un hélicoptère ? Bon sang, fulmina-t-il en donnant un coup de pied dans la porte, ils n'ont pas pu pénétrer ici sans aide !

Son regard furibond parcourut la salle. Il affirma :

– Ils avaient un complice dans la place, un complice qui leur a ouvert la porte !

Les gardes du rez-de-chaussée appelèrent leur patron pour l'avertir que tout était calme, y compris le parking.

Trois vigiles revinrent avec des outils. Après plusieurs minutes d'efforts, Séraphin parvint à faire tomber la barre à mine qui avait été coincée contre le battant.

– Dégagez ! ordonna Kosto qui voulait être le premier à passer.

Arme au poing, les vigiles se précipitèrent à la suite du PDG. Logicielle les suivit sans conviction. Depuis l'agression, vingt minutes s'étaient écoulées.

Kosto en tête, le petit groupe déboucha sur la terrasse. Tous furent saisis par l'air chaud et vif. Malgré la nuit, on distinguait sur ce vaste terre-plein les cheminées d'aération, les réseaux des climatiseurs. Outre mille excréments d'oiseaux, il y avait là des sacs plastiques, des déchets arrachés au sol et transportés par le vent.

Revolver tenu à deux mains, les vigiles se dispersèrent sur le toit en ordre de combat. Leurs pas crissèrent sur le gravier épais.

– Du cinéma ! grommela Max. Les vrais acteurs ont quitté la scène.

Logicielle murmura :

– Comment ont-ils fait ?

– Monsieur Kostovitch ! hurla Séraphin.

– Quoi ? Vous les avez retrouvés ?

Le chef des vigiles réapparut, une torche électrique en main.

– Non. Mais nous savons comment ils sont arrivés et repartis…

46

Parsec (123, boulevard Ney)
Dimanche 12 août, 1h10

Frédéric s'ennuyait.

Depuis la capture de Blish et de Mrs Connely, une journée entière s'était écoulée. Quand il avait rejoint Elyne ici en début d'après-midi, elle avait paru furieuse.

– Je t'avais dit de venir à 20 heures!

– Je n'arrivais pas à dormir.

– Dommage! Parce que tu vas être de garde toute la nuit. Tu sais que le week-end, je joue les baby-sitters. Impossible d'y échapper, c'est ma seule ressource et les parents des enfants me payent bien.

– Je sais. Tant pis, j'assurerai. Comment vont nos invités?

– Bien. Ils n'ont besoin de rien.

Avant le départ d'Elyne, ils s'étaient rendus à la cave. Elle avait ouvert la porte pendant que Frédéric, sur le seuil, maintenait Blish et sa collaboratrice en joue – de loin, pour qu'ils ne voient pas que le Magnum 238 était factice. Les deux otages étaient calmes, assis sur leurs lits.

– Quand allez-vous nous relâcher? avait bougonné Blish.

– Mardi soir, si tout va bien.

Il avait apostrophé Frédéric, mais Elyne lui avait interdit de répondre de peur qu'il ne commette un impair. Mrs Connely, elle, avait dévisagé ses geôliers avec une expression navrée.

Elyne était partie à 20 heures en lui répétant de ne descendre en aucun cas. Les deux otages disposaient de provisions, de boissons, de lecture.

Frédéric jeta un coup d'œil à la pendule du bureau. Bientôt 2 heures du matin. Tout était calme. On n'entendait que la rumeur du boulevard de ceinture. Et parfois la sirène d'une ambulance qui pénétrait dans l'hôpital Bichat.

Craignant de s'assoupir, Frédéric se leva, alluma le néon. Il releva les stores vénitiens de la baie vitrée et gratta de l'ongle le blanc d'Espagne pour observer au-dehors.

Soudain, il tendit l'oreille. Il percevait des cris lointains. Il finit par comprendre qu'ils venaient du sous-sol !

Il ouvrit la porte qui menait à la cave. Les cris se précisèrent. Prudemment, il descendit les marches. Il fut étonné par la touffeur extrême. Il faisait ici bien plus chaud qu'au rez-de-chaussée, où la température approchait déjà trente degrés.

– Blish ! C'est Blish... et sa dircab ! s'exclama-t-il.

La panique le saisit. Cette situation, Elyne ne l'avait pas prévue.

Il remonta à la hâte et ouvrit le tiroir d'un bureau métallique. Il y avait là, outre le faux Magnum, une liasse de tracts et le portable qu'Elyne lui avait laissé. Elle lui avait recommandé de ne l'utiliser qu'en cas d'urgence absolue. Était-ce le cas ?

À présent, on frappait des coups sourds contre la porte. Il se précipita de nouveau à la cave.

– On étouffe ! gémissait Mrs Connely derrière la porte close. Il n'y a plus d'air ! Par pitié, ouvrez !

– La climatisation ne fonctionne plus ! ajouta Blish. Ouvrez, bon sang, ouvrez ! On va crever ici !

Frédéric blêmit. La clim était en panne ! Que faire ?

S'il ouvrait aux otages, ils se précipiteraient sur lui. S'il n'agissait pas, ils mourraient asphyxiés puisque Elyne avait colmaté toutes les issues.

– Je m'en occupe ! Je vais réparer !

– Andre a perdu connaissance ! dit Blish. De l'air, vite, par pitié !

– Je reviens dans cinq minutes !

Frédéric remonta au rez-de-chaussée et se précipita vers le tableau électrique près de la porte d'entrée. Là s'alignaient vingt télérupteurs.

– La clim ? Ah, c'est ici ! Exact, ça a grillé ! Forcément, quinze watts… Il y a bien des fusibles de rechange, non ? Ah, les voilà !

Par la porte de l'escalier restée ouverte, Frédéric entendait faiblir les cris de Blish. Ils cessèrent peu avant qu'il ne rétablisse le courant. Inquiet, il s'interrogea : l'homme d'affaires s'était-il évanoui ? La clim était-elle repartie ?

– Pour savoir, une seule solution, murmura-t-il. Aller voir.

Il ouvrit le tiroir du bureau métallique, saisit le revolver en plastique et la clé de la cave. Parvenu à la porte, il cria :

– Monsieur Blish, Mrs Connely, ça va ?

Personne ne répondit. Prenant son courage à deux mains, Frédéric déverrouilla les deux loquets extérieurs et fit tourner la clé dans la serrure. Il poussa la porte du pied et braqua son arme face à lui.

Une bouffée d'air chaud et nauséabond lui sauta au visage.

Mrs Connely était allongée, bras ballants, sur l'un des lits. Son patron était affalé à terre, torse nu. Il haletait. Sa cicatrice semblait s'être élargie sous l'effet de la chaleur.

Frédéric rangea l'arme dans sa poche et s'approcha du PDG.

– Venez ! l'encouragea-t-il. Essayez de vous relever !

Blish tenait à peine sur ses jambes. Aucun doute, il ne simulait pas.

– Thanks, grogna-t-il.

Frédéric lui saisit le bras et le passa sur son épaule.

– Montons ! Il fait plus frais au rez-de-chaussée.

Il aida son prisonnier à se hisser de marche en marche et l'assit dans l'unique fauteuil du bureau. L'homme s'y affala en fermant les yeux. Quand il les rouvrit, ce fut pour tendre la main vers l'escalier de la cave et murmurer :

– Andre ?

– Je m'en occupe !

Frédéric crut alors entendre un drôle de bruit. Une sorte de cliquetis. Blish releva les yeux et désigna la porte donnant sur le vestibule. Une porte qui, d'un coup, s'ouvrit !

– C'est toi, Elyne ? demanda Frédéric.

Ce nom fut le dernier qu'il prononça avant de perdre la vie.

47

La Défense (NCF)
Dimanche 12 août, 1h15

Les vigiles installèrent à la hâte trois projecteurs halogènes sur le toit du gratte-ciel.

Logicielle vit d'abord l'énorme piton vissé dans le béton. Puis, éclairée par la torche de Séraphin, la corde d'acier qui descendait en pente douce vers l'immeuble voisin.

– Voilà ! soupira-t-il. Voilà comment les ravisseurs sont arrivés et repartis.

– Ils sont peut-être encore là-bas ? risqua Kostovitch d'un ton plein d'espoir.

– Le rapt a eu lieu il y a plus d'une demi-heure, dit Séraphin. Ils ne nous ont pas attendus.

– Allons dans la tour voisine, proposa Logicielle. On y trouvera peut-être des traces de leur passage.

Quand le groupe sortit de l'ascenseur, le PDG écarta d'un geste les vigiles armés.

– Il est bien temps de veiller au grain, bandes d'incapables !

– Monsieur Kostovitch ? Vous devriez vous habiller ! suggéra Vincent.

– Parce que ma tenue vous gêne ? Et cela ne vous gêne pas que nos six invités aient été enlevés ? Dont cinq totalisent la moitié de la fortune de la planète ? Au fait, on a averti la police ?

– Non, avoua Max. Mais nous sommes…

Il comprit trop tard l'imprudence de sa réponse.

– La police ! répéta Kosto. La vraie ! Des gens compétents !

– OK, se résigna Max en sortant son portable.

Ils pénétrèrent dans le chantier de l'immeuble voisin en empruntant l'issue qu'avaient pratiquée les ravisseurs. Sur le sol en terre battue, on distinguait les ornières laissées par des véhicules.

– Vous pouvez me prêter votre torche ? demanda Logicielle à Séraphin.

Elle se baissa pour examiner les traces de pneus, se releva, soupira :

– Des camions, des bétonnières, un bulldozer… et le sol est trop sec, on n'en tirera rien.

Elle leva les yeux, à la recherche de caméras de surveillance. Aucune à moins de cinq cents mètres.

Le groupe se risqua sur la plate-forme qui s'ébranla vers le dernier étage. L'ascension leur parut interminable.

– Deux minutes et demie, dit Max qui chronométrait.

– Beau travail, apprécia-t-elle en désignant l'autre extrémité du câble arrimé à l'immeuble de NCF.

– Mais comment ont-ils fait ? s'entêtait Kosto.

– Ils ont d'abord lancé un filin léger avec une arbalète, supposa-t-elle. Trente mètres à peine séparent les deux bâtiments.

– Ce sont de vrais funambules ! estima l'un des vigiles.

– Ou de bons alpinistes amateurs, renchérit un autre.

– Et personne ne les a vus ? s'étonna le PDG.

– Il faisait nuit.

– Il fallait quand même avoir du cran ! nota Séraphin en désignant le sol cent mètres au-dessous d'eux.

– Et des biceps solides ! ajouta Vincent, admiratif.

– C'est ça, adressez-leur des félicitations ! tonna Kosto. Proposez-les donc pour la sélection des prochains jeux Olympiques, pendant que vous y êtes ! D'accord, ils sont très forts. Mais on ne sait toujours pas qui ils sont !

– Allons visionner les séquences enregistrées par vos caméras, proposa Logicielle.

– Ils portaient des masques à gaz ! rappela le PDG. Et ils ont opéré au milieu de la fumée. Vous espérez les identifier ?

– Eux, non. Mais leur complice.

– Leur complice ?

– Oui. Celui qui leur a ouvert la porte du trente-troisième étage.

48

La Défense (NCF)
Dimanche 12 août, 2h

Vincent chargea un vigile de rapporter les DVD qui avaient filmé les locaux de NCF pendant l'opération *Cinq degrés de plus*. Kostovitch, lui, ne cessait de se lamenter :

– Six enlèvements et mon Simulator volé ! Sans Tony, jamais nous ne pourrons concevoir un autre prototype d'ordinateur moléculaire !

– Lieutenant ? dit l'un des vigiles en confiant à Logicielle un lourd sac en plastique. J'ai récupéré les bombes.

– Vous portiez des gants ?

– Oui. Six fumigènes et cinq lacrymogènes.

Mais les assaillants portaient sûrement des gants, eux aussi. Logicielle imagina le rapport qu'elle devrait présenter au ministère de l'Intérieur… et la fureur de Delumeau.

– Je n'y crois pas ! Non, je n'y crois pas ! grognait Kosto en ouvrant et refermant la porte de la sortie de secours.

Logicielle réclama l'attention générale.

– Procédons à une reconstitution ! Arrivés sur le toit, les ravisseurs ont attendu que leur complice leur ouvre cette porte. Ce qu'il a fait après avoir coupé l'électricité.

– Facile ! confirma Max. Le tableau électrique se trouve à côté de l'issue de secours.

– Tu chronomètres, Max ?

Elle ouvrit le tableau et appuya sur un bouton rouge. Les lumières s'éteignirent. Seules les veilleuses subsistèrent au-dessus des ascenseurs et de l'escalier.

Elle bondit vers la porte de secours, fit basculer le battant menant à la terrasse.

– Six secondes, annonça Max.

– Cette porte, demanda Kosto, qui l'a ouverte ?

– Charmeuil ? supposa Logicielle.

– Non, affirma Max. Il dormait.

– Tu en es sûr ? Tu t'étais assoupi !

– Il dormait, confirma David. Son électroencéphalogramme le prouve. D'ailleurs, il dort toujours, regardez.

L'informaticien désigna un écran. L'image témoignait que Charmeuil était connecté... et qu'il dormait ! David expliqua :

– Les ravisseurs ont volé les modems et le Simulator, mais il nous reste les dispositifs d'enregistrement et de contrôle qui nous relient à lui. Ainsi que les retour-écrans.

– Vous restez en liaison avec le Simulator bien qu'il ne soit plus là ? s'étonna Logicielle.

– Plus exactement, c'est le Simulator qui reste en liaison avec nous. Notre réseau VPN[1] nous sert d'écran relais. L'ordinateur moléculaire est semblable à un émetteur dont nous continuons de recevoir les émissions sans pouvoir agir sur lui. Si ceux qui le détiennent l'éteignent, nous perdrons le lien. Jusqu'à ce qu'ils le remettent en fonction.

1. Virtual Private Network.

– Si le traître n'est pas Charmeuil, alors qui est-ce ? insista Kosto. Daniel Colbert ?

– Voyons, reprit Logicielle. Qui se trouvait ici au moment du rapt, à part les sept voyageurs ?

– Sept ? répéta Kosto qui était un peu perdu. Ils étaient sept ?

– Oui. Dimitri, Weiss, Indiana, Zeroo, le faux Blish. Ainsi que le climatologue et moi, qui suis la seule à avoir échappé à l'enlèvement.

– Trois vigiles et moi, affirma le grand Séraphin. Ainsi que David, votre adjoint et Vincent.

– David ? fit le PDG en se tournant vers lui. Vous ne dormiez pas au moment des faits ?

– Non. Quand j'ai entendu la première explosion, je surveillais les moniteurs.

– Et vous, Vincent ?

– Je... Eh bien je me trouvais près des ascenseurs avec Séraphin. Quand j'ai deviné qu'on s'était introduit à l'étage, je lui ai ordonné de bloquer toutes les issues.

– C'est ce que j'ai fait, confirma Séraphin. J'ai rejoint le tableau électrique pour stopper les ascenseurs.

– Vous en avez mis, du temps !

– Une bombe lacrymogène avait éclaté à deux pas. Je ne voyais plus rien.

– Justement, vous auriez pu penser à rétablir l'électricité !

– J'ai d'abord cru à une panne de secteur. D'ailleurs l'armoire était fermée. J'ai ordonné à mes collègues de garder l'escalier et de réveiller ceux qui dormaient.

Logicielle s'aperçut que Kosto menait l'enquête à sa place. Pourtant, il était absent au moment du rapt ! Il est vrai qu'elle n'avait rien vu, elle non plus, même si l'on avait capturé les otages sous ses yeux.

Un vigile apparut, les DVD en main. David entraîna le groupe dans un angle de l'étage où s'alignaient des ordinateurs.

– Il existe six enregistrements simultanés, expliqua-t-il en désignant les caméras. Nous avons l'embarras du choix.

– Cette caméra piège l'issue de secours, constata le PDG. Elle a donc forcément filmé celui qui a ouvert cette fichue porte ! N'est-ce pas, David ?

– Oui. Mais il y a un problème, monsieur Kostovitch. Regardez : l'image est noire.

Ils levèrent les yeux vers la caméra incriminée et comprirent tout de suite. On avait collé un chewing-gum sur la lentille !

– C'est du sabotage ! rugit Kosto.

Il se tourna vers les vigiles.

– Qui a fait ça ? Quand ?

– Nous n'en savons rien, monsieur, se défendit Séraphin. Nous ne pouvions tout de même pas... surveiller les caméras de surveillance !

Max décolla le chewing-gum.

– Pièce à conviction ! Salive et ADN, non ?

– J'en doute, récusa Logicielle. Le coupable a pris ses précautions. Regardons les DVD.

– Voyons, dit David en glissant un nouveau disque dans le lecteur... Ah voilà, la fumée jaillit ! Remontons en arrière.

Dix secondes plus tôt, les voyageurs étaient allongés, David et Max assis derrière eux. L'informaticien surveillait les moniteurs. Max fermait les yeux. Soudain, un nuage de fumée noya le Simulator, David, Max et les voyageurs virtuels.

On visionna les vues prises par les autres caméras au même instant sans en découvrir davantage.

Stupéfait, Kosto grogna :

– Alors qui a jeté ce fumigène ? Qui ?

– Le ravisseur qui est entré le premier, non ? suggéra Séraphin.

– Impossible, trancha Logicielle, puisque ce fumigène a dissimulé le complice qui, de l'intérieur de NCF, ouvrait la porte. Il a donc été lancé avant. Voyons la suite.

Grâce aux nombreux écrans, ils eurent une vision multiple de l'enlèvement. Deux secondes après la première bombe fumigène, une autre explosait près de l'issue de secours.

L'électricité était coupée ; on entendait même le grincement de la porte qui s'ouvrait ! Le son était d'ailleurs le seul moyen de reconstituer la scène à cause de l'obscurité et de la fumée.

– Les ravisseurs étaient cinq ou six, conclut Logicielle. Peut-être davantage ! Écoutez, ce sont des roulettes ! C'est ainsi qu'on a transporté les otages, sur des civières à roulettes !

– Que faisiez-vous, pendant tout ce temps ? tempêta Kostovitch en désignant les images. Il s'en écoule, des secondes !

– Moi ? Je me dirigeais à l'aveuglette vers le tableau électrique, déclara Séraphin dans une grimace. Et mes camarades gardaient les issues.

– Moi, j'ai voulu sauver le Simulator, avoua David. Je n'ai pas pu mettre la main dessus et je me suis dirigé vers la sortie à tâtons.

Deux minutes après l'apparition des premières fumées, on entendait le clac de la porte qui se refermait.

– Aucun doute, ils étaient très organisés, admit Logicielle. Heureusement, il nous reste Charmeuil, nous allons l'interroger !

– Ah oui ? bougonna Kostovitch. Comment comptez-vous faire ?

Elle désigna le modem au pied de son fauteuil, puis sortit le patch de sa poche.

– Puisque David affirme que la liaison reste possible, je vais me reconnecter !

49

La Défense (NCF), dimanche 12 août, 2h50
Cinq degrés de plus (14 août 2100, 2h50)

Logicielle s'allongea sur son fauteuil. Kosto, Vincent et les vigiles firent cercle autour d'elle. David entreprit de nettoyer le patch avec une solution antiseptique. Épuisée, dépitée et excitée, elle aperçut Max qui, derrière le groupe, la fixait avec anxiété.

Max... Un doute terrifiant naquit tout à coup à son sujet dans l'esprit de Logicielle qui, malgré elle, reconstituait les faits et gestes de son compagnon depuis qu'ils avaient quitté les Landes. Un faisceau de présomptions qui aboutissait à une conclusion possible, probable. Évidente.

Non, il y avait forcément une autre explication.

Une interrogation incongrue l'effleura. S'il était à la fois coupable et l'homme de sa vie ?

Quand elle avait fait sa connaissance, elle avait d'abord songé que Max pourrait être un ami, un amant, une passade. Pas davantage. Surtout pas un prince charmant, elle avait passé l'âge d'y croire. Pourtant, elle restait marquée par les histoires d'amour de la littérature, de merveilleux récits finissant vite et mal, au sommet d'une passion partagée. Toujours, elle s'était demandé : Roméo et Juliette, Tristan et Yseult, que serait leur amour devenu s'ils avaient longtemps vécu ?

Elle essaya de s'imaginer avec Max quelques années plus tard. Avec des enfants. Une simulation mille fois plus incertaine que celle d'un programme.

– J'espère que les ravisseurs ne désactiveront pas le Simulator, déclara David.

– Ils ne le feront pas, affirma-t-elle.

Elle devinait leur objectif : laisser les otages séjourner dans leur terrifiant futur, histoire de les faire réfléchir.

Très pâle, Max la rejoignit et saisit sa main libre. La gauche. Comme si la droite était déjà prisonnière du virtuel. Oui, c'était ça, Logicielle se sentait tiraillée entre deux mondes, déchirée entre deux options…

– Reviens vite ! recommanda-t-il d'une voix blanche.

– Que veux-tu qu'il m'arrive ? Mon corps ne bouge pas d'ici. Grâce au retour-écran, vous allez même retrouver nos anciens protégés.

Enfin, les griffes lui mordirent la peau.

Elle jaillit au cœur d'une nuit étrangère et reconnut Paris.

Le véhicule où elle se trouvait, un train ou un métro, abritait une vingtaine de voyageurs vêtus d'un scaphandre léger. Ils admiraient la tour Eiffel au sommet de laquelle le phare effectuait sa lente rotation d'une minute. Ce paysage était presque rassurant. À ses côtés étaient assis Tim et Jenny, Dimitri, Zeroo, Indiana, Colbert et Blish. Weiss cajolait la petite Pussy. Ils semblaient somnoler.

Elle prit conscience qu'ils étaient tous vêtus de la même combinaison isolante où figurait le nom de Bergonié.

Sans ménagement, elle secoua Blish, ou plutôt Charmeuil. Il ouvrit un œil morne.

– Hein ? bredouilla-t-il. Nous sommes arrivés à l'hôpital Bichat ?

– À l'hôpital Bichat ?

– Eh bien oui, c'est là que monsieur Weiss conduit sa petite-fille !

– Laissez tomber l'hôpital, Charmeuil ! Savez-vous ce qui est arrivé depuis que je suis partie ?

L'homme à la cicatrice la considéra avec un regard stupéfait.

– Partie ? Mais vous ne nous avez pas quittés !

– Ne jouez pas avec moi, Charmeuil.

– Je ne m'appelle pas Charmeuil, mademoiselle ! Je suis James Blish.

L'acteur avait-il été déconnecté ? Comment savoir ?

À cet instant, Dimitri la prit par l'épaule. Lui aussi s'était réveillé.

– Logicielle ? demanda-t-il. Vous êtes revenue ?

– Oui. Je reviens de NCF, de la réalité !

– Vraiment ? Eh bien la réalité, nous aimerions avoir la recette pour la rejoindre !

Le Russe leva la main gauche et la glissa dans son dos.

– Je devrais atteindre mon patch, n'est-ce pas ? Eh bien je n'y parviens pas !

Évidemment, les ravisseurs avaient ligoté leurs otages. À l'heure qu'il était, ils se trouvaient sur une civière ou sanglés sur un lit. Ils étaient prisonniers. Prisonniers de *Cinq degrés de plus*.

– C'est normal, je vous expliquerai ! Dites-moi, Dimitri, comment sommes-nous passés de Bordeaux à Paris ?

– Ah, vous êtes revenue ? fit à son tour Indiana. Puisque vous semblez capable de rejoindre NCF, transmettez à monsieur Kostovitch notre profond mécontentement. Son programme n'est pas, mais pas du tout au point ! Nous avons subi une nouvelle avarie.

– Exact ! approuva Colbert qui s'était réveillé. Un évanouissement bref et collectif. Quand nous avons repris conscience, nous étions à Paris. Et nous avions avancé une fois de plus d'un jour dans le futur !

Il désigna un écran au fond du compartiment. Outre la température, le degré de pollution en dioxyde de carbone, ozone, PCB[1] et métaux lourds, il indiquait la date et l'heure : 14 août 2100, 3 heures du matin.

– Ce véhicule automatique qui fonctionne jour et nuit est le tram de la Petite Ceinture, révéla le climatologue. D'après ce que j'ai compris, les médecins de Bordeaux ont ordonné de conduire Pussy à Bichat. Elle y subira un traitement contre l'Eboline. Et nous, d'autres examens.

– Weiss est un grand-père têtu, reprit Dimitri. Il ne quitte plus sa petite-fille d'une semelle. Vivement que nous revenions à nos affaires !

– Quelles affaires ? demanda l'homme à la cicatrice avec une candeur désarmante.

– Ne faites pas attention à lui ! jeta Indiana. Blish ne s'est pas reconnecté.

Les ravisseurs avaient donc bien débranché Charmeuil, impossible de l'interroger désormais !

Dimitri lui saisit l'épaule.

– Logicielle ? Vous pouvez nous aider à rejoindre la réalité ? Que se passe-t-il ? Nous sommes coincés ici ? C'est un bug ?

– Euh… un gros bug, en effet. Je vous dois la vérité.

Il n'y avait pas trente-six manières de la leur révéler. Elle prit son courage à deux mains et annonça :

– Voilà. Votre… votre corps physique ne se trouve plus dans la tour NCF. Vous avez tous été enlevés.

1. Polychlorobiphényles, ou pyralène.

50

Dimanche 12 août, 3h20 (heure de Paris)
Cinq degrés de plus (14 août 2100, 3h20)

Logicielle relata par le menu le coup de force des écologiens et révéla que Blish était un imposteur. Dimitri bondit sur l'homme à la cicatrice pour lui tordre le cou, elle l'arrêta d'un geste :

– Stop ! Charmeuil n'habite plus cet avatar ! Enfin… je ne crois pas.

L'individu, hagard, ne semblait rien comprendre à la fureur de ses compagnons. Dimitri s'exclama :

– Rien ne l'empêche de se reconnecter en douce ! Nous sommes flanqués d'un espion potentiel !

– C'est pire. Nos faits et gestes sont piégés en permanence par vos ravisseurs. Ils ont dérobé le Simulator et vos modems.

– Et vous ? fit Dimitri en désignant Logicielle.

– Je peux encore aller et venir à mon gré. Ce qui permet aux gens de NCF de suivre ce que nous vivons.

– Mais c'est très compliqué ! jugea Zeroo en écarquillant ses yeux de myope.

– Qu'est-ce que les écologiens vont faire de nous ? demanda Dimitri. Je veux dire, de nos corps ?

– Ils ne leur feront aucun mal. S'ils avaient voulu vous tuer, ils n'auraient pas pris tant de précautions pour vous récupérer vivants.

– Eh vous là-bas ! lança à son tour Indiana à la cantonade. Vous pourriez nous déconnecter un instant ? Histoire qu'on s'explique face à face !

– Il faudra bien qu'ils le fassent pour que nous nous nourrissions, n'est-ce pas Logicielle ? s'inquiéta Zeroo.

– Oui, j'imagine.

Elle mentait. Les ravisseurs pouvaient installer des perfusions sur le corps des captifs sans qu'ils s'en rendent compte.

La rame pénétra dans un tunnel et s'arrêta. Les portes s'ouvrirent sur une station illuminée. D'un haut-parleur jaillit une voix féminine :

– Station Belliard-Leibniz !

– C'est ici que nous descendons ! s'écria Weiss en se levant.

Les jumeaux bondirent sur leurs pieds et le groupe se précipita sur le quai. Pour quitter la station et rejoindre l'hôpital, ils s'acquittèrent d'un péage et franchirent un sas où un capteur valida leur passage. Contagieux, ils étaient suivis et fichés.

Sous son casque transparent, Weiss transpirait abondamment. Malgré la climatisation du scaphandre, la chaleur était étouffante. Épuisés, les jumeaux suivaient le groupe au ralenti. À cette heure, le quartier était désert, les véhicules étaient rares.

Logicielle observa les lieux avec intérêt. Elle travaillait à Saint-Denis, habitait Saint-Ouen et, quand elle rejoignait la capitale, c'était toujours par cette avenue. Elle était passée si souvent à moto par ici avec Max ! Les immeubles de la rue Vauvenargues étaient encore là. Grâce à leur structure de pierre et de brique, le logiciel avait estimé qu'ils ne seraient pas détruits. Par contre, les immeubles récents avaient disparu. Depuis les pyramides et les cathédrales, tout se passait comme si, au fil des siècles, la longévité des bâtiments n'avait cessé de se réduire. Aux défis à l'éternité avaient succédé peu à peu l'urgent et le provisoire, l'argent et le dérisoire, à l'image de cette société qui incitait sans cesse à consommer. Privée d'ambitions à long terme, elle s'était engagée dans une impasse.

Elle chercha des yeux le pont suspendu qui supportait le boulevard périphérique. Il avait disparu.

Le café *Le Maréchal-Ney*, lui, était toujours là. Rebaptisé *Kostony*, sa devanture était surmontée d'un globe aux lueurs hypnotiques qui affichait le sigle CyberMondes.

Le petit groupe se dirigea vers l'entrée du tunnel réservé aux piétons, et qui menait à l'hôpital Bichat. Logicielle leva la tête. Elle aperçut un croissant de lune blafarde qui surmontait les murs de l'hôpital. Là encore, le bâtiment semblait identique à celui qu'elle avait connu.

– Pas tout à fait, nuança-t-elle à mi-voix. Il manque…

Un élément du décor avait disparu. Mais lequel ?

– La cheminée.

Elle répéta :

– La cheminée ! Bon sang ! Mais oui !

Elle s'arrêta. Les autres se tournèrent vers elle. Elle leur jeta :

– Continuez sans moi ! Je me déconnecte !

Fébrile, elle passa la main dans son dos et arracha son patch.

51

La Défense (NCF) & Parsec (123, boulevard Ney)
Dimanche 12 août, 3h45

Logicielle cligna des yeux. David, penché sur elle, enlevait ses sangles et son patch.

Alarmé, Kosto demanda :

– Que se passe-t-il ?

– La cheminée ! dit-elle en s'adressant à Max. Celle de la photo prise par Andre Connely !

– Si vous nous expliquiez ? intervint le PDG.

– Navrée, monsieur Kostovitch, nous allons encore vous laisser !

– Mais...

– Si tout va bien, nous reviendrons avec Blish et Mrs Connely !

Elle s'engouffra dans l'ascenseur, la tête en feu, Max sur ses talons. Pendant que l'engin plongeait, elle s'informa :

– Tu as ton portable ? Ton arme de service ? Les clés de la moto ?

Au sous-sol, les vigiles avaient dû être prévenus. La barrière de sécurité était levée, ils quittèrent le parking sans s'arrêter.

Tandis que Max s'engageait avenue Charles-de-Gaulle, elle expliqua :

– Andre Connely a photographié la cheminée de l'hôpital Bichat ! Celle qui évacue les fumées de l'incinérateur.

– Et alors ?

– Alors Blish et sa dircab sont sûrement détenus juste en face.

– Les autres otages aussi ?

– Peut-être. Comment savoir ? Attention, il y a un radar !

La moto fut piégée par le flash. Delumeau pourrait ajouter un nouveau grief à son rapport. Max ne ralentit qu'à l'approche de la Porte de Saint-Ouen.

– On arrive, souffla Logicielle.

Son attention fut retenue, face à l'hôpital, par une vitrine illuminée qui détonnait près des façades obscures. Un vilain pressentiment lui noua la poitrine.

– Stop !

Max gara sa moto devant l'entrée du 123.

Logicielle dégaina son Sig Sauer. Max en fit autant. La première chose qu'elle vit, sur le digicode éclairé par une veilleuse, ce fut le nom d'une société : Parsec.

Elle jura à voix basse et siffla entre ses dents :

– Quelle idiote ! Mais quelle idiote !

– Quoi ?

– Ce local appartient au père d'Elyne Taugenichts !

Sa négligence était inexcusable. Elle observa les touches pour déduire sur quels chiffres taper. Max, qui avait collé un œil sur la vitrine, s'écria :

– On dirait qu'il y a du vilain...

– Comment ?

– Viens voir.

– Pas le temps. Ça y est, j'ai ouvert !

L'arme au poing, elle s'engouffra dans le vestibule qui s'illumina. La porte de la société Parsec était entrouverte. Du maigre interstice filtrait un rai de lumière. Max la suivait à trois pas. Il fit signe qu'il la couvrait.

Du pied, Logicielle poussa violemment la porte et braqua son arme à deux mains.

Elle l'abaissa aussitôt, consternée.

– Trop tard. Nous arrivons trop tard !

– Merde, murmura Max à voix basse.

Face à eux se trouvaient deux cadavres.

52

Parsec (123, boulevard Ney)
Dimanche 12 août, 4h05

Le premier cadavre, affalé dans un fauteuil, le visage incliné sur l'épaule gauche, était un homme d'une soixantaine d'années, torse nu. Sa poitrine, au niveau du cœur, portait la trace d'un impact sanglant. Une cicatrice sur sa joue confirmait qu'il s'agissait de James Blish.

Le second était un jeune homme mince et brun d'environ vingt-cinq ans. Il avait été touché à la gorge et au ventre. Il était vêtu d'un jean et d'un tee-shirt et tenait un revolver dans sa main droite. Logicielle reconnut un Glock 9 mm. Et elle identifia sans peine le garçon. C'était le complice d'Elyne, le jeune motard qui s'était introduit avec elle au *San Remo*.

Elle fit signe à Max de rester sur ses gardes et rengaina son arme. S'approchant des deux victimes, elle vérifia qu'elles ne respiraient plus. Leur peau était encore tiède.

– Ça s'est passé il y a deux ou trois heures, dit-elle à mi-voix. Max… eh, Max ?

Il paraissait choqué. Son regard allait d'un corps à l'autre, on eût dit qu'il était au bord des larmes. Jamais Logicielle ne l'avait vu dans un tel état. Ce n'était pourtant pas la première fois qu'il découvrait un cadavre.

– Ça va, assura-t-il.

– Tu permets ?

Elle tira le portable de la poche de son adjoint et composa deux numéros. Le premier était celui de leur brigade à Saint-Denis, où elle réclama des renforts. Le second celui du légiste.

– Doc Ti Wac ? C'est Logicielle. Navrée de vous réveiller, c'est une urgence... Non, c'est trop tard, j'ai deux morts sur les bras. Mais j'aimerais avoir votre avis très vite... Oui, au 123 boulevard Ney.

Elle raccrocha et examina les lieux. Sur les murs étaient placardées des affiches qui vantaient le commerce équitable. L'une d'elles représentait un paysage de Gilles Clément, assorti de sa citation : « Il est illusoire de penser qu'on va résoudre la crise écologique sans changer de système économique. » Une autre, du GIEC, affirmait : « 3,2 milliards de personnes manqueront d'eau en 2080. »

À en juger par le modèle des ordinateurs, ce local n'avait pas servi depuis des années. Un lieu idéal pour abriter des otages.

Elle se demandait où se trouvait Andre Connely quand Max lui lança depuis le seuil :

– La porte a été forcée, elle ne ferme plus.

– Cela confirme mes doutes. D'après toi, Max, que s'est-il passé ?

– Ces deux hommes se sont entre-tués, non ?

– Difficile à imaginer !

– Exact, admit-il. Si ce jeune homme a tué Blish, je vois mal comment il a pu mourir ensuite ! Et si le PDG d'Oxoil a d'abord tué ce garçon...

– ... ce dernier n'a pas récupéré son arme et éliminé son meurtrier !

– Et surtout, dit Max, on a forcé la porte. Ça s'est donc passé autrement.

– Le garçon a pu tuer Blish. Puis quelqu'un – elle désigna la porte – a fait irruption pour tirer deux balles sur l'assassin. Ou alors l'intrus a tiré sur les deux hommes.
– Le garçon n'aurait pas eu le temps de répliquer ?
– Sans doute.
– Et l'agresseur a filé ?
– Oui. Ça semble évident, Max, quelqu'un est entré ici par effraction.
– Un intrus aurait commis ce double assassinat ? Mais pourquoi ?
– Je me pose la même question. C'est peut-être un règlement de comptes…
– Et la collaboratrice de Blish ? Où est-elle ?
– Je me pose aussi la question depuis que nous sommes arrivés. Attends.
Logicielle s'approcha du corps du jeune homme, le tira vers le mur pour libérer la porte contre laquelle il s'était effondré.
– Eh ! protesta Max. Ne touche à rien ! Tu n'attends pas les camarades de la brigade qui doivent prendre des photos ?
– Non.
Elle ouvrit la porte et s'écria :
– C'est ce que je pensais ! Un escalier, il mène à la cave. Pourvu que… reste là, Max !
Elle descendit les marches quatre à quatre. La chaleur augmenta très vite. Elle parvint à une autre porte, entrouverte. Le Sig Sauer toujours braqué devant elle, elle la poussa du pied et entra.
La cave était éclairée par une lampe posée entre deux lits. Sur l'un d'eux, une femme d'une soixantaine d'années était allongée, inconsciente.
– Non ! cria Logicielle en réfrénant sa colère et ses larmes.

L'image de sa propre mère jaillit dans sa mémoire, après le drame qui avait coûté la vie à ses parents ; sa mère qui aujourd'hui aurait pu ressembler à cette inconnue. À son cri répondit un râle. La victime bougea un bras.

– Elle est vivante ! s'exclama Logicielle. Max, viens vite !

En trois secondes, il la rejoignit.

– Madame Connely ? Répondez-moi ! Êtes-vous blessée ?

Elle l'examina. L'otage n'avait aucune blessure apparente. Elle avait dû s'évanouir à cause de la chaleur. Elle respirait avec difficulté, à petits coups, narines pincées.

Au-dessus d'eux, des bruits de pas retentirent. Oui, on descendait les marches ! Logicielle et Max se retournèrent et braquèrent leur arme en direction de l'escalier.

53

Parsec (123, boulevard Ney)
Dimanche 12 août, 4h15

– Eh ne tirez pas ! Deux cadavres, c'est assez comme ça !

C'était le docteur Waquier.

Malgré le spectacle qu'il venait d'affronter un étage plus haut, il souriait. L'habitude. Et le fait, comme il le répétait souvent, qu'il n'y a rien de plus inoffensif qu'un mort. Logicielle désigna le lit.

– Vite, doc Ti Wac. Occupez-vous d'elle !

Après une minute d'examen, le légiste affirma :

– Rien de grave, un peu d'hyperthermie. Elle est évanouie. Elle va revenir à elle.

Le médecin la prit par les épaules et la redressa. Elle s'éveilla et ouvrit la bouche sur un cri muet.

– N'ayez pas peur, nous sommes de la police. Vous êtes bien Andre Connely ?

Elle abaissa les paupières pour acquiescer.

Ils la soutinrent pour remonter au rez-de-chaussée. Elle sursauta en apercevant les deux cadavres.

– James ? Il est mort, n'est-ce pas ?

– Ne parlez pas, recommanda Logicielle. Allongez-vous.

– Non, je veux savoir ! Je veux le voir.

Max l'aida à s'asseoir sur une chaise. Doc Ti Wac, qui était remonté de la cave avec une serviette mouillée, s'interposa :

– Laissez-moi faire. Comment vous sentez-vous, madame ?

– Mieux. Je… il est mort ?

Elle désigna son patron effondré dans le vieux fauteuil de cuir.

– Oui, confirma le légiste.

– Et le jeune homme ? Frédéric ?

– Frédéric ? répéta Logicielle. Il était accompagné d'une jeune femme, n'est-ce pas ?

– Oui. Je crois qu'elle s'appelait Elyne. Il est mort lui aussi ?

– Il est mort, confirma Waquier.

Mrs Connely se laissa aller en arrière. Logicielle crut qu'elle allait encore s'évanouir mais elle releva la tête.

– Ça va aller. C'est… le choc. Et l'épuisement.

– C'est fini, dit Logicielle. Vous êtes libre. On ne vous a rien fait de mal ?

Elle but le verre d'eau que le médecin lui tendait et répondit dans un souffle :

– Non. On nous a bien traités. Notre prison était rudimentaire mais nous n'avons manqué de rien. Oh, mon Dieu !

Elle jeta un nouveau coup d'œil à son patron et se mit à sangloter. D'un geste, Waquier fit signe à Logicielle de la laisser pleurer. Au-dehors, le son d'une sirène de police se précisa.

– Doc ? À quand remonte la mort de ces deux hommes ? demanda-t-elle à voix basse.

– 1 ou 2 heures du matin. À première vue, ils ont été tués en même temps. Avec une arme identique.

– Ce Glock 9 mm ?

– Peut-être bien. Il faut attendre l'analyse balistique.

Logicielle se tourna vers Andre Connely.

– Vous pouvez nous raconter ce qui s'est passé ?

– Oui... fit-elle d'une voix chavirée. Oui, je vais essayer.

Trois policiers firent irruption dans la pièce. Ils adressèrent un signe à Logicielle puis, munis de leurs appareils photos, ils mitraillèrent les cadavres sous tous les angles.

– James m'a réveillée à 1 heure du matin, commença Mrs Connely. Il faisait très chaud – une étuve ! La climatisation ne fonctionnait plus. J'avais mal à la tête, j'étais au bord de l'évanouissement...

– Le dioxyde de carbone, expliqua Waquier.

– Nous avons crié, frappé à la porte. Le jeune homme est venu mais il a refusé d'ouvrir, il a assuré qu'il allait réparer. À partir de là, je ne suis plus sûre de rien. Ah si, je me suis réveillée et j'ai vu que j'étais seule dans la cave et que la porte était ouverte ! J'ai pensé : « Notre geôlier a emmené James et il va venir me chercher. » J'ai dû perdre connaissance. Plus tard, j'ai entendu des détonations.

– Combien ?

– Je ne sais plus... Deux ? Non, trois. Oui, trois ! Je me suis demandé ce qui se passait. Je n'ai pas compris qu'il s'agissait de coups de feu.

– Ah bon ? s'étonna Logicielle. Pourquoi ?

– Parce que nos ravisseurs n'avaient pas l'air d'en vouloir à notre vie. Celle qui semblait avoir pris notre rapt en main...

– Elyne ?

– Oui, Elyne ! Elle a affirmé qu'elle ne nous ferait aucun mal, qu'elle nous retiendrait trois jours et nous relâcherait.

– Vous n'avez pas pensé que votre patron tentait de s'enfuir ? Et que le jeune homme avait tiré sur lui ?

– S'enfuir ? James en était incapable. Il était aussi affaibli que moi. Quant à Frédéric, je ne le voyais pas nous abattre.

– Vraiment ? Et pourquoi ?

Logicielle songeait au syndrome de Stockholm. Au bout d'un certain temps, les captifs éprouvaient de la sympathie pour leurs ravisseurs.

– Ce n'était pas un assassin. Et puis je pense que l'arme d'Elyne était un jouet.

– Quoi ?

– Oui, un jouet ! Vous devriez le trouver dans ce tiroir.

Elle désigna le bureau. L'un des policiers de la brigade en examinait le contenu. Il sortit une liasse de papiers imprimés, un trousseau de clés et un téléphone portable.

– C'est tout ce qu'on a trouvé, Logicielle. Aucune arme, à part celle qui était près des cadavres.

Elle brandit le sac transparent qui contenait le Glock.

– Était-ce cette arme, Mrs Connely ?

– Non. Celle d'Elyne était plus petite et elle avait un point rouge sur le côté. Un point mal dessiné. C'est à cause de cela que j'ai soupçonné qu'il s'agissait d'un jouet.

Logicielle s'interrogeait. D'où provenait le Glock de Frédéric ? Était-ce celui de la personne qui avait forcé la porte ?

– Qu'en penses-tu ? demanda Max en l'entraînant à l'écart.

– Je crois de plus en plus à une mise en scène. À mon avis, quelqu'un a surgi quand Frédéric a remonté Blish ici.

– Quelqu'un qui les aurait assassinés tous les deux ?

– Probable.

– Mais pourquoi ce mystérieux tueur n'est-il pas descendu à la cave pour éliminer Mrs Connely ? Elle était incapable de se défendre !

– Peut-être ignorait-il qu'il y avait encore quelqu'un dans la maison ? Peut-être avait-il supprimé celui qu'il désirait ?

– Blish ?

– Ou Frédéric. Blish était négociable, lui !

– Tu crois à une querelle entre écologiens ?

– Je ne crois rien, Max ! J'émets une série d'hypothèses. Tu en as d'autres à me proposer ?

Douché, Max ne répondit rien. Logicielle murmura :

– À moins que la CIA…

Les aurait-elle devancés ? La disparition de Blish, qui briguait une investiture démocrate, était une aubaine pour le parti Républicain, surtout si ce meurtre était mis sur le dos des écologiens. Cela justifierait qu'on ait laissé Andre Connely en vie : pour qu'elle explique à la police le détail de leur enlèvement. Mais non, la CIA aurait maquillé le meurtre avec plus de soin !

– Ça t'ennuierait de me faire part de tes réflexions ? grommela enfin Max. Tu as décidé de garder tes déductions pour toi ?

– Oui. Peut-être bien.

Il encaissa le coup en serrant les dents. Doc Ti Wac s'approcha.

– J'ai prêté mon portable à Mrs Connely, expliqua-t-il. Elle voulait appeler son fils et le rassurer.

Dès qu'elle eut rendu l'appareil au médecin, Logicielle s'approcha et prit sa main.

– Vous allez mieux, Mrs Connely ?

– Oh, appelez-moi Andre, Logicielle !

– Vous savez qui je suis ?

– J'ai entendu vos collègues vous apostropher. Mon ami Germain m'a souvent parlé de vous.

– Il se fait beaucoup de souci pour vous. Et si le docteur Waquier vous y autorise, je propose de vous reconduire à votre hôtel.

– Que dites-vous ? bredouilla Andre en écarquillant les yeux.

– Mais oui. Au *San Remo,* dans votre propre chambre. Germain sera heureux de nous y accueillir.

54

Parsec (123, boulevard Ney)
Dimanche 12 août, 4h50

Les membres de la brigade criminelle demandèrent à Mrs Connely de se présenter à leurs bureaux dans la journée pour qu'elle y effectue sa déposition. Logicielle vit un collègue glisser le téléphone portable d'Elyne dans un sac transparent. Elle renonça à le réclamer. Elle saisit dans le tiroir un tract qui proclamait :

REJOIGNEZ LES RANGS DES ÉCOLOGIENS !

Elle parcourut la diatribe sur l'irresponsabilité des groupes pétroliers, l'inertie coupable des pays industrialisés. Pas d'adresse ni de numéro de téléphone. Comment faisait-on pour adhérer ?

Andre voulut aller chercher elle-même ses affaires au sous-sol. Le légiste insista pour l'accompagner.

– Comme vous voudrez, lui dit-elle en descendant les escaliers de la cave. Mais je vous assure que je vais bien.

Logicielle fut impressionnée, cette femme ne manquait pas de cran.

Le commissaire Delumeau fit alors irruption. Il portait une chemise vieille de trois jours et n'était pas rasé.

Logicielle s'approcha pour le saluer. Mais il désigna aussitôt sur le sol les silhouettes dessinées à la craie.

– Deux meurtres ?

– Oui. Blish et l'un de ses ravisseurs.

– Blish ? L'homme dont vous deviez assurer la sécurité ?

– Oui. Mais le Blish que je surveillais était…

Il l'interrompit d'un geste sec. Elle soupira. À quoi bon expliquer à Delumeau qu'elle avait veillé sur un imposteur ? Et, depuis trente-six heures, suivi plusieurs pistes à la fois ?

– Eh bien je vous félicite !

Vaincue, elle baissa la tête. Elle se sentit soudain fatiguée. Elle réalisa que, depuis deux jours, elle n'avait quasiment pas dormi.

– Le pire, ajouta-t-il, c'est que la DST va être mise sur le coup ! Blish était un ressortissant américain. Je vais devoir prévenir l'ambassade. Ah, vraiment, vous m'avez mis dans de beaux draps !

Delumeau désigna la moquette parsemée de flacons, de sacs en plastique et maculée de sang. On eût dit qu'il rendait Logicielle responsable du double meurtre et de tout ce désordre.

Mrs Connely remonta de la cave, très digne dans son tailleur gris. Doc Ti Wac la suivait avec sa valise.

Le légiste salua Delumeau et lui proposa imprudemment :

– Ah, commissaire ! Vous me rendriez service en raccompagnant Mrs Connely à son hôtel. J'ai reçu un nouvel appel urgent.

– Moi ? Mais…

– Andre ? fit Logicielle. Je vous présente le commissaire Delumeau. Patron, voici Mrs Connely, la directrice de cabinet de James Blish.

Delumeau lui serra la main; il fut même contraint de s'enquérir de sa santé. Ce double effort lui coûta. Il était désemparé en présence des dames qu'il ne connaissait pas.

– Mais vous, Logicielle, suggéra-t-il. Vous ne pourriez pas ?...

– Difficile, répliqua Max. Nous sommes à moto. Vous nous suivez, patron ?

55

Hôtel *San Remo*
Dimanche 12 août, 5h40

Après avoir déposé sa passagère au *San Remo*, Delumeau repartit sans demander son reste. Luc, qui somnolait derrière son guichet, sursauta.

– Bonsoir ! fit-il en se redressant.

– Bonjour, rectifia Logicielle en désignant Andre.

– Mais, bredouilla Luc. Vous êtes bien madame…

– Connely, oui.

– Mais votre chambre est…

– … occupée par le commissaire Germain, compléta Max. Nous le savons, merci.

– Je le préviens !

– Surtout pas. C'est une surprise. Vous pouvez nous faire monter quatre petits déjeuners ?

Ils empruntèrent l'ascenseur et frappèrent à la porte 71. Deux fois. Germain finit par ouvrir la porte, il avait les cheveux en bataille. Il fixa le petit groupe d'un regard ensommeillé et s'écria enfin :

– Andre ? Andre !

– Germain !

Ils tombèrent dans les bras l'un de l'autre. Ce moment était si intense que Logicielle se sentit traversée par un sentiment proche de la jalousie.

– James a été assassiné, résuma Andre. Et ton amie est venue me délivrer.

Logicielle voulut nuancer, mais c'était difficile. Réfugiée dans les bras de Germain en pyjama, Andre pleurait à chaudes larmes.

– Entrez donc, dit le commissaire. Et expliquez-moi.

❦

– Le meurtrier serait étranger aux écologiens ? répéta Germain quand il fut mis au courant des récents événements. Mais comment aurait-il su où les otages étaient détenus ?

On frappa à la porte. Germain ouvrit à une jeune femme en uniforme qui entra en poussant un chariot.

Logicielle versait du café dans les tasses quand Max, qui avait allumé la télé, étouffa un cri. Ils se tournèrent tous vers lui. Il désigna l'écran, monta le son et ordonna :

– Regardez… écoutez !

L'image montrait les immeubles face à l'hôpital Bichat.

– « *… Ce serait dans un local situé boulevard Ney que James Blish qu'on surnommait "l'homme à la cicatrice" aurait été assassiné. Son corps a été retrouvé peu avant l'aube. La police a refusé de confirmer l'hypothèse selon laquelle ses ravisseurs, des écologiens, seraient les meurtriers. C'est pourtant la piste que semblent suivre les enquêteurs…* »

Stupéfaite, Logicielle réfléchit et murmura :

– Les écologiens… Le meurtrier ne peut donc être que l'un d'eux !

– Pourquoi ? Mais pourquoi ? répéta Max.

– D'après toi, qui a pu prévenir les médias ? Eux seuls savaient que Blish avait été capturé. Eux seuls connaissaient le lieu de sa détention.

– Tout à l'heure, tu as évoqué la CIA.

– Oui. Mais je ne comprends pas comment elle aurait pu identifier Elyne Taugenichts avant nous et remonter jusqu'au local de son père. À moins que…

– À moins que quoi ? demanda Max.

– J'ai bien peur qu'on ne nous ait devancés. Et espionnés ! ajouta-t-elle en désignant la porte de communication de la chambre.

56

Dimanche 12 août
6h10 à Paris (Trocadéro)
0h10 à New York (Manhattan)

Quand le téléphone sonna, Ronald se réveilla en sursaut et, en une seconde, se souvint de son expédition nocturne et de l'assassinat de Blish. D'instinct, il déclencha son MultiMédia3 et vérifia l'affichage de l'appel : États-Unis, numéro inconnu.

– Ronald ? C'est Darius.

– Salut ! Eh... tu es déjà au courant, mec ?

– Apparemment, toi aussi.

– Et pour cause ! grogna Ronald. C'est moi qui ai fait le boulot !

– Arrête ! La dépêche qui vient de tomber affirme que ce sont les écologiens.

– Évidemment ! C'est moi qui ai appelé les médias à 2 heures du matin pour les mettre sur une fausse piste ! Je crois que je me suis assez bien débrouillé. Écoute...

Trois minutes plus tard, le fils de Blish émit un sifflement admiratif.

– Beau travail, si ce que tu me dis est vrai.

Ronald mit deux secondes à comprendre l'allusion. Il se rebiffa.

– Comment ça, si c'est vrai ? Mais j'espère que...

– Je plaisantais. Tu t'es débrouillé comme un chef.

Le cœur de Ronald se gonfla et une douce chaleur l'envahit. Il savait Darius avare de compliments. Cette fois, il l'avait bluffé ! C'était une émotion grisante, inexpliquée. L'argent n'était rien comparé à ce sentiment inconnu qui le gagnait. Blish Junior reprit :

– CNN vient de révéler l'assassinat de mon père. Tu as regardé les infos du matin ?

– Non. Je suis rentré et j'ai dormi. Du sommeil du juste.

– Tu vois, Ronald, je t'avais dit que ça ne serait pas difficile !

– Eh, fallait quand même le faire !

À présent, Darius semblait minimiser son tour de force. Irrité, Ronald lui rappela ses engagements. L'autre le rassura :

– Je serai réglo. Tu le sais.

Après avoir raccroché, Ronald alluma la télé. Il jubilait à l'idée qu'on y commenterait son exploit. S'y ajoutait la perspective de la fortune qu'il finirait par toucher. Pendant un quart d'heure, il alla d'une chaîne à l'autre, écouta les commentaires des journalistes. Mais très vite, il se lassa du caractère répétitif de ce scoop.

Il éteignit le récepteur. Et il se rendormit presque aussitôt.

57

Hôtel *San Remo*
Dimanche 12 août, 7h30

– Les clients arrivés hier après 17 heures ? répéta le réceptionniste. Je vais regarder, mademoiselle.

– Appelez-moi lieutenant, Luc. Ou Logicielle.

– Et imprimez-nous la page, ajouta Max.

Plus elle y réfléchissait, plus l'évidence s'imposait : ils avaient été doublés par celui qui avait entrouvert la porte de communication de la chambre de Germain.

Logicielle découvrit aussitôt celui qu'elle cherchait.

– Ce Donald Wollheim, chambre 69, qui est-ce ?

– Un journaliste de l'*International Herald Tribune*.

– Un journaliste, vraiment ?

– Oui. Il m'a montré sa carte de presse.

– Il est toujours là ? demanda-t-elle en désignant les étages.

– Oh non ! Il est reparti vers 1 heure du matin.

– 1 heure du matin ?

Les soupçons de Logicielle se confirmèrent. Elle reprit :

– Je suppose qu'il a insisté pour avoir une chambre voisine de la 71 ?

– En effet, fit Luc qui rougit et baissa la tête.

– Dites-nous tout, Luc ! tonna Max. Tout ! Il y a eu deux meurtres.

Le réceptionniste jeta un coup d'œil furtif du côté du salon et des ascenseurs.

– Eh bien… Ce journaliste était au courant de l'enlèvement. Il m'a extorqué des renseignements. J'ai dû accepter son argent. Mais je ne lui ai rien révélé qu'il ne savait déjà, je vous le jure !

– Très bien. Max ? Allons dans la salle de repos visionner l'enregistrement de son passage.

Ils le regardèrent trois fois.

– L'inconnu lève la tête, nota Max, il n'a pas repéré la caméra.

Logicielle approuva. Elle se demandait comment cet individu avait pu apprendre l'enlèvement de Blish. Et s'il s'agissait de l'assassin.

Elle revint à la réception, s'informa :

– Luc, vous avez la carte de sa chambre ? Non, n'y touchez pas !

Elle la sortit du casier. Avec précaution mais sans illusion.

– Luc ? Tirez-nous quelques photos sur papier de ce Wollheim. Si possible de profil et de face.

– Je m'en occupe tout de suite.

Logicielle entraîna Max vers l'ascenseur.

– On lance un avis de recherche ? suggéra-t-il.

– La procédure risque d'être longue. Le juge estimera les éléments dont nous disposons très insuffisants. Et rien ne prouve que ce type s'est rendu à la Parsec la nuit dernière !

En passant près de la 71, elle eut une pensée pour leurs occupants. Mais ce fut Max qui murmura à mi-voix :

– Lui, il a achevé sa mission et retrouvé sa belle !

– Exact. Moi, j'ai encore du boulot et je suis en train de te perdre.

– Qu'est-ce que tu dis ?

Il s'arrêta dans le couloir et lui saisit la main. Il était devenu blême.

– Eh oui, Max. Je cours trois lièvres à la fois.

– Quels lièvres ?

– L'assassin de Blish et de Frédéric. Les ravisseurs des invités de Kostovitch. Et puis le complice qui a ouvert la porte de secours à NCF. Je serais ravie que tu m'aides un peu.

Sans attendre de réponse, elle se dégagea et ouvrit la porte de la chambre 69.

Elle sut immédiatement qu'ils ne trouveraient rien.

Le lit n'avait pas été défait. Donald Wollheim avait loué cette chambre pour guetter ce qui se disait dans la pièce voisine. Elle se souvint avoir eu un doute, lors de leur entretien avec Germain, quand elle avait aperçu une des portes de communication entrouverte. Dommage qu'elle n'ait pas poussé l'investigation plus loin !

Par acquit de conscience, elle appela leur brigade pour qu'on passe la pièce au peigne fin.

Ils redescendirent à la réception où Logicielle demanda à Luc de se connecter sur Internet. Après une brève recherche, elle nota les numéros de téléphone de i.télé et de l'AFP. Puis elle quitta l'hôtel, Max à sa suite. Elle lui réclama son portable et appela la rédaction de la chaîne d'information.

– J'aimerais savoir qui vous a renseigné sur l'assassinat de James Blish... À quelle heure ?... Très bien je vous remercie.

– Bon, je peux savoir, cette fois ? bougonna Max sur un ton aigre.

– Un appel anonyme, à 2 heures du matin. Une voix masculine.

– L'assassin ?

– Qui d'autre ?

Logicielle essayait de comprendre le motif de cet étrange coup de fil. Impliquer les écologiens ? Oui, bien sûr, faire porter les soupçons sur eux avant même que l'enquête ne débute. Quand l'enlèvement des voyageurs de *Cinq degrés de plus* serait révélé, ce qui ne saurait tarder, cela confirmerait qu'ils étaient les assassins de Blish.

– Ce Wollheim a bien manœuvré, murmura-t-elle.

L'assassin et lui ne faisaient qu'un, elle l'aurait juré.

Bien que le jour fût levé, la rue Jean-Goujon était déserte. La chaleur commençait à monter.

– Et les gens de la rédaction ont cru cet informateur ? insista Max.

– Ils ont appelé l'AFP qui a confirmé le meurtre à la presse deux heures plus tard.

– Mais qui a prévenu l'agence ?

– L'assassin. Et quelqu'un de notre brigade a confirmé ce meurtre, Max ! Il y a des ripoux parmi nous, tu démens ?

– Non.

Qu'une brigade enquête sur un meurtre ou un attentat, et un flic indélicat prévenait le média avec lequel il était en relation. Un service qui lui valait une gratification.

– Il y a des ripoux partout, déclara-t-elle en regardant Max les yeux dans les yeux. Même parmi ceux en qui on a le plus confiance !

– Arrête ! Qu'est-ce que tu veux dire ?

Logicielle jeta d'une voix presque inaudible :

– C'est toi qui as ouvert la porte de secours aux écologiens, Max. C'est toi leur complice.

– Tu es folle ! Qu'est-ce qui te fait croire ?...

– Tout. Ne me prends pas pour une idiote, s'il te plaît.

Elle détourna les yeux; elle pleurait.

– Tu savais tout ce qui se tramait. Et tu ne m'as pas mise au courant !

– Logicielle...

– Ne dis rien ! hurla-t-elle. Et surtout ne nie pas ! Tout concorde. C'est toi qui m'as subtilisé mon portable. Tu voulais échapper à l'ordre de réquisition et du même coup à la mission que les écologiens t'avaient confiée ! Mais j'ai insisté pour obéir. Alors tu m'as suivie. Je suppose que tu n'avais plus le choix puisque tu te trouvais sur place.

– Si tu me laissais t'expliquer...

– Tu voudrais encore nier ?

– Non, avoua Max dans un souffle. Non, Logicielle, tu as raison. C'est moi qui ai ouvert la porte. Tu veux que je te dise pourquoi ?

– Ah non ! En ce moment, j'ai autre chose à faire que de t'entendre te justifier ! Tu es flic, Max, tu l'as oublié ? Nous avons deux meurtres sur les bras. Et six otages en danger ! Si encore tu pouvais me dire où ils se trouvent...

– Je te jure que je l'ignore !

Elle n'en doutait pas. Comme les autres, Max n'avait eu qu'une directive à appliquer. Il reprit :

– Il faut que tu saches...

Elle le foudroya du regard, murmura entre ses dents :

– Si tu as quelque chose à me dire, que ce soit pour servir l'enquête, pas pour m'expliquer les raisons qui t'ont fait changer de camp !

Il baissa la tête avec une moue boudeuse et têtue. À cet instant, elle le détesta. Sans un mot, il ajusta son casque.

– Qu'est-ce que tu fais ? lui demanda-t-elle.

– On ne va pas à NCF annoncer que Blish est mort ?

– Eh bien vas-y. Va les prévenir.

– Mais… et toi ?
– Dépose-moi au 123 boulevard Ney.
– Tu ne viens pas à NCF ?
– Plus tard.
– Et comment iras-tu ?
– En taxi, Max ! Moi, je sais me déplacer sans moto.

58

Parsec (123, boulevard Ney)
Dimanche 12 août, 8h10

Un cordon de police interdisait l'accès à la Parsec. À l'intérieur du périmètre, une dizaine de flics battaient la semelle. Plus loin, les voitures de six chaînes de télévision s'entassaient, si mal garées qu'elles bloquaient la circulation.

Logicielle attendit que la moto de Max eût disparu sur le boulevard Ney pour essuyer ses larmes.

Elle tendit sa carte au policier le plus proche et frappa à la vitrine barbouillée de blanc. Quand elle entra dans le vestibule, la porte de la Parsec s'ouvrit sur l'un de ses collègues, Jean-François. Il était rasé de frais et pimpant dans son uniforme. Elle se sentit tout à coup épuisée, vieillie – et sale. À quand remontait sa dernière douche ?

– Salut, Logicielle ! Tu reviens sur les lieux du crime ?

– C'est toi qui es de corvée ?

– Faut bien.

Elle jeta un coup d'œil dans la pièce.

– Personne n'est venu ?

– Si, la presse ! Je l'ai jetée.

Elle sentit sa déprime décupler. Son plan se serait bien passé de cette publicité.

– Tu viens me relayer ou me tenir compagnie ?

– Ni l'un ni l'autre, Jean-François. En fait, j'avais... rendez-vous ici.

– Rendez-vous ? Avec qui ?

Elle répondit d'un geste évasif. Sur la moquette, les traces de sang avaient pris une teinte ocre. Elle ouvrit le tiroir du bureau métallique, saisit un tract, ressortit de la Parsec et se dirigea vers l'entrée du métro Porte de Saint-Ouen à deux cents mètres de là.

En entendant la sonnerie d'un portable, elle n'eut même pas le réflexe de décrocher, puis elle se souvint que Max lui avait laissé le sien.

– C'est vous, Logicielle ? Ça tombe bien, c'est à vous que je voulais parler.

– Doc Ti Wac ! Quoi de neuf ?

– Les deux victimes ont en effet été tuées avec le Glock 9 mm. Blish a été ajusté à bout portant, il a des traces de poudre sur la poitrine. En revanche, rien sur les mains du garçon. Il n'a pas tiré.

– Les coups qui l'ont atteint ont été tirés à quelle distance ?

– Quatre ou cinq mètres, pas plus. Mais pas moins. Bon courage !

Ces révélations corroboraient le témoignage d'Andre Connely et la tentative d'une grossière mise en scène de l'assassin. Il avait surgi, tué Frédéric de deux balles. Et s'était approché de Blish pour tirer – aucun risque, l'otage était épuisé. Ensuite, il avait placé le Glock dans la main du jeune homme.

Logicielle traversa la rue Vauvenargues. Le garçon de café du *Maréchal-Ney*, le futur *Kostony*, installait des petites tables rondes à l'extérieur. Ici, on ne trouvait guère que les parieurs matinaux et les accros du Loto. De la terrasse, on ne voyait pas la Parsec, ni la zone occupée par les journalistes et la police.

Le soleil cognait fort déjà sur les parasols déployés. Logicielle s'assit à l'abri de l'un d'eux, juste en face de la station Porte de Saint-Ouen.

Elle s'apprêtait à commander un café quand un groupe de voyageurs surgit de la bouche de métro. Le premier était une jeune femme de son âge, très mince, à l'air préoccupé. Elle passa tout près de Logicielle qui, à voix basse, lui jeta :

– Elyne ?

59

Porte de Saint-Ouen
Dimanche 12 août, 8h25

Surprise, la jeune femme s'arrêta.

– Vous me connaissez ?

– Pas vraiment. Mais nous pouvons faire connaissance. Je m'appelle Logicielle.

Elle posa en évidence sur la table le tract qu'elle avait à la main. Elyne soupira.

– Écoute, tu m'attends ici ? Je suis pressée. Le temps de prévenir mon copain et je reviens.

– Non, dit Logicielle en se levant. Moi aussi, je suis pressée. Et je préférerais que nous parlions à l'intérieur. Un café ?

– Bon, une tisane. Mais juste une minute, hein ?

Méfiante, Elyne explora les environs d'un regard acéré. Cet examen dut la rassurer, car elle suivit Logicielle et s'assit face à elle sur la banquette de skaï en gardant un œil sur la sortie du bistrot.

– Qui t'a donné ce tract ? demanda-t-elle.

– J'ai autre chose à vous montrer, répliqua Logicielle. Vous allez comprendre.

Elle posa sa carte professionnelle sur la table. La jeune femme sursauta.

– Écoutez-moi bien, Elyne. Si vous allez dans le local de votre père…

Elyne se leva d'un bond. Logicielle lui broya le poignet et l'obligea à se rasseoir.

– … vous y serez accueillie par une meute de journalistes et l'un de mes collègues.

Elyne ouvrit des yeux démesurés.

– James Blish et Frédéric sont morts. Assassinés.

Le regard d'Elyne s'agrandit encore. Elle fronça les sourcils et sa lèvre inférieure se mit à trembler. Logicielle la relâcha. Elle savait que la jeune femme ne s'enfuirait plus. Et que, dans ce double meurtre, elle n'était pour rien.

– Comment ? Qu'est-ce que tu dis ?

– Quelqu'un s'est introduit là-bas et les a tués tous les deux.

– C'est impossible, tu mens !

Logicielle faillit déclarer à son interlocutrice que, d'ordinaire, c'étaient les policiers qui tutoyaient et accusaient les suspects – et non l'inverse. Mais Elyne le faisait spontanément, sans malice. Sans doute parce qu'elles avaient le même âge.

– Tu sais que je dis la vérité. Elyne ! Elyne, tu m'écoutes ?

Non, la jeune femme ne l'écoutait plus. Ce fut d'abord un bref hoquet, puis de gros sanglots venus de l'arrière-gorge. Enfin des larmes, au fur et à mesure qu'elle mesurait les conséquences de ce double drame. Elle bafouilla :

– Que… que s'est-il passé ?

Logicielle lui raconta les faits tels qu'ils avaient été reconstitués.

– Quand vous avez capturé Blish et Mrs Connely au *San Remo*, tu as utilisé quelle arme pour les menacer ?

Elyne se moucha bruyamment avant de hausser les épaules.

– Un jouet en plastique. Une imitation de… je n'en sais rien ! Je n'ai jamais vu de vrai revolver !

– On a retrouvé Frédéric avec un Glock 9 mm. Ce n'est pas un jouet. D'après toi, où a-t-il pu se le procurer ?

– Mais je n'en sais rien !

– Il n'y avait pas de revolver dans les locaux de la Parsec ?

– Bien sûr que non. Mais… Frédéric n'a pas pu se procurer d'arme ! Je l'ai quitté hier soir à 8 heures et il n'a pas abandonné le local pour…

Ses yeux rougis se remirent à briller d'effroi.

– Ce serait l'assassin qui aurait voulu faire croire…

– Probablement.

– Frédéric n'a tué personne !

– Je te crois.

– Et moi, gémit-elle. Et moi… oh, si j'avais su !

Elle sanglota de plus belle. Logicielle lui tendit un mouchoir.

– Frédéric était ton copain ?

– Oui. Et monsieur Blish… il n'était pas question qu'il meure !

– Je veux bien te croire. Mais il est trop tard.

– Et Mrs Connely ?

– Elle va bien. Maintenant, Elyne, tu vas me dire ce que tu sais. Tout. Pour éviter d'autres catastrophes, tu comprends ?

Elyne approuva. Puis elle fixa étrangement Logicielle et demanda :

– Pourquoi tu ne m'emmènes pas au commissariat ?

– Nous sommes plus tranquilles ici, non ?

– Tu n'as pas peur que je m'enfuie ?

– Non. Et puis tu n'irais pas loin.

– Je suis… en état d'arrestation, c'est ça ?

– Oui. Disons en garde à vue.

Elyne haussa les épaules une nouvelle fois. C'était à ses yeux un détail. Le garçon vint prendre la commande. Elles n'échangèrent plus un mot jusqu'à ce qu'il leur apporte leurs consommations. Elyne, le regard dans le vague, murmurait seulement parfois, avec un mouvement du corps semblable à un grand frisson :

– Quelle horreur... quelle horreur !

– Qui t'a ordonné de capturer Blish et sa collaboratrice ? demanda enfin Logicielle.

– Je n'ai qu'un seul contact, révéla Elyne comme si elle se décidait d'un coup. Une petite femme de quarante ou cinquante ans aux cheveux courts. Nous l'appelons Danielle Defaux.

– Un nom d'emprunt ?

– Oui. Personne ne connaît son vrai nom.

– Tu savais que des personnalités allaient être enlevées à la NCF ?

– Oui. Mais j'ignorais les détails de leur capture. Je n'étais pas concernée. Danielle m'avait mise à l'écart de cette opération.

– Et Frédéric ?

– Oh !

Le geste de la main et le mouvement de tête qui lui échappèrent furent plus éloquents qu'une explication. Elle ajouta pourtant :

– Il en savait dix fois moins que moi ! S'il est mort, c'est ma faute.

Elle se remit à pleurer.

– Elyne ? Réfléchis bien. Le moindre renseignement nous sera utile.

– Utile pour quoi, à présent ?

– Pour retrouver l'assassin de Frédéric et de James Blish. Mais également les hommes d'affaires pris en otages. Eux aussi sont peut-être en danger.

Elyne approuva, risqua une fois encore :

– Si j'avais su que ça tournerait si mal...

– Parfois, on met la main dans un engrenage. Et la machine finit par te dévorer, puis par anéantir plein de gens autour de toi.

– C'était pour une bonne cause ! se défendit-elle.

– Quand on est convaincu, la cause paraît toujours bonne. Et les risques mesurés. Elyne, tu sais où ces otages pourraient être retenus ?

– Non. Je n'en ai aucune idée.

– Cette Danielle Defaux, elle n'a pas une maison à la campagne ? Un pavillon en banlieue ? Des amis qui vivent dans une propriété isolée ?

– Je n'en sais rien. Elle loue un studio près de la butte Montmartre. Ce n'est sûrement pas là que les otages se trouvent !

– Ce studio, tu y as déjà été ? Tu pourrais nous y emmener ?

– Oui.

Après un temps de réflexion, Elyne ajouta :

– Logicielle ? Je vais être inculpée de quoi ?

– D'enlèvement. De séquestration avec préméditation. Peut-être de complicité de meurtre.

– De meurtre ? Mais...

– Sauf si l'enquête te met hors de cause et si nous retrouvons l'assassin.

– Ça risque d'être long ?

– Oui. Plusieurs mois. Quelques années, qui sait ?

La prévenue finit sa tisane, raffermit les traits de son visage et tendit à Logicielle ses poings fermés.

– Bon. Je suis prête. On va au commissariat ?

– Désolée, Elyne, mais je n'ai pas de menottes.

Logicielle posa un trousseau sur la table.

– Qu'est-ce que c'est ?

– Les clés de mon studio. Tu vas t'y rendre et m'y attendre. Quand je reviendrai, nous irons ensemble à ma brigade. Tu te constitueras prisonnière. C'est moi qui prendrai ta déposition.

Une fois de plus, Elyne ouvrit grand ses yeux clairs.

– Tu… tu plaisantes ?

– Non. Je n'ai pas le temps d'aller au commissariat maintenant. Je vais avoir une journée très chargée. Alors tu es d'accord ? Tu m'attendras ?

– Tu me tends un piège, hein ?

– Non. Non, tu le sais très bien.

Elyne prit le trousseau avec réticence.

– Pourquoi tu me fais confiance ?

– Je ne sais pas.

Logicielle était épuisée. Prête à prendre tous les risques. Mais elle en aurait mis sa main au feu, Elyne n'aggraverait pas son cas par un délit de fuite. Après un temps de réflexion, elle avoua :

– Peut-être parce que Frédéric faisait de la moto.

– Comment ?

– Frédéric faisait de la moto, non ?

– Oui… oui, mais je ne comprends pas.

– Mon ami a une moto, lui aussi.

– Tu as un copain ?

– Il s'appelle Max. Nous devions nous marier bientôt.

– Pourquoi dis-tu « nous devions » ? Vous avez rompu ?

– Non. Pas encore.

– Tu vas le quitter ?

– Sûrement.

– Ça ne va plus entre vous ?

– C'est plus compliqué que ça. Il m'a menti. Et il m'a trahie.

– Avec une autre femme ?

– Non. Avec une cause. Une bonne cause, justement. Tu trouves ça moins grave que si c'était une femme ?

La question prit Elyne de court. Logicielle poursuivit :

– Imagine que Frédéric ait prévenu James Blish ou alerté la police. Tu ne l'aurais pas quitté ?

– Si, sûrement.

– Tu aurais continué de l'aimer ?

– Non. Enfin ce n'est pas pareil, je ne l'aimais pas vraiment.

Elles se regardèrent et soupirèrent ensemble. Elyne reprit :

– Et toi, ton ami, tu l'aimes ?

– Oui, répondit Logicielle. Justement, c'est le problème. Moi, je l'aime vraiment.

60

Ganagobie
Dimanche 12 août, 8h40

Danielle Defaux était satisfaite, le voyage s'était déroulé sans accrocs. Quand les trois monospaces s'étaient engagés sur l'autoroute, elle avait redouté des barrages. Mais la gendarmerie et la police avaient dû renoncer à contrôler toutes les sorties de la capitale.

Ils avaient traversé Lyon à l'aube.

Pendant une brève pause sur un parking désert, ils avaient constaté que les otages dormaient du sommeil du juste, toujours connectés à *Cinq degrés de plus*.

Certes, la jeune lieutenant de police leur avait échappé. Mais sa capture n'était pas indispensable ; et même si elle se reconnectait au programme, elle serait incapable de délivrer les otages.

Le seul bug avait été l'assassinat de James Blish, qu'ils avaient appris par un flash d'information à la radio. Pire, on supposait que le meurtrier était un des leurs ! Quant à l'identité de la seconde victime, elle restait mystérieuse. La mort de Blish était un sale coup. Un coup qui avait affecté tous les membres de l'expédition, même s'ils ne l'évoquaient pas, comme s'il eût été tabou.

Ils arrivèrent à Ganagobie à 9 heures du matin.

Situé sur une colline éloignée de toute habitation, le monastère, un domaine privé interdit au public, était un lieu sûr. Depuis le début du mois, des écologiens l'occupaient.

Réceptionnés par deux informaticiens et un médecin, les otages furent conduits avec précaution dans un réfectoire au grand plafond voûté dont les issues étaient fermées et surveillées. On posa les moniteurs au pied de chacun des six brancards – et, sur une table au centre, le Simulator dont l'œil bleu continuait de clignoter.

Danielle réunit dans un bureau tous ceux qui avaient participé au rapt. Ils semblaient épuisés.

– Vous avez été formidables. Je suis désolée de n'avoir pas pu vous informer de notre destination. Nous sommes loin de Paris. La mauvaise nouvelle, c'est qu'il serait préférable que vous restiez ici. Pour des raisons de sécurité.

– Combien de temps ? demanda Noël.

– Jusqu'à la fin de l'opération. Sauf si nos invités signent notre Protocole.

– Et s'ils refusent ?

– Nous attendrons.

– Ça peut durer longtemps ?

– Je ne crois pas. La mort de Blish va précipiter les événements. Quand la capture des participants à *Cinq degrés de plus* sera connue des médias, les pouvoirs publics interviendront.

– La mort de Blish ne va pas nous attirer la sympathie du public, estima Noël.

– Je le sais. Ce drame n'était pas prévu. J'ignore ce qui s'est passé.

– Et si on apportait un démenti ? risqua-t-il.

– Il faudrait d'abord savoir ce qui s'est exactement passé.

– Tu ne peux pas t'informer ?

Danielle ne répondit pas. Téléphoner à Elyne, c'était prendre un risque. Si la police l'avait appréhendée, l'appel serait localisé.

– Le plus sage est de ne pas nous manifester.

Il n'y eut aucune protestation et elle ajouta :

– Bien sûr, si l'un ou l'autre d'entre vous veut rentrer à Paris, il est libre. Mais il risque d'être convoqué et interrogé par la police.

Le silence se prolongea. Elle désigna la porte.

– Bien. Nous allons déconnecter les otages et négocier avec eux.

⁂

Ils rejoignirent le réfectoire, où le médecin achevait l'examen des patients.

– Tout va bien. Ils sont en parfaite santé.

– On peut leur enlever les patches ? demanda Danielle en se tournant vers l'un des informaticiens.

– Sans problème. Je commence par qui ?

– Le comédien.

Charmeuil émergea avec difficulté et lança autour de lui des regards étonnés.

– Bienvenue dans la réalité, lui dit Danielle. Et bravo pour le rôle que tu as tenu.

– Où sommes-nous ?

– Il vaut mieux que tu l'ignores.

Charmeuil n'avait pas l'air rassuré. Danielle lui relata la prise d'otages.

– Alors ma mission s'arrête ici ?

– Non. Tu rejoindras les captifs de temps à autre dans le programme.

– Encore ? Pourquoi ?

– Pour les convaincre d'accepter nos conditions. Tu seras leur interlocuteur. Va donc prendre une douche, ajouta Danielle. Et un vrai petit déjeuner.

Le comédien semblait déçu d'abandonner son rôle en catimini, sans la foule et les applaudissements habituels. Il approcha la main de sa joue pour enlever sa fausse cicatrice ; elle avait disparu.

Dès qu'il fut parti, on détacha les otages et on ôta leur patch. Dimitri se leva, s'étira, considéra l'assemblée et lança, sarcastique :

– Voici donc nos amis écologiens ! Y a-t-il parmi vous un responsable ? Je m'appelle Dimitri ! Oh, mais vous êtes très bien équipés ici aussi, ajouta-t-il en apercevant les moniteurs au pied des civières.

Weiss, lui, se releva lourdement en clignant des yeux. Zeroo et Indiana esquissèrent un mouvement pour fuir. Mais dès qu'ils eurent fait trois pas, Noël leur barra le passage.

– Si vous avez des questions à poser, dit Danielle, adressez-vous à moi. Je m'appelle Defaux.

– Madame ou mademoiselle ? lança Dimitri en s'inclinant.

– C'est sans importance.

– Et vous vous appelez Defaux pour de vrai ? ironisa-t-il.

– Que faisons-nous ici ? coupa Indiana en lissant son sari.

– Vous êtes ici parce que nous avons un Protocole Pour la Protection de la Planète à vous soumettre.

– Un protocole ? s'étonna Dimitri. Vous avez un mandat officiel ?

Weiss examinait les membres du groupe comme pour se pénétrer de leurs traits. Danielle songea que ce serait sans doute le plus dangereux des otages. Le plus obstiné.

– Ce sont des écoterroristes ! grinça-t-il entre ses dents. Ils veulent que nous cessions l'exploitation des ressources fossiles de la planète. C'est cela, n'est-ce pas ?

– Et le vrai Blish ? demanda Zeroo qui explorait la salle de ses yeux de taupe. Où est-il ?

Un frémissement parcourut le groupe des écologiens.

– Nous attendons de vous que vous preniez rapidement des mesures, poursuivit Danielle en éludant la question. Nous en avons établi la liste dans ce document. Jetez-y un coup d'œil.

Elle distribua cinq liasses.

– J'y ai droit aussi ? demanda le climatologue.

– Monsieur Colbert ? dit Danielle. Toutes nos excuses. Bien sûr, vous n'êtes pas concerné.

– Vous trouvez ? rétorqua le scientifique en parcourant le document. Pourtant, votre Protocole semble résumer ce que nous demandons depuis des années aux industriels et aux hommes d'État !

– J'évoquais le marché que nous proposons à nos invités.

– Disons plutôt le chantage auquel vous soumettez vos otages, madame. Pourquoi avoir peur des mots ?

– Ce qui m'effraie, monsieur Colbert, c'est l'avenir qui nous attend.

– Eh bien moi, madame, c'est le futur proche qui m'inquiète. Êtes-vous conscients de vos actes ? Une prise d'otages ! Weiss a raison, vous êtes des terroristes.

– Non, rétorqua Danielle en réprimant sa fureur, les vrais terroristes sont ceux qui condamnent la planète ! Les vrais otages, ce sont les générations futures ! Vous n'êtes pas prisonnier, monsieur Colbert. Vous êtes dans le même camp que nous.

– Navré, madame. Je n'appartiens à aucun camp. Et je réprouve cette méthode.

Un éclat de rire les interrompit. Celui que Dimitri avait lancé. Il brandissait le Protocole qu'il avait parcouru et railla :

– Je suppose que c'est une plaisanterie ?

– Ces mesures, inspirées du sommet de Nairobi[1], reprennent le récent protocole de Kyoto III ! répliqua Danielle Defaux. Elles sont à peine plus audacieuses que le vieux pacte de Nicolas Hulot.

– C'est irréaliste, grommela Weiss. La cessation de l'exploitation des énergies fossiles entraînerait une baisse gigantesque de la consommation.

– Baisse suivie d'une crise mondiale et d'un chômage généralisé ! ajouta Indiana. Les pays riches supprimeraient leurs investissements en Inde, en Chine, au Brésil... Ces nations veulent continuer à s'industrialiser, à consommer, à s'enrichir !

– Et puis, ajouta Zeroo, on ne remplacera pas ces énergies fossiles d'un coup de baguette magique.

– Ces jeunes gens ne sont pas irréalistes mais seulement idéalistes, tempéra Dimitri qui ne prenait pas la situation au sérieux. Imaginons que nous signions votre Protocole. Une fois que vous nous aurez relâchés, il ne sera pas appliqué. Vous aurez été bernés.

– Nous conserverons des garanties, affirma Danielle.

– Lesquelles ?

– Vos avoirs financiers et vos biens immobiliers. Vous ne sortirez pas d'ici avant de vous en être dépossédés au profit des gestionnaires de notre Protocole. Et une fois cette formalité accomplie, nous conserverons un otage.

– Qui ?

Elle serra les dents. Elle avait pensé à Blish.

1. Le 17 novembre 2006 à Nairobi, 180 nations adoptèrent des mesures et un calendrier destinés notamment à lutter contre le réchauffement climatique.

– Monsieur Weiss. Nous ne le libérerons que lorsqu'il aura versé sur des comptes bloqués les sommes destinées à investir dans les nouvelles formes d'énergie.

Le banquier se leva. Il transpirait à grosses gouttes.

– Que croyez-vous, madame... madame Defaux ? Que je peux contraindre mes clients ? Que je possède leurs numéros de compte ? Que je suis de taille à les convaincre de se déposséder de leur argent ?

– C'est votre problème. Nous ne vous relâcherons pas avant.

– Vous risquez de me garder longtemps ! Car je suis un simple pion, madame ! Ma vie n'est rien en regard des sommes détenues par les banques que je représente ! Pas un centime ne sera débloqué pour vos projets utopiques !

– Vous avez une vision très simpliste de l'économie, renchérit Zeroo. Savez-vous comment sont dirigées nos sociétés ? Par des actionnaires. Le sort d'un trust ne dépend pas d'un homme mais du cours de la Bourse.

Il désigna le Protocole et acheva d'une voix sèche :

– Si le quart d'une seule de ces propositions était mis en œuvre, les cours s'effondreraient. Les petits porteurs seraient ruinés. Et savez-vous qui voterait, qui manifesterait, qui se battrait pour qu'on revienne en arrière ? Les actionnaires ! C'est-à-dire vous et moi.

– Non, monsieur Zeroo. Ici, personne n'a d'actions en Bourse.

– Si, madame, vous en avez. Mais vous l'ignorez. Vous avez bien une banque, des crédits, une assurance-vie ? Eh bien ces sociétés sont cotées en Bourse. Leur confier votre argent, c'est faire monter leur cours. Vous êtes l'un des rouages obligés du libéralisme, madame, l'économie mondiale fonctionne ainsi, que vous le vouliez ou non. Et si vous modifiez la règle du jeu, ceux qui exigeront de la respecter, ce sont les gens ordinaires !

– Les gens ordinaires, comme vous le dites avec mépris, veulent léguer à leurs enfants un monde habitable.

– Faux. La plupart se moquent du long terme, ils vivent au présent. Ils veulent survivre. Consommer. Améliorer leur niveau de vie.

– Et cela me semble très légitime ! acheva Dimitri.

Posément, il déchira le Protocole et en éparpilla les morceaux. Puis il retourna s'allonger comme pour reprendre un somme interrompu.

– Parfait, soupira Danielle. Dimitri a choisi. Je vais vous demander de reprendre vos places, vous aussi.

– Attendez ! s'interposa Indiana. Vous n'allez pas nous reconnecter ?

– Si. Le temps qu'il faudra.

– C'est ridicule ! Et inutile. Nos avatars sont bloqués à l'hôpital Bichat. Ils sont atteints de l'Eboline.

– C'est votre problème, rétorqua Danielle. Après tout, c'est le futur que vous nous préparez. Il va vous falloir l'assumer.

– C'est stupide ! appuya Zeroo. Ce programme n'a rien à voir avec la réalité, c'est un rêve reconstitué !

– Eh bien nous allons vous laisser rêver. Mais ne soyez pas surpris si ce rêve tourne vite au cauchemar…

61

La Défense (NCF), dimanche 12 août, 9h
Cinq degrés de plus (14 août 2100, 9h)

Quand les portes de l'ascenseur s'ouvrirent sur le trente-troisième étage, Logicielle, interloquée, aperçut David allongé sur son fauteuil.

– Enfin, vous voilà ! s'exclama Kostovitch. Comme vous tardiez, j'ai ordonné à David de mettre votre patch. C'était le seul moyen de savoir ce qui se passait dans *Cinq degrés de plus*.

– Mais... mais il a emprunté mon corps !

– Votre avatar, nuança Kosto.

Malgré tout, cette intrusion lui semblait inconvenante.

– Ça ne vous dérange pas que je prenne sa place ? Ou plutôt que je retrouve la mienne ?

Elle désigna Max et demanda :

– Il vous a dit, pour James Blish ?

– Oui, fit Kosto d'une voix sombre. Nous avons écouté les infos. Sale coup pour NCF.

Sur l'écran témoin, allongé sur un lit d'hôpital, l'avatar de Logicielle regardait la télévision. Ulcérée, elle détacha l'informaticien et lui enleva son patch.

– C'était un fantasme, de vous glisser dans le corps d'une femme ?

David se redressa ; groggy, il retrouva ses esprits et le patch… qu'il plongea dans la solution antiseptique.

Quand Logicielle reprit conscience dans une chambre de l'hôpital Bichat, le mur-écran qui lui faisait face diffusait une scène d'émeute terrifiante. Dans l'enceinte d'un port, un flot de passagers paniqués abandonnaient un énorme cargo pris d'assaut par la police. Certains se jetaient à l'eau. D'autres s'entassaient en surnombre dans des canots. Ceux qui avaient déjà atteint les quais renversaient les haies métalliques, piétinaient des corps sans vie, envahissaient les docks… Il y avait là des hommes, des femmes et des enfants chinois, coréens, canaques, malgaches, africains… La violence et la rapidité des plans contrastaient avec le commentaire, débité d'une voix calme et neutre :

– *Ce cargo, parti vers l'Asie du Sud-Est chargé de déchets, devait revenir à New York avec des bois précieux. Il abritait en réalité des réfugiés climatiques qui ont débordé les forces de l'ordre…*

La panique de ces gens désespérés semblait un prélude à l'enfer.

Une infirmière entra. Non, c'était Jenny ! Le visage inondé de larmes, elle se jeta dans les bras de Logicielle.

– On est tous consignés ici ! On va mourir, tu ne crois pas ?

Logicielle désigna le mur-écran.

– Qu'est-ce qui se passe, Jenny ?

– Les laissés-pour-compte de la planète se révoltent ! Ils veulent rejoindre les pays qui les exploitaient à distance et qui, aujourd'hui, les abandonnent dans des zones dévastées par la désertification ou les inondations.

– Et que fait le… le MAD ?

– Il a réquisitionné ses forces d'intervention privées. Et il a ordonné à la population la fuite ou le repli. Les habitants des pays industrialisés se barricadent dans des zones où l'on garantit leur sécurité.

Logicielle frémit. Si elle avait vécu dans ce futur, quel camp aurait-elle choisi ? Jenny murmura :

– On accepte la libre circulation de l'argent et des entreprises, mais on refuse celle des individus ! De quel droit les empêche-t-on de vivre ailleurs que là où ils sont nés ? Ah, Logicielle... avant de mourir, j'aimerais tant revoir mes parents !

– Mourir ? Mais Jenny, il n'en est pas question !

Elle mentait mal. Quand on éteindrait le Simulator, Jenny se fondrait dans la mémoire moléculaire de l'ordinateur quantique.

– Si, nous allons bientôt mourir ! affirma l'adolescente. Ici ou ailleurs. Terrassés par l'Eboline ou massacrés par ces réfugiés qui ont mille bonnes raisons de se venger...

– Où est Pussy ?

– Dans une chambre stérile. Son état est critique.

– Viens. Il faut rejoindre les autres.

Dans la chambre voisine, elles trouvèrent Indiana sur son lit, le visage reposé.

– Vous vous sentez mieux, madame ?

– Oh oui ! Je sais que nous serons bien soignés, ici.

Au sourire angélique qu'elle lui jeta, Logicielle comprit que l'avatar était vide.

– Jenny, tu sais où est Tim ?

– Chez les hommes... Non, c'est interdit !

Dans le couloir, un signal d'alarme clignota frénétiquement. Un interne sortit d'une chambre, lui aussi était très souriant.

– Mesdemoiselles ? Vous n'avez pas le droit...

Dépourvu de combinaison protectrice, ce médecin avait un visage trop lisse, une voix trop douce. Logicielle lui fit un croche-pied et il s'affala dans un bruit mou. Elle le poussa dans la pièce d'où il avait surgi ; là s'entassaient vingt norns à l'apparence identique : des cyborgs. Dans le futur, comprit Logicielle, l'hôpital ne prendrait pas de risques avec les maladies infectieuses.

– Arrête, Logicielle ! On va avoir des ennuis !

Dans la première chambre du bâtiment des hommes, Weiss dormait. Dans les suivantes, Dimitri, Colbert et Zeroo regardaient la télévision assis sur leur lit. L'intrusion de Logicielle leur arracha un :

– Oh, Logicielle ! Ravis de vous revoir.

Les ravisseurs avaient enlevé les patches des otages !

Quand elle découvrit Tim, il parlait avec l'hologramme d'un vieillard.

– Hi, Jenny ! Salut Logicielle ! jeta-t-il gaiement.

Avec sa barre chocolatée dans une main et son Sim7 dans l'autre, ce norn semblait plus vivant que les avatars. Enthousiaste, il jeta à sa sœur :

– Centner vient de m'avertir que l'Après sera accessible à Noël ! Il m'a dit qu'on pouvait venir le voir dans son centre NCF, à Paris !

Intriguée, Logicielle demanda :

– NCF, c'est Neuronic Computer France ?

– Non. C'est le Necropol Center Foundation. Le premier centre de passage dans l'Après. Un lieu mythique ! C'est là que vit Centner !

La porte de la chambre s'ouvrit à la volée.

– Logicielle ! Tim ! Jenny ! Enfin, on vous a trouvés !

C'était Dimitri. Il était essoufflé. Avec sa chemise de nuit blanche, on eût dit un derviche tourneur. Il lança sur un ton cette fois très excité :

– Je ne sais pas qui a donné l'alarme, mais c'est le moment de fuir !

Derrière lui apparurent Indiana, Zeroo et Colbert. À voir l'expression d'effroi peinte sur leur visage, ils avaient réintégré leurs avatars peu auparavant.

– Fuir ? Mais où ?

– Il faudrait d'abord récupérer nos combinaisons, dit Jenny. On est contagieux !

– Qu'importe ! s'écria Dimitri qui semblait s'amuser comme un fou. Après nous, le déluge ! Allons chercher Weiss et le faux Blish !

Ils jaillirent dans le couloir pour affronter une armée d'internes et d'infirmières au visage avenant.

– Ce sont des robots ! dit Dimitri. Pas de quartier !

Il bouscula deux aides-soignantes et fit tomber trois médecins. Programmés pour soigner, ces norns étaient peu combatifs mais tenaces : à peine à terre, ils se relevaient pour capturer leurs patients récalcitrants. Dans ce combat digne d'un mauvais jeu vidéo, Tim était le plus efficace.

– Weiss est dans cette chambre ! hurla Dimitri. Avec l'avatar de Blish !

Il les saisit par le bras et les entraîna dans le couloir.

Les portes d'un ascenseur s'ouvrirent et cinq gardiens en jaillirent. L'un d'eux tenait des camisoles de force ; un autre, un plateau de seringues qui devaient contenir des calmants.

Tête baissée, Dimitri fonça.

– Rejoignons la cour de l'hôpital ! Non, ne prenez pas les ascenseurs !

Ils descendirent les étages quatre à quatre. Traîné de force par Colbert et Zeroo, Weiss braillait :

– Et Pussy ? Il faut emmener Pussy !

Charmeuil rata une marche et tomba. Logicielle comprit qu'on venait de le réintroduire dans le programme. Elle l'aida à se relever.

– Ça va ? Vous tenez le coup ?

– Oui, merci ! Je...

– Où êtes-vous retenu avec les otages ?

– Vous croyez que je le sais ? À mon avis, si l'on m'a reconnecté, c'est surtout pour me tenir à l'écart. Et puis n'oubliez pas qu'on épie nos paroles.

Un nouveau groupe de médecins apparut devant eux. Ils étaient pris en tenaille !

Ils pénétrèrent dans une salle d'opération déserte éclairée par une baie vitrée.

– Bloquez la porte avec cette armoire ! ordonna Dimitri.

– On ne s'en sortira pas, geignait Weiss à bout de forces. Pussy ! Je veux retrouver Pussy !

Dimitri s'empara d'une chaise. Il la projeta contre la vitre qui vola en éclats. Ravi, il annonça :

– Il y a une ambulance en bas. Son toit est presque à notre hauteur.

– Nous n'allons quand même pas sauter ? protesta Weiss.

– Il n'y a qu'un étage ! l'encouragea Dimitri. Vous allez donner l'exemple ! Tu m'aides, Tim ?

Avant que le banquier ait pu réagir, ils le saisirent à bout de bras et le jetèrent dans le vide. Ses fesses amortirent le choc, le toit de l'ambulance plia et le banquier se releva enfin, en protestant.

Les membres du groupe enjambèrent un à un la baie fracassée. Avant de s'élancer, Logicielle se tourna vers Charmeuil pour lui déclarer :

– Je me sens dans la peau d'Agnès qui échappe enfin à Arnolphe grâce à l'astuce d'Horace !

Enfin, elle sauta, ignorant l'expression de surprise du comédien et espérant que, dans la précipitation, les écologiens ne relèveraient pas cette phrase insolite.

Pêle-mêle, ils s'entassèrent dans le véhicule. Dimitri prit le volant et fonça vers la sortie. Les barrières s'ouvrirent.

– Eh bien ! s'écria-t-il. Il était temps !

– Bah, soupira Jenny. Nous n'irons pas loin.

– Mais où allons-nous ? interrogea Colbert.

– À NCF ! supplia Tim. Centner nous y accueillera.

– Nous n'y arriverons jamais, nota Jenny.

Face à l'ambulance surgirent deux suncars aux gyrophares hurlants. Dimitri bifurqua dans une rue adjacente et consulta le rétroviseur.

– Ils nous rejoignent. Je ne vois pas comment nous allons sortir de là.

– Oh, c'est simple ! dit Charmeuil en réprimant un bâillement. Dommage que je tombe de sommeil.

Un éclair jaillit et Logicielle ressentit un bref vertige.

62

Dimanche 12 août, 10h
Cinq degrés de plus (24 décembre 2100, 4h)

Quand Logicielle reprit conscience, elle était assise dans un train qui fonçait à six cents à l'heure dans la nuit, une nuit glauque et vaguement blanchâtre noyée par la neige. Elle aperçut à ses côtés Tim, Jenny et, dispersés sur des sièges voisins, les participants de *Cinq degrés de plus*. Elle fut frappée par le regard hagard et les traits tirés de Weiss. Encadré par les jumeaux, le banquier était le seul adulte à ne pas dormir. Pussy était sans doute restée à l'hôpital.

Elle consulta son percom. Il indiquait 4h04. Mais on était... le 24 décembre 2100. Ils avaient avancé de quatre mois dans le futur !

Comment était-ce possible ? Elle se douta que Charmeuil, quand il bâillait, était le responsable de ces bonds temporels successifs. Le comédien n'avait sans doute aucun pouvoir direct sur le programme ; il se contentait de transmettre un code. Il n'était qu'un pion... mais un pion capable d'adresser un signe au joueur qui les manipulait tous !

Ce joueur, qui était-ce ? Logicielle avait une petite idée de son identité...

Elle se demanda si l'acteur avait saisi son allusion à *L'École des femmes* de Molière. Agnès, maintenue prisonnière par son tuteur, communique en secret avec Horace, le jeune homme qu'elle aime...

Elle demanda à Tim qui avait son Sim7 en main :

– Tu sais où nous allons ?

– Quelle question ! À Paris !

– Tim, sois gentil. Dis-moi ce qui s'est passé depuis que nous avons quitté Bichat.

– Eh bien Dimitri a réussi à nous obtenir des billets d'avion pour New York. Nos parents étaient absents, ils avaient été réquisitionnés par le MAD pour lutter contre les immigrants climatiques. Une partie des États-Unis a été envahie !

Logicielle fut impressionnée par ce résumé. Tim avait-il vécu ces événements dans un temps concentré ? Non. Grâce à la magie du programme, il en avait simplement acquis la mémoire... ce qui revenait au même. Il reprit :

– Nous avons vécu trois mois enfermés dans l'appartement. Avec nos nouveaux amis, acheva-t-il en désignant les membres du groupe.

– Sans sortir ?

– Évidemment !

Voilà le sort qui attendait les gens aisés, pensa Logicielle. Vivre enfermés, à l'abri de la pollution, de la contagion, de la violence et des accidents.

– Tim ? Explique-moi ce que nous faisons ici.

– Hier, Dimitri a décidé qu'on partirait tous à Paris pour se réfugier dans l'Après. Il a obtenu à prix d'or des places dans ce train.

– D'où sommes-nous partis ?

– De Bordeaux, où vous êtes revenus à cause de Pussy. Jenny et moi, on vous y a rejoints hier. Mais la ville commençait à être investie par les clandestins. Vivement que nous soyons à Paris ! Grâce à toi, Centner nous a promis que nous serions les premiers à passer.

– Grâce à moi ? Tim, je n'y comprends rien !

– Centner te connaît bien, Logicielle ! Voilà pourquoi nous passerons avant tout le monde.

– C'est sûrement une erreur !

– J'espère bien que non. Ah... mille mémoires mortes !

Tim fulminait, il tripotait son Sim7 sans obtenir la connexion.

– La liaison est sûrement encombrée ! soupira-t-il. Les premiers départs ont lieu ce soir à minuit. C'est la grande bousculade.

– Et Pussy ?

– Elle est morte. Tu ne t'en souviens pas ?

– Si, bien sûr, mentit-elle.

Le convoi ralentit brutalement et les passagers se réveillèrent. Une voix suave annonça :

– *Un incident imprévu...*

Un choc terrifiant l'interrompit. Logicielle et Tim furent violemment précipités sur le siège avant. Le compartiment résonna de hurlements d'appels à l'aide, de cris, de pleurs.

– *... vous prions de rester assis et de ne pas quitter le convoi.*

Le train prit de la gîte et tressauta. Dans un dernier hoquet, il stoppa, incliné à quarante-cinq degrés. Le froid jaillit – d'un coup, comme si l'on avait ouvert la porte d'un congélateur. Les issues de secours s'étaient automatiquement débloquées.

Affolés, les voyageurs escaladaient les corps et gagnaient les sorties. Des clameurs s'élevèrent :

– Le train a déraillé !

– Venez, j'ai un blessé !

– Pas par là, c'est bloqué !

– Les clandestins ! Ils ont fait dérailler le train !

– Logicielle ? hurla Dimitri derrière elle. Vite, on sort d'ici ! Non... la fenêtre ! Bon sang, mais avancez !

Il la poussa et elle bascula dans le vide. La neige amortit sa chute. Elle se releva et suffoqua dans le blizzard glacé.

Le train, couché, était encastré dans un mur de glace. Sur les côtés de la voie se dressaient d'immenses congères. Elle distingua, sous un ciel criblé d'étoiles, des peupliers aux branches garnies de givre.

Un tableau féerique... et apocalyptique.

Ses compagnons la rejoignirent. Par miracle, ils semblaient indemnes. Seule Indiana boitait un peu. Ils aperçurent des passagers qui, découragés par le froid, regagnaient l'abri des compartiments.

Alors des inconnus surgirent de la nuit et prirent le train d'assaut. Vêtus de hardes, ils hurlaient dans des langues inconnues.

Logicielle buta contre un polirob démantelé.

– Les réfugiés climatiques ! comprit Tim. Ils ont attaqué les polirobs et fait dérailler le train. Ils pillent le convoi.

Logicielle sentit la panique l'envahir. Elle tendit la main vers son patch – mais Dimitri l'arrêta.

– Pressée de nous quitter ? Moi qui vous croyais chargée de notre sécurité ! Évidemment, nous, on n'a pas le choix.

Elle renonça.

Dimitri avisa des bagages éventrés, il en sortit des vêtements.

– Un blouson, une veste, un pantalon isolant... Enfilez ce que vous pourrez. Et suivez-moi !

Derrière eux, la silhouette fantomatique du train s'effilocha dans le brouillard. Weiss grelottait, il n'avait rien trouvé à sa taille ; il peinait et ralentissait la marche.

Logicielle dépassa Tim qui houspillait sa sœur :

– Finalement, tu viens avec nous ? Tu ne rejoins pas tes copains ?

– Si j'étais née parmi eux, je serais de leur côté.

– Autrement dit, tu les aimes de loin ? Eh... qu'est-ce que c'est ?

– Quelle horreur ! s'écria Jenny.

Ils faisaient face à un cadavre à demi enseveli sous la neige, mutilé par le train. L'homme, un Noir presque nu, les fixait d'un regard où se mêlaient reproche et douleur.

– C'est un clandestin, dit Tim. Un des responsables du déraillement.

Bouleversée, Jenny traîna le corps vers le bas-côté et commença à le recouvrir de neige.

– Tu es folle ! lui lança son frère. Viens.

– Tu sais qui est ce réfugié ? Tu veux que je te raconte son histoire ?

– Arrête, Jenny, ça ne sert à rien !

Obstinée, la jeune fille poursuivit son manège et improvisa d'une voix nouée :

– Il était une fois un pauvre Sénégalais qui vivait en Casamance. Sa famille mourait de faim. Pour survivre, il décida de partir travailler à Dakar. Là, tôt le matin, il avait parfois la chance d'être embauché. Pour travailler douze heures par jour. Et gagner un salaire de misère. Il vivait là depuis des années, sans voir sa femme ni ses enfants. Il leur envoyait de l'argent. Il dormait avec ses compagnons dans une chambre de dix mètres carrés.

– Jenny...

– Un jour, un passeur lui proposa de l'emmener en Europe. Le voyage lui coûta deux ans de salaire. Il partit. Il arriva à destination par miracle et mourut écrasé, comme un chien.

Elle jeta une dernière poignée de neige sur le cadavre et, sans regarder son frère, acheva son oraison funèbre :

– Si je respecte quelqu'un aujourd'hui, Tim, c'est cet homme. Lui, ceux de son pays. Et tous ceux qui n'ont pas eu la chance de naître ici.

– Jenny? murmura Logicielle à son tour. Viens, maintenant.

Elle l'obligea à rattraper le groupe où Charmeuil, hébété, répétait en souriant :

– Comme j'ai hâte de passer dans l'Après!

Il n'habitait plus son avatar. Et si, craignit Logicielle, il ne se reconnectait plus?

– Ça y est! hurla Tim. J'ai la connexion avec Centner! Nous avons rendez-vous le 24 à minuit!

– Il nous reste dix-neuf heures, calcula Dimitri. Et à vue de nez, nous sommes à cinq cents kilomètres de Paris.

– On n'y arrivera jamais! grogna Indiana qui boitait de plus en plus.

Zeroo ôta ses grosses lunettes et brailla :

– Cette plaisanterie a assez duré! Je capitule!

Trois secondes plus tard, il s'effondra. Logicielle se précipita pour le relever.

– Monsieur Zeroo? Ça va?

– Oui, répondit-il aimablement. J'ai eu un moment d'absence... Nous repartons? Oh, ça va, je me sens capable de marcher.

– Ils l'ont déconnecté, constata Dimitri.

Weiss leva les yeux à son tour et hurla :

– Moi aussi, je veux rejoindre la réalité! J'ai froid!

Mais à en juger par ses cris entêtés, le banquier ne quittait pas son avatar.

– Pourquoi ont-ils déconnecté Zeroo? demanda Logicielle.

– Pour négocier avec lui la signature du Protocole, supposa Dimitri. En attendant, allons-y.

– Non ! décida Indiana. Je n'irai pas plus loin ! Après tout, nous ne sommes pas dans le réel.

– Certes, admit Dimitri. Mais nous avons réellement l'impression de souffrir. Et si les clandestins vous trouvent à leur goût, ce rêve tournera vite au cauchemar, ma chère. Même si vous n'habitez qu'un avatar.

Indiana se releva d'un bond.

Dimitri s'engagea dans la faille d'une congère. Ils progressèrent dans un véritable tunnel qui, bientôt, s'ouvrit sur un champ. Le vent glacé se remit à souffler, terriblement violent.

Logicielle identifia une vallée aux flancs chargés de ceps givrés.

– Cette vaste étendue blanche au loin, c'est...

– Oui, confirma Colbert derrière elle. Vous avez bien vu, Logicielle, c'est la mer.

63

Dimanche 12 août, 11h10
Cinq degrés de plus (24 décembre 2100, 05h10)

– La mer ? répéta Logicielle. Plutôt la banquise !

– Ma foi, ça y ressemble ! admit Colbert.

Non loin, une pancarte précisait : « Marennes 11 km. »

– Vous voyez cette côte découpée qui surgit de la glace ? reprit le climatologue. C'est l'île d'Oléron.

– Mais il fait…

– Trente-trois degrés sous zéro, compléta Colbert en consultant son percom.

– Le programme, c'est *Cinq degrés de plus*, nota Dimitri. Pas *Trente degrés de moins* !

– Le Gulf Stream a dû s'arrêter, expliqua le climatologue. Un effet indirect mais redouté du changement climatique. Devenu plus chaud en surface, l'océan a modifié le sens de ses courants en profondeur. Et les hivers sont devenus rigoureux.

– Rigoureux ? C'est une température digne du Québec en hiver !

– Mais nous sommes en hiver, Dimitri. Sur la même latitude que Montréal. Désormais, printemps et automne durent un mois.

Logicielle bredouilla :

– Les hommes auraient laissé le climat se dégrader sans réagir ?

– Ils ont réagi, sourit Colbert. Ils se sont plaints. Ils ont vitupéré, accusé ceux qu'ils avaient élus. Mais surtout, ils se sont habitués.

– Je n'y crois pas.

– Mais si. On s'habitue à tout, affirma tristement le climatologue. À la guerre et à la misère. Au froid et à la chaleur. Le pire, c'est qu'on s'habitue surtout à l'idée qu'on ne pourra rien changer.

– Assez de leçons de morale, coupa Dimitri. Il nous faut des véhicules.

Plus loin, ils longèrent des maisons désertes. Indiana entra dans l'une d'elles et s'écria :

– Des bicyclettes !

– Des bicykélecs, rectifia Jenny. Il y en a trois. C'est mieux que rien.

Ils fouillèrent les villas alentour et en trouvèrent une douzaine.

– Ces engins sont inutilisables, maugréa Tim. Leur pile est à plat !

– Pour la recharger, assura Jenny, il suffit de pédaler un peu.

– Pédaler ? Tu rigoles ?

– Nous n'avons pas le choix, Tim. Nous trouverons peut-être un suncar plus loin.

Jenny expliqua que la dynamo du pédalier se rechargeait grâce à l'énergie des mouvements et au cours des descentes. Un petit ordinateur gérait la course ; un cardiofréquencemètre intégré clignotait si la cadence de pédalage de l'utilisateur devenait trop élevée.

Elle prit la tête du groupe et son frère resta en queue. Au bout d'un quart d'heure, Logicielle vit le cadran de son guidon et le phare s'allumer. Elle dépassa vite le trente à l'heure. Comme Weiss les retardait, Tim relia leurs deux engins en un tandem.

À 7 heures du matin, ils n'avaient encore croisé aucun véhicule.

Quand apparut le panneau : Paris 422 kilomètres, Logicielle céda au découragement. Même en redoublant d'efforts, ils ne seraient jamais à Paris en fin de journée.

Soudain, alors qu'ils gravissaient une côte, Blish dérapa et finit sa course sur le bas-côté. Logicielle l'aida à se relever.

– Désolé, s'excusa-t-il. Je... j'ai été surpris ! Et quel froid !

– Bienvenue au club, Charmeuil ! lui jeta Logicielle. Pas facile de rejoindre son avatar en pleine course, hein ? Ça va ?

– Euh... je manque d'entraînement ! Bah, vous connaissez la morale de la fable *Le Lièvre et la Tortue ?*

– Rien ne sert de courir, il faut partir à point ?

– Oui. Ou encore : Tout vient à point à qui sait attendre !

Charmeuil avait donc compris l'allusion à *L'École des Femmes !*

Derrière eux, Zeroo dérapa et tomba, lui aussi. Dimitri lui jeta :

– De retour, Zeroo ? Alors, quoi de neuf ?

– Rien. J'ai refusé de signer ! Ils perdent leur temps.

– Avez-vous pu découvrir où vous êtes détenus ? lui demanda Logicielle.

Ce fut Dimitri qui répondit :

– Dans une grande salle au plafond voûté. Sans doute une chapelle ou un cloître. Avec quatre portes de chêne. Ça vous suffit pour nous localiser ?

Il avait parlé à voix haute. Elle répondit sans chercher à biaiser :

– Non. On a pu vous transférer en banlieue parisienne comme en Australie.

Le blizzard redoubla, ils faillirent être déséquilibrés.

Logicielle ne sentait plus ses jambes.

– Charmeuil ? lança-t-elle. Vous pouvez accélérer le mouvement ?

– Vous voulez que je pédale plus vite ?

– Non. Vous semblez pouvoir faire avancer le programme dans le temps. C'est le moment, non ? Sauf si vous adorez le froid et la bicyclette.

– C'est vrai, avoua-t-il en bâillant ostensiblement. C'est vrai que je commence à en avoir assez. Et que je suis très fatigué !

64

Dimanche 12 août, 14h55
Cinq degrés de plus (24 décembre 2100, 22h55)

Il y eut un bref éclair. Logicielle se cramponna au guidon, sûre de perdre l'équilibre.

Non, elle se retrouva assise sur le bas-côté, sa bicykélec posée près d'elle. Ses compagnons entouraient Jenny qui était tombée; sa combinaison était déchirée, elle avait les jambes en sang et sanglotait.

Tim la prit dans ses bras.

– Ce n'est rien… Allez, Jenny, relève-toi !

Il faisait toujours nuit et froid. Logicielle consulta son percom et étouffa un cri de surprise : on était toujours le 24 mais il était 11 heures du soir ! Ils avaient donc roulé toute la journée. Ou plutôt ils avaient laissé ce soin à leurs avatars.

En contrebas, sur une voie de circulation rapide, des véhicules éclairaient tour à tour une vieille église isolée, des villas surmontées d'un dôme transparent et, plus loin, la courbe d'un large fleuve gelé.

– Où sommes-nous ? demanda-t-elle.

– À Bougival, annonça Colbert en désignant un panneau municipal.

Cette rivière était donc la Seine. La grand-mère de Logicielle lui avait parlé des hivers 1953 et 1956, si rigoureux que le fleuve charriait d'énormes glaçons. En 2100, on patinerait donc à Noël au pied de Notre-Dame ?

– Il nous reste une heure, dit Tim en obligeant sa sœur à se lever. Regarde, on aperçoit la tour Phare. On y est presque. Vite, en selle ! Si nous arrivons après minuit, Centner ne pourra plus rien faire pour nous.

– Pitié, Tim ! Laisse-moi ici.

Jenny, très pâle, semblait avoir livré ses dernières forces.

– La circulation est infernale, geignit-elle. On ne passera jamais les contrôles et les péages.

– Les clandestins ont commencé à envahir Paris, expliqua Tim à Logicielle. La capitale est en état de siège.

Les panneaux qui balisaient la route livraient en continu des informations, des conseils, les voies à éviter.

Tim brandit son Sim7 dont l'œil bleu, imperturbable, clignotait.

– Regarde, Jenny ! Centner nous attend.

– Je me moque de Centner ! rugit Jenny. Je hais les mondes virtuels !

– Mais si tu restes ici, tu mourras seule, sans parents ni amis.

– Tu te trompes, Tim. Si je vous suis dans l'Après, je serai seule pour mourir. Seule au milieu d'un décor artificiel, d'un trucage géant.

Elle se remit à pleurer, désigna les suncars et les bicykélecs.

– Nous avons passé notre existence à nous encombrer de machines censées nous faciliter la vie ! Cette vie, nous aurions dû la passer à nous occuper les uns des autres,

Tim, à la préserver et à nous aimer. Oui, nous aurions dû admirer la réalité et en jouir au lieu de l'imiter et de la reproduire !

Logicielle se souvint que Max, avec d'autres mots, lui avait adressé des reproches identiques. Comble de l'ironie, cette leçon lui était aujourd'hui livrée par une entité électronique, un norn qui déplorait la perte d'une existence physique dont il était dépourvu.

– Quand je mourrai, Tim, j'aimerais que ce soit un être humain qui me tienne la main, tu comprends ? Je veux que quelqu'un qui m'aime soit à côté de moi. Je refuse que ce soit une machine qui l'atteste au moyen d'une ligne verte et d'un bip continus.

Logicielle se dit qu'elle n'était pas si différente de ce norn qui s'éteignait. Quand elle mourrait, projets et regrets disparaîtraient d'un coup. Comme si l'on coupait le courant. Si une main pouvait tenir la sienne en ces derniers instants, c'est celle de Max qu'elle aurait voulu.

Elle saisit Jenny à bras-le-corps. Elle sentait, contre son cœur, battre le cœur de ce norn en souffrance. Elle ne supportait pas l'idée de ne pouvoir le sauver.

– Laissez-moi faire, dit Dimitri.

Il hissa Jenny sur le cadre de sa bicykélec, se remit en selle et déclara :

– Allons-y.

Logicielle fut soulagée qu'ils ne capitulent pas. Elle voulait rencontrer ce fameux Centner qui prétendait si bien la connaître.

– Cette enfant va mourir, murmura Charmeuil. Tim, tu viens prier pour ta sœur ?

– Vous plaisantez ? grommela Dimitri.

– Non. L'église est à deux pas. Cela vaut la peine d'essayer. Logicielle, venez vous aussi.

Sans attendre d'approbation, Charmeuil gagna l'édifice. Logicielle et Tim le suivirent.

L'église était déserte. À contrecœur, Tim se recueillit en tenant son Sim7 à deux mains. Le comédien s'agenouilla. Tête baissée, il psalmodia à voix basse une mélodie aux accents poignants. Une prière en allemand. Puis il se leva et s'approcha d'un présentoir de cartes postales. Il en prit une et glissa une pièce dans un tronc.

– Il suffit parfois de quelques mots pour sauver des âmes perdues, expliqua-t-il à Logicielle en griffonnant la carte.

❖

Le trio rejoignit le groupe ; les bicykélecs gagnèrent la voie rapide qui suivait la Seine, puis le viaduc qui contournait la tour Phare.

Enfin, ils aperçurent la tour NCF. Tim se porta à la tête du groupe et fonça à tombeau ouvert.

Ils doublèrent le flot de véhicules immobilisés. À l'intérieur des suncars, Logicielle apercevait l'œil bleu des Sim7. Des candidats pour l'Après.

Elle se souvint de la légende du joueur de flûte de Hamelin. Dans la tour, qui était le musicien ? Quel instrument avait-il en main ?

Bientôt, les files d'attente se multiplièrent comme à l'approche d'un péage le 1er août.

Ils empruntèrent les voies prioritaires et stoppèrent devant une paroi translucide que gardaient des polirobs habillés d'une tenue rose vif.

– Nous sommes attendus ! affirma Tim en leur tendant son Sim7.

Logicielle leva les yeux.

La tour NCF était reliée par des passerelles au bâtiment voisin, une tour jumelle où trônait le sigle Oxoil. Un frisson la parcourut.

Du Sim7 de Tim jaillit un hologramme. Le visage d'un vieillard. Centner ! Une voix venue de nulle part affirma :

– En effet, ils ont la priorité ! Ce sont mes premiers invités.

Une arche s'ouvrit dans la paroi. Derrière le groupe, mille avertisseurs retentirent. Coincés dans leurs suncars, les candidats pour l'Après s'impatientaient. Mais l'arche, étroite, n'offrait de passage qu'à des piétons.

Les polirobs leur firent signe de passer.

Ils abandonnèrent leurs bicykélecs, entrèrent.

Et l'arche se ferma derrière eux.

65

Dimanche 12 août, 15h50
Cinq degrés de plus (24 décembre 2100, 23h50)

Logicielle reconnut le hall désert. À la place du comptoir où se tenaient d'ordinaire les hôtesses d'accueil se dressait un haut mur criblé de milliers de niches nimbées d'un faible halo bleu.

– C'est une vraie cathédrale, ici ! lança Dimitri en posant Jenny à terre.

Sa voix résonna sur les parois. Impressionné, il se tut.

Alors jaillit devant eux, en format géant, le visage du vieillard en trois dimensions. Son regard les fixait avec une bienveillance attendrie. Cette fois, Logicielle le reconnut.

– Bienvenue ! leur lança-t-il d'une voix chevrotante.

Tim s'agenouilla et tendit l'ordinateur en offrande. Logicielle faillit éclater de rire. Ce rituel n'était pas sérieux.

– Merci, Tim ! Tu passeras le premier. Dépose le Sim7 dans une niche et emprunte l'ascenseur. Ton corps sera conservé au sous-sol.

Ce columbarium était donc conçu pour les ordinateurs !

– Tim ? Attends ! ordonna-t-elle. Centner nous doit des explications.

– À quoi bon, Logicielle ? répliqua l'hologramme. À présent, tu sais en quoi consiste l'Après, n'est-ce pas ?

– Oui. Et je sais qui tu es. Je sais même où te trouver dans la réalité. Révèle ce qu'est l'Après à mes compagnons, Centner ! Et à tous ceux qui nous observent.

– Soit. Mais cela nécessite un bref retour en arrière...

L'hologramme recula et fit place à des paysages de la Terre.

Le vieillard commenta :

– On a beaucoup trop attendu pour freiner le réchauffement climatique. Par chance, au XXIe siècle, l'informatique a progressé très vite. J'ai ainsi pu créer des mondes reconstitués. Des mondes plus séduisants que la sordide réalité. Voulez-vous en visionner quelques-uns ?

L'hologramme disparut. Un décor paradisiaque envahit le hall : une île exotique bordée d'une plage de sable fin où se penchaient des palmiers ; une eau bleutée vint mourir à leurs pieds.

À cette brève vision succéda une prairie parsemée de hautes herbes et de pommiers en fleurs. Puis une mer agitée où voguait un trimaran. Logicielle sentit les embruns lui fouetter le visage.

Sans transition, elle vit, cent mètres sous ses pieds, défiler de profondes vallées. Comme si elle avait piloté un planeur.

On lui glissa à tâtons une carte dans la main. Charmeuil lui passait un message !

Une musique endiablée jaillit et Logicielle fut d'un coup entourée de danseurs virtuels qui se trémoussaient dans un night-club.

Centner affirma :

– Chaque candidat à l'Après trouvera un univers à sa mesure. Et il pourra en changer à volonté.

– Sois plus clair ! ordonna Logicielle. Révèle la vérité !

– C’est simple. Pour des raisons climatiques, sanitaires et sécuritaires, la Terre est condamnée. Je propose donc aux possesseurs d’un Sim7 une existence nouvelle dans des mondes séduisants et sûrs.

– Doucement, ce sont des leurres !

– Peut-être. Mais je réponds à la demande. Est-ce ma faute si l’humanité s’est condamnée ?

Les images s’évanouirent. L’image de Centner se rematérialisa.

– Alors tous ces gens qui attendent… commença Indiana en désignant l’extérieur.

– … vont se connecter à l’univers de leur choix ! acheva le vieillard. Grâce au Sim7 dont j’ai l’exclusivité.

– Et leur corps ? objecta Zeroo.

– Problème mineur ! Une fois qu’ils sont connectés, la jonction est définitive.

– Justement ! insista Dimitri. Que faites-vous des corps ?

– Ils sont en vie ralentie. Mes sous-sols abritent une vaste nécropole.

– Ces gens n’ont aucune existence réelle, révéla Logicielle. Mais est-ce vraiment la solution que tu préconises pour les humains, dans l’avenir ?

Les regards se tournèrent vers elle ; un silence gêné s’installa. Elle précisa :

– La survie de ces norns dépend du programme *Cinq degrés de plus*. Ils disparaîtront d’un coup quand on éteindra le Simulator.

– Mais il n’est pas question de l’éteindre. Avec l’accord de ceux qui l’ont à présent en main, j’ai décidé de le laisser tourner. À perpétuité.

Cette révélation laissa Logicielle sans voix.

– Et nous ? demanda Dimitri en désignant ses compagnons. Que devenons-nous, dans tout ça ? Avons-nous droit aussi à l’Après ?

– Bien sûr ! dit le vieillard. Mais les mondes que j'ai mis au point pour vous n'auront rien d'un éden.

L'image en trois dimensions éclata d'un rire diabolique.

Logicielle frissonna. Centner allait peser les âmes. Et décider de l'Après qu'elles méritaient.

Il ajouta, et il ne riait plus :

– Pour y échapper, engagez-vous à respecter le Protocole des écologiens !

– C'est hors de question ! cracha Dimitri.

– À votre aise. Mais c'est dommage. Il est minuit.

Derrière eux s'éleva un immense brouhaha. Logicielle se retourna. Au pied de la tour, une arche s'était ouverte. Une armée humaine se précipita vers elle.

Ils allaient être écrasés par la foule !

Logicielle glissa la main gauche dans son dos, à la recherche de son patch. Et tout en jetant un coup d'œil à la carte que Charmeuil lui avait confiée, elle se déconnecta.

66

La Défense (NCF)
Dimanche 12 août, 16h05

Logicielle se redressa d'un bond sur sa couchette.

– Doucement ! murmura David qui la détachait. Vous ne risquez rien !

Elle tremblait. Il lui semblait s'éveiller d'un terrifiant cauchemar. Max se précipita vers elle et chuchota :

– Du calme ! C'est fini. Tu es revenue à la réalité.

Elle parcourut l'étage du regard et pensa à ceux qu'elle avait quittés.

– David ? Tout est enregistré ?

– Bien sûr.

– Vous pouvez me faire une copie sur le MultiMédia3 de Max ? Je veux la scène de l'église, avec Charmeuil ! Et vous pouvez nous montrer le dernier plan de mon séjour dans le programme, cette carte que j'ai observée ?

– Commençons par là. C'est le plus facile, la dernière séquence… La voilà !

– De quoi s'agit-il ? demanda Kostovitch en se rapprochant.

– De la carte postale que Charmeuil a achetée dans l'église. Vous zoomez, David ?

C'était une église romane perdue dans la campagne. Sur la gauche de la carte, Charmeuil avait dessiné un chemin menant à une croix immense qui dominait une falaise. Il avait également crayonné trois pics en arrière-plan.

– C'est d'une clarté éblouissante, jeta aigrement le PDG. Pourquoi Charmeuil n'a-t-il pas tout simplement écrit le nom du lieu ?

– Parce qu'il l'ignore. À mon avis, il a dû apercevoir par une issue de l'endroit où il est retenu un paysage qui ressemble à la carte postale.

– Une issue ? Et il ne s'est pas enfui ? s'indigna Kosto.

– Cet endroit est sûrement isolé et bien gardé.

– Une église romane ? soupira Max. Ça nous laisse un champ d'action assez large.

– Pas tant que ça. À cause de ce chemin qui aboutit à cette croix. Une croix qui fait face à un précipice et à deux sommets enneigés.

Elle montra du doigt les collerettes dessinées à la hâte.

– Et nous sommes en août. Ces sommets dépassent trois mille mètres.

– D'accord, admit Vincent. Mais ça peut aussi bien être le Tibet que la cordillère des Andes.

– Avec une église romane ? Non. Nous sommes en Europe. Et sans doute en France.

Soudain, Max étouffa un cri. Tous se tournèrent vers lui. En dix secondes, son visage était passé du rouge vif au blanc laiteux.

– Excusez-moi, bredouilla-t-il. Ce… ce n'est rien.

Négligeant l'incident, les autres se penchèrent une nouvelle fois vers l'écran. Alors Max adressa à Logicielle un signe clair et urgent. Il avait identifié le lieu ! Elle lui répondit en acquiesçant discrètement.

– Logicielle ? dit David qui travaillait sur un ordinateur voisin. On écoute la séquence de l'église ?

La mélodie était poignante et triste :

– Eilt, ihr angefochtnen Seelen,
Geht aus euren Marterhölen, eilt !
Wohin ? Wohin ? Nach Golgotha !
Nehmet an des Glaubens Flügel, flieht !
Wohin ? Wohin ? Flieht zum Kreuzeshügel
Eure Wohlfahrt blüht allda !

– C'est de l'allemand, estima-t-elle. Quelqu'un le parle, ici ?

– Je l'ai appris autrefois, avoua Kostovitch. Mais là, je ne comprends rien. Sauf le mot Golgotha.

– De quoi s'agit-il ? demanda Vincent.

– C'est le nom de la colline où Jésus a été crucifié, répondit Séraphin qui s'était rapproché du groupe.

– D'accord, admit le PDG. Et qu'est-ce qu'on fait de tout ça ?

Au lieu de répondre, Logicielle lui déclara soudain :

– Monsieur Kostovitch, puis-je voir le huitième patch ? Celui qui était destiné à Max.

– Ma foi, il est toujours dans mon coffre.

– J'aimerais l'examiner. On y va ?

– Maintenant ? Bon ! Vincent ? Pouvez-vous...

– Non, trancha Logicielle. Allons-y ensemble, s'il vous plaît. David, Max, vous venez ?

Ils empruntèrent un ascenseur et gagnèrent le bureau de Kostovitch trois étages plus bas. Il se dirigea vers un mur et fit pivoter un tableau. Un coffre-fort encastré apparut.

– Je suis le seul à posséder la combinaison, annonça Kosto. Retournez-vous !

Il fit écran de son corps, ouvrit le coffre et en sortit un objet familier.

– Voici le patch. Vous voulez que Max l'utilise, et qu'il rejoigne *Cinq degrés de plus* ?

– Ce serait difficile, dit Logicielle, regardez.

Tous se penchèrent pour examiner le patch. David s'exclama :

– Mais ce patch est un faux grossier !

– Un faux ?

Stupéfait, le PDG l'examina de plus près. Il releva la tête et brailla :

– Qui a pu remplacer le vrai patch par un faux ?

– Personne ! affirma Logicielle. C'est vous qui avez mis cette copie dans ce coffre. Vous pensiez qu'il s'agissait du vrai.

– Il y en a donc un vrai ?

– Oui.

– Où est-il ? Vous avez une idée, Logicielle ?

– Une idée ? Non. Je sais parfaitement où il se trouve.

67

La Défense (NCF) & hôpital Beaujon
Dimanche 12 août, 17h15

– Max ? demanda Logicielle. J'ai besoin de ta moto. Tu me la prêtes ?

– Mais je t'accompagne, bien sûr !

– Vous nous laissez encore ? s'étonna Kostovitch.

– Désolée. Ce n'est pas en rejoignant le programme que je délivrerai les otages. On vous tient au courant, n'ayez crainte !

Sur cette promesse, ils rejoignirent l'ascenseur. À peine la porte refermée, Max, surexcité, lança à Logicielle :

– L'église romane ! Le lieu où les invités de Kosto sont retenus...

– Tu crois l'avoir identifié ? Moi aussi.

Elle ne laissa rien voir de l'allégresse qui lui gonflait le cœur. La réaction de Max prouvait qu'il ferait tout pour retrouver les otages – et pour récupérer l'estime de celle qu'il craignait avoir perdue.

Ils rejoignirent le parking souterrain. Quand la moto en sortit, les vigiles leur adressèrent un signe amical.

– On va délivrer les otages ? proposa Max, survolté.

– Pas question d'improviser un tel voyage. Tu veux savoir où j'ai envie d'aller ?

– À l'hôpital Beaujon ?
– Gagné.
Ils effectuèrent le trajet sans un mot.
En montant au premier étage du bâtiment A, Logicielle redouta qu'Ahmed soit de congé. Mais en jaillissant sur le palier, elle tomba nez à nez avec lui. Il s'avança armé d'un grand sourire qu'elle ne lui rendit pas.
– Vous permettez ?
Elle le bouscula et fonça vers la chambre 16.
– Non ! s'exclama l'infirmier-chef en la saisissant par le coude. Tony est encore trop faible.
Elle lui fourra sa carte professionnelle sous le nez.
– Cette fois, Ahmed, nous ne sommes plus des amis mais des flics ! Si vous nous empêchez d'entrer, vous serez inculpé de complicité et d'entrave à l'action de la police.
L'infirmier baissa la tête et la lâcha.
Elle ouvrit la porte de la chambre. Tony semblait dormir paisiblement. Un sourire flottait sur ses lèvres. Jamais l'ancien hacker n'avait paru si détendu. Aucun tic ne déformait son visage.
Logicielle fouilla l'armoire puis la table de chevet.
– Eh ! protesta Ahmed. Doucement ! Que cherchez-vous ?
– Ceci, répondit-elle en sortant du tiroir un objet métallique et plat. Vous savez de quoi il s'agit ?
– Un poste de radio ?
– Perdu. C'est un modem.
Celui-là était d'apparence nettement plus sophistiquée que ceux de NCF.
Elle fit basculer Tony sur le côté et dégagea son cou.
– Et ça, annonça-t-elle, c'est un patch.
Ahmed soupira, ne sachant quelle contenance adopter.
– Alors, cette tentative de suicide ? Vous m'expliquez ce que vous savez ou vous appelez votre avocat ?

Bien qu'elle eût élevé la voix, Tony continuait de dormir. Elle se demanda ce qu'il était en train de vivre en ce Noël de l'an 2100, dans cette tour NCF du futur.

– Il y a trois jours, révéla Ahmed avec embarras, Tony m'a demandé un petit service. Il... il était très éprouvé par sa démission forcée, il désirait se reposer.

– Se reposer? tonna Logicielle. Vous me prenez pour une imbécile?

– Il m'a parlé de ce patch, poursuivit Ahmed. Il m'a dit qu'il lui permettrait d'être connecté dans un lieu virtuel où il se... se ressourcerait.

– Et vous l'avez cru?

– Ma foi...

– Pourquoi a-t-il fait passer ce repos pour un suicide raté?

– C'était le seul moyen d'être admis ici et de se trouver à l'abri de ses anciens employeurs!

Visiblement l'infirmier-chef de Beaujon avait agi par amitié. Il reconnut :

– Sur le plan médical, je suis coupable. Mais Tony, qu'a-t-il fait de mal? Je peux le savoir?

– Non. Ce serait trop compliqué.

S'il était le pivot de cette affaire, Tony n'avait tué ni capturé personne. Logicielle ôta doucement le patch. L'ancien hacker sursauta et se redressa. Sa bouche et son œil droit se remirent à tressaillir en cadence.

– Oh, c'est vous Logicielle? Je vous attendais.

Le regard de Tony tomba alors sur Max. Il lui adressa un sourire radieux. Logicielle vit son adjoint rougir et baisser les yeux. Elle réfréna la fureur qui la submergeait. Bien sûr, Max et Tony étaient complices. Depuis le début de l'opération. Non : bien avant, c'était évident.

Elle jeta sèchement entre ses dents :

– Où sont les otages, Tony?

– Je n'en sais absolument rien ! Qu'est-ce que vous croyez ?

Évidemment. Il disait la vérité. Et il avait l'air de bien s'amuser.

– Vous avez changé, Tony. Vous me vouvoyez, à présent ?

– C'est votre arrière-petite-fille que je tutoyais dans le programme. Pour les otages, soyez tranquille, j'ai l'assurance qu'ils seront bien traités. Mon Simulator et eux sont en sécurité.

– Vous êtes fou, Tony ! soupira-t-elle. L'informatique vous a perverti.

– Vous m'accusez, moi ? Moi qui agirai pour sauver l'humanité ?

Ce verbe employé au futur la frappa. Car dans *Cinq degrés de plus*, Tony jouait son propre rôle : en 2100, il aurait cent quinze ans. Après tout, il n'était pas à blâmer. Sûr d'œuvrer pour contrer le réchauffement climatique, il avait conçu un logiciel que son patron avait détourné. Et quand il avait été remercié, il s'était réfugié au sein de son propre programme où il s'était attribué les pouvoirs d'un dieu. Mais il avait entraîné dans le présent des catastrophes en chaîne !

Dépitée, elle jeta le patch sur les draps.

– Je vous laisse, Tony. Allez rejoindre les norns dans les paradis que vous leur réservez !

68

Sur la Seine
Dimanche 12 août, 19h

Logicielle sortit en trombe de la chambre de Tony, Max sur ses talons.

– Logicielle ?

Elle dévala l'escalier, quitta l'hôpital et fila jusqu'aux quais de Seine.

– Logicielle, attends-moi ! On ne prend pas la moto ?

Son esprit bouillonnait. Ses nerfs étaient à vif. Il fallait qu'elle marche, qu'elle respire pour apaiser la colère qui l'envahissait à nouveau.

Max posa la main sur son épaule.

– Ah non ! Laisse-moi !

Il désobéit et l'enlaça.

– Non !

Elle se dégagea et se mit à courir. Un bateau-mouche s'apprêtait à partir. Elle franchit le bastingage. Max sauta et la rejoignit de justesse sur le pont. Elle se retourna et lui jeta un regard venimeux.

– Tu t'accroches, Max ? Pourquoi ? Tu as choisi ton camp, non ? Tony et toi aviez mûri votre coup depuis combien de temps ?

– Cette fois, laisse-moi parler ! ordonna-t-il d'un ton vindicatif et décidé.

Ils se mesurèrent du regard. Elle décida d'attaquer la première :

– Où est mon téléphone portable ?

– Sous la table.

Stupidement, elle se pencha pour examiner l'envers de la table face à laquelle elle avait pris place.

– La table de notre bungalow, précisa-t-il. J'ai scotché ton portable en dessous.

– Le bungalow ?

Il lui semblait que des mois s'étaient écoulés depuis qu'ils avaient quitté le camp des Landes. Un serveur affable s'inclina vers eux.

– Bonsoir. Vous ne préférez pas vous installer à l'intérieur ?

– Non, dit Max. Nous restons sur le pont. Il fait très bon.

– Tu m'invites à une promenade sur la Seine ? Tu espères me pousser à l'indulgence ?

– C'est toi qui es montée sur ce bateau, non ?

– Non, c'est toi qui me mènes en bateau, Max ! Depuis quand ?

– Depuis un appel de Tony, le mois dernier.

– Un mois ! Tu me mens depuis un mois !

Il serra les dents avant de lui jeter :

– Bon, je peux m'expliquer, à présent ? Tu ne vas pas m'interrompre ?

Logicielle laissa son regard errer sur la berge et affirma :

– Rassure-toi. Je t'écoute. Attentivement.

– Quand Tony a commencé à travailler au programme *Cinq degrés de plus*, il était persuadé que c'était pour enrayer le réchauffement climatique. Voilà pourquoi il a établi des contacts avec les écologiens. En toute bonne foi. Quand il a compris les intentions de Kostovitch, c'était trop tard. Mais il n'a pas baissé pavillon. Son patron lui avait confié qu'il ferait appel à nous. Pour que nous veillions à la sécurité de ses invités.

– Et c'est toi que Tony a appelé ? Pourquoi pas moi ?

– Parce qu'il était au courant de mes sympathies. Et qu'il redoutait ton intégrité. Il voulait pirater l'opération mais ignorait encore comment. Il m'a persuadé que les clients de Kosto pouvaient, devraient modifier leur politique. À ce moment-là, j'ignorais qu'ils seraient enlevés et que Blish serait remplacé ! La semaine dernière, Tony m'a révélé mon rôle.

– Lancer une bombe fumigène, couper l'électricité et ouvrir l'issue de secours ?

– Cette issue, je l'avais déjà entrouverte quand je suis allé aux toilettes. Je n'avais qu'une alternative, Logicielle, refuser ou accepter. J'étais... déchiré !

Elle fut stupéfaite de voir des larmes pointer dans les yeux de Max. Il les écrasa d'un poing rageur et poursuivit :

– Si je renonçais, je faisais capoter l'opération et je devenais le responsable indirect de la poursuite du réchauffement climatique, tu comprends ? Mais si j'acceptais, je risquais de te perdre... Et tu es tout pour moi, Logicielle. Tu es la femme de ma vie, tu ne l'as pas encore compris ?

Il pleurait à présent. Avec une rage qu'il ne pouvait plus contenir.

– Mais tu as choisi le camp des écologiens, Max !

– Oui.

Ainsi, Max avait joué les Rodrigue. Face à celle qu'il aimait et allait perdre, il n'avait pas eu à sauver l'honneur d'un père – mais l'avenir de la Terre. Du moins c'était ce qu'il croyait.

Elle avait l'impression de le découvrir soudain. Fallait-il que ses convictions soient sincères et puissantes pour qu'il prenne de tels risques ! Aujourd'hui, elle comprenait qu'il ait voulu fuir. Elle se souvint de son insistance pour qu'ils s'échappent tous les deux.

– Alors c'est pour ça que tu as caché mon portable ? Pour que Delumeau ne puisse pas me contacter ?

– Oui. Mais ça n'a servi à rien. On nous a retrouvés. Réquisitionnés. J'ai dû t'accompagner…

– Tu aurais pu ne pas ouvrir cette porte, Max. Ni lancer cette bombe fumigène. Où l'as-tu trouvée ?

– À la brigade. On en a une belle provision.

– Tu as réussi à l'introduire chez NCF ?

– Oui. Le deuxième jour, on ne nous a pas fouillés.

Ils avaient commandé un thé auquel ils n'avaient pas touché. Logicielle avala le sien d'un coup. Il était encore brûlant.

– Cette opération a entraîné l'assassinat de Blish et de Frédéric, Max !

– Je sais. Mais personne n'aurait dû mourir.

L'image d'Elyne effleura Logicielle un instant. Elle rétorqua :

– Je sais ce que tu vas me dire : « Si j'avais su… »

– Tu te trompes. Il est temps que nous mettions les choses au point, Logicielle.

Il reprit sa respiration et la fixa droit dans les yeux.

– Tu vois, je pense que les écologiens ont raison. Même si les moyens qu'ils utilisent sont blâmables. Je tiens Tony pour un idéaliste mais je crois que Kostovitch a tort. Il défend ses propres intérêts, pas l'avenir de l'humanité. Un avenir que Blish et lui tiennent entre leurs mains. Des mains qui jouent avec le feu.

Il s'interrompit, essoufflé. Et lui lança, en guise de conclusion :

– Tu peux faire ton rapport à l'IGP[1]. Je passerai en jugement.

Elle resta sans voix. Il lui prit la main et la serra. Puis il la fixa dans les yeux.

– C'est avec toi que je veux avoir des enfants. Mais je refuse qu'ils voient le jour dans un monde dont je ne serai que le spectateur. Ce monde, je le veux meilleur. Et s'il existe un moyen de l'améliorer, je ferai tout pour peser sur son destin. Je ne veux pas être de ceux qui pestent contre la société tout en y étant confortablement intégrés. Si nous devons passer notre vie ensemble, Logicielle, il faut que tu saches qui je suis. Je peux faire plein de concessions, mais comment veux-tu que je change d'opinion ? D'ailleurs, je n'ai pas changé, je t'aime. Plus que jamais.

Bouleversée par tant de sincérité, elle murmura d'une voix nouée :

– Moi aussi, Max, je t'aime.

Ils se regardèrent sans rien dire.

Le bateau, qui longeait le Champ-de-Mars, accosta. Logicielle sut qu'il lui appartenait aussi de choisir. Ce ne fut pas très difficile. Elle sourit et murmura doucement :

– Tu vas voir, Max. On va s'en tirer. Tous les deux.

1. IGP (ou IGS) : l'Inspection Générale de la Police, la « police des polices ».

69

```
Sur la Seine
Dimanche 12 août, 20h15
```

Le bateau-mouche était reparti. Accoudés au bastingage, ils restèrent main dans la main un long moment, le regard perdu du côté de la berge où défilaient le musée d'Orsay, la Conciergerie. Un moment intense et privilégié que Logicielle décida de rompre.

– Max ? Il faut retrouver le meurtrier et les otages. Dis-moi tout ce que tu sais !

– Je t'ai à peu près tout dit. Mes consignes venaient de Tony. Il m'a demandé de ne pas utiliser mon patch. J'ai compris qu'il en aurait besoin.

– Qui t'envoyait les SMS ? Ces messages que tu consultais ?

– Un contact dont je n'ai que les initiales. DD.

– Danielle Defaux !

– Qui est-ce ?

Elle sourit. Complice des écologiens, Max en savait moins qu'elle !

Elle sortit de sa poche le portable de Max et, du pouce, tenta de retrouver l'origine des appels précédents.

Il l'avertit :

– Tu sais, je n'ai rien conservé ! Ah si, il reste le dernier.

– Un SMS de cette fameuse DD ? Attends… c'est ça ?

Elle tendit l'appareil à Max qui confirma :

– Oui. C'est le numéro de Danielle Defaux. Tu veux l'appeler ?

– Je ne crois pas qu'elle décrocherait. Et en admettant qu'elle réponde, que lui dirais-je, Max ? « Bonjour, je suis lieutenant de police. Pourriez-vous libérer les otages, s'il vous plaît ? »

Elle passa sur la fonction agenda, sélectionna un nom et appuya.

– Tu essaies tout de même de la joindre ? demanda Max.

– Non. J'appelle chez moi.

– Chez toi ? Mais il n'y a personne !

– Qu'est-ce que tu en sais ?

La sonnerie retentit six fois. Elle rumina sa rancœur. Jamais elle n'aurait dû faire confiance à Elyne. Soudain, on décrocha.

– Oui ? murmura une voix timide.

– C'est Logicielle. J'ai cru que tu n'étais pas là.

– Je n'osais pas répondre. Je ne savais pas qui appelait. Tu reviens bientôt ?

– Ça va être difficile. Pourquoi ?

– Pour qu'on aille au commissariat.

– Il sera temps demain. Dis-moi, tu connais bien l'allemand, je crois ?

– Oui. Je le parle couramment.

– J'ai un service à te demander. Je vais te faire entendre un texte chanté dans cette langue, j'aimerais que tu me le traduises.

Max tendit son MultiMédia3 à Logicielle. Elle le posa sur le portable et déclencha l'enregistrement.

– C'est une aria de *La Passion selon saint Jean* de Bach. Un must.

– Tu es sûre ? Et le texte, qu'est-ce qu'il signifie ?

– Attends…

Il y eut d'étranges bruits au bout du fil. Enfin, Elyne déclara :

– Voici la traduction : « Pressez-vous, âmes inquiètes. Sortez de vos géhennes, pressez-vous ! Où ça ? Où ça ? Vers le Golgotha ! Sur les ailes de la foi, prenez votre envol. Où ça ? Où ça ? Envolez-vous vers ce calvaire, c'est le lieu où fleurit votre salut ! »

Le texte concordait avec la carte postale : un lieu élevé avec une croix !

– Bravo, dit Logicielle. Tu n'as pas volé tes diplômes.

– Je n'ai aucun mérite, j'ai la traduction sous les yeux. Tu possèdes l'intégrale de Bach.

C'était vrai. Sauf que sur les cent cinquante-cinq CD, Logicielle n'avait écouté que les trois premiers.

– Qui était-ce ? demanda Max une fois qu'elle eut raccroché.

– Une amie qui me rend un service. Et qui a confirmé le lieu où les otages sont détenus.

– Je crois savoir quel est cet endroit.

Ils échangèrent un sourire complice. En août dernier, pendant leur séjour dans le Verdon, ils avaient visité près de Manosque un monastère haut perché avec une immense croix et un superbe panorama sur les Alpes.

Un site au nom étonnant.

– Ganagobie !

Ils l'avaient prononcé d'une même voix.

70

Hôtel *San Remo*
Dimanche 12 août, 20h20

Ils accostèrent au port des Champs-Élysées, entre le pont de l'Alma et celui des Invalides.

– Et si on faisait un saut au *San Remo*, Max ? On est tout près.

Le temps tournait à l'orage. Le voiturier en livrée, abattu par la chaleur, ne bougea pas lorsqu'ils franchirent le seuil de l'hôtel.

– Le commissaire est toujours dans la 71 ? demanda Logicielle au réceptionniste. Vous pouvez l'avertir que nous montons ?

Germain leur ouvrit la porte et fit signe de parler à voix basse : Andre dormait.

– Elle est épuisée, expliqua-t-il. La mort de Blish l'a affectée. Nous avons beaucoup parlé, tous les deux... de son avenir. Du nôtre.

Il considéra Logicielle et Max avec une expression où se mêlaient tendresse et envie. Il ajouta, un rien rêveur :

– Un avenir limité : elle a soixante ans. Comme moi.

– C'est encore jeune ! objecta Logicielle.

– C'est ce que je lui ai dit. Elle donne sa démission. Elle ne veut pas de Darius comme patron. Et vous, du neuf ?

– Oui. Beaucoup ! Max et moi, nous avons fait une longue mise au point.

– D'ordre personnel ou professionnel ?

– Au point où nous en sommes, c'est difficile à démêler. Autre chose : nous pensons avoir localisé l'endroit où les otages sont retenus.

Germain était stupéfait, il bredouilla :

– Vraiment ?

– Oui. Ce pourrait être près de Manosque, à Ganagobie. Une église et un monastère perchés à sept cents mètres d'altitude. Max et moi les avons visités l'an dernier.

Logicielle expliqua comment ils étaient parvenus à cette conclusion grâce au message transmis par Charmeuil. Elle aperçut, scotché sur le mur à côté de la photo de la cheminée, le portrait du suspect, Donald Wollheim.

– Mais avant de nous précipiter là-bas, ajouta-t-elle, j'aimerais avoir quelques confirmations. Je peux me connecter sur Internet ?

– Faites ! Vous pensez que les ravisseurs seraient si loin de Paris ?

Elle ne répondit pas, elle explorait déjà le site de Ganagobie.

– Ah... on peut louer les locaux du monastère ! Certains groupes y font des retraites. J'ai noté le numéro.

Elle le composa et l'on décrocha aussitôt.

– C'est au sujet d'une réservation, prétendit-elle. Pour la deuxième quinzaine d'août, c'est possible ?... Ah bon ! Je comprends... Puis-je savoir quel groupe de réflexion s'y trouve actuellement ?... Tant pis, je vous remercie.

– Eh bien ? la pressa Germain.

– Les locaux sont occupés. Voilà deux mois qu'ils étaient réservés. Du 6 août au 1er septembre.

– Ça colle, admit Max à voix basse. Par qui ?

– Des pèlerins qui souhaitent garder l'anonymat et refusent toute relation téléphonique ! Suspect, vous ne trouvez pas ?

– Qu'allez-vous faire ? demanda Germain.

– Nous partons là-bas. Cette nuit. Je veux en avoir le cœur net.

– Laissez donc la gendarmerie locale s'en charger ! Nous serons vite fixés.

– Vraiment, Germain ? Vous croyez ? Ce n'est pas ce soir que nous obtiendrons une commission rogatoire. Surtout avec de si maigres présomptions !

– C'est vrai, admit le commissaire. Écoutez Logicielle, je prends le risque. J'ai là un papier qui pourrait faire illusion. Vous le remplirez à votre gré. Présentez-le aux occupants du monastère.

– C'est illégal, Germain. Vous me pousseriez à utiliser un faux ?

– Oui. Ce faux, j'en assumerai la responsabilité. De toute façon, ma carrière est derrière moi.

Logicielle se tourna vers Max.

– Tu me conduis là-bas ?

– À moto ?

– Oui. En partant tout de suite, nous y serons à l'aube. L'idéal pour surprendre les ravisseurs.

– C'est du ressort du GIGN ! s'interposa encore Germain. Vous n'envisagez tout de même pas d'investir les lieux, seule avec Max, à 4 heures du matin ?

– Laissez-nous au moins essayer. S'il y a du grabuge, on vous appellera. Vous avertirez la gendarmerie, la police, le GIGN...

– Ne plaisantez pas. C'est de la folie !

– C'est un peu mon avis, renchérit Max. Et voilà deux jours que tu n'as quasiment pas dormi.

– Mais toi, tu es frais comme un gardon, non ?

– Et puis la moto est restée à Beaujon, objecta-t-il encore.

– Je téléphone à la réception, proposa Germain. Luc va vous appeler un taxi.

Ils rejoignirent tous trois le rez-de-chaussée au moment où le voiturier pénétrait dans l'hôtel.

– Il commence à pleuvoir ! expliqua-t-il.

Il alla dans le salon prendre son parapluie et vit qu'un briquet de plastique adhérait au bout de la canne avec un vieux chewing-gum.

À cet instant, le taxi stoppa devant l'hôtel.

Le voiturier détacha le briquet. Mais il eut des difficultés à enlever le chewing-gum, il s'en mit plein les doigts. Furieux, il grommela :

– Si je tenais le client qui...

– C'est le faux journaliste américain ! révéla Luc.

– Quoi ? Vous en êtes sûr ? s'écria Logicielle en pâlissant.

– Certain. Hier, au salon, il n'arrivait pas à allumer sa cigarette, il a jeté le briquet dans le porte-parapluies et m'a demandé des allumettes.

Le taxi attendait, moteur au ralenti.

Logicielle réfléchit et, très excitée, jeta à Max :

– Va chercher la moto. Et passe me prendre ici au plus vite.

Il faillit protester mais s'exécuta.

Dès qu'il fut parti, Logicielle se tourna vers le voiturier toujours planté là avec son parapluie.

– Je peux voir ce briquet ? lui demanda-t-elle. Regardez, Germain...

Sur l'objet figurait la mention :

BAR-TABAC LE SAINT-DOMINIQUE
SALLE PRIVÉE

suivie d'un numéro de téléphone et d'un saint couronné d'une auréole qui donnait sa bénédiction, l'index dressé. Comme si les fumeurs pouvaient s'adonner à leur vice sous sa protection.

– J'y pense ! ajouta Luc. Avant de partir, ce type m'a demandé un bottin. Il cherchait une adresse. Je ne sais pas si c'est important.

– Peut-être, dit Logicielle. Ce bottin, vous l'avez encore ?

Le réceptionniste alla chercher l'ouvrage dans le local attenant. Logicielle le feuilleta. La page où se trouvait le nom de Taugenichts avait été arrachée. Dubitatif, Germain murmura :

– Vous pensez que c'est Wollheim qui a arraché cette page et jeté son briquet dans le porte-parapluies ?

– Oui. Et s'il a acheté ce briquet dans ce bar-tabac, il y a une petite chance pour qu'il y retourne.

Elle alla donner un coup de fil à la réception et annonça :

– Le *Saint-Dominique* est aux Invalides. À dix minutes d'ici. Le patron m'a dit qu'il vendait ces briquets ; il lui arrive d'en donner à ses bons clients. Qui sait ? Si un brigadier pouvait faire le planton là-bas…

– J'y vais, décida Germain. Je montrerai la photo de ce Donald Wollheim au patron, aux serveurs, aux clients…

– Et Andre ? demanda Logicielle.

– Oh, elle dormira toute la nuit. Je vais lui laisser un mot.

– Dès notre retour de Ganagobie, je vous relaierai dans ce bistrot, promit Logicielle.

– Ce sera peut-être inutile, répondit-il avec un sourire malicieux.

– Pourquoi ?

– Et si, pendant que vous arrêtez les ravisseurs à l'autre bout de la France, je mettais la main sur le meurtrier de Blish ?

– Je vous tirerais mon chapeau, Germain. Mais je serais vexée.

LUNDI

71

Paris-Ganagobie
Lundi 13 août, 1h10

Logicielle ceinturait Max qui conduisait, elle faisait corps avec lui. Malgré la vitesse et la fatigue, elle se sentait en sécurité. Grisée. Elle était heureuse qu'il ait mis les choses au point, révélé sa culpabilité.

Mais très vite, le trajet lui parut interminable.

À 2 heures du matin, Max s'arrêta dans une station-service.

– Tu dois être à bout de forces ! lui dit-elle. Tu veux dormir un peu ?

– Non. Vider ma vessie, me dégourdir les jambes et remplir le réservoir.

Ils allèrent boire un café. Logicielle commit l'erreur de s'installer dans un fauteuil. Max la réveilla une demi-heure plus tard, s'excusa :

– Désolé. Si on veut arriver avant l'aube, il faut repartir.

Avant de se remettre en selle, Logicielle interrogea le répondeur du portable. Germain avait laissé un message une heure plus tôt :

– *Le* Saint-Dominique *vient de fermer, je le quitte à l'instant. Chou blanc. Personne n'a identifié notre assassin présumé. Pas étonnant, ce bar est très fréquenté. Mais*

Wollheim ne semble pas être un habitué. Demain, je serai là à l'ouverture. Ah, en cas de grabuge à Ganagobie, n'hésitez pas à me réveiller. Je vous embrasse !

Elle eut une pensée pour le commissaire Delumeau. Leur supérieur avait horreur que ses lieutenants agissent en francs-tireurs. Même si leur mission aboutissait, elle n'échapperait pas à sa fureur.

Bien que la pluie eût cessé, Max roulait prudemment, à cent dix. Elle devina qu'il avait sommeil. Elle lui ordonna de s'arrêter sur la prochaine aire de repos. Il protesta à peine, monta à l'arrière, la serrant comme s'il avait peur de la perdre.

Le cœur de Logicielle battit plus fort.

Elle imaginait leur vie future comme ce voyage improvisé. Une ligne droite et sûre, un trajet au cours duquel ils s'épauleraient, où l'un prendrait le relais quand l'autre serait épuisé. Même si, elle le savait, une panne ou un accident restait toujours possible.

Peu avant 5 heures du matin, le ciel pâlit à l'est.

Logicielle quitta l'autoroute à dix kilomètres de leur destination. Dans le jour naissant, elle reconnut les paysages qu'ils avaient admirés un an auparavant. Elle voulut bifurquer vers Ganagobie mais la route était barrée. Une pancarte indiquait : « Travaux. Chaussée en réfection. »

Elle stoppa. Max se redressa aussitôt.

– Qu'est-ce qu'on fait ? demanda-t-il en désignant le panneau.

– On y va. À mon avis, ces travaux, c'est du bidon.

Elle se lança dans la montée qui menait au monastère, une soixantaine de virages, la plupart en épingle à cheveux. Elle s'arrêta cinq cents mètres avant le parking.

– On achève le trajet à pied. Pas question d'alerter les ravisseurs avec le bruit d'un moteur. Et il peut y avoir des guetteurs.

Elle dégaina son Sig Sauer. Max l'imita. Ils se risquèrent dans les sous-bois qui cernaient le monastère. Une faible clarté allongeait les ombres des chênes-lièges. Çà et là, un cri d'oiseau saluait l'approche du soleil levant.

Soudain, Logicielle aperçut les toits obscurs des bâtiments sur le ciel rosissant. L'église paraissait très modeste en regard des longs bâtiments qui la prolongeaient et faisaient corps avec elle. Pour y accéder, il fallait franchir le potager ou le verger, ainsi qu'une vaste pelouse où se dressaient plusieurs tonnelles.

Aux yeux de Logicielle, ces lieux prirent soudain l'aspect d'une vraie citadelle. De plus, elle se dit qu'ils n'avaient pas de gilet pare-balles, un gardien embusqué pouvait les mettre en joue et les abattre.

Ils atteignirent le porche de l'église. Logicielle distingua la croix qui, au loin, dominait une rangée de cyprès. À présent, il faudrait se risquer à découvert. Comment faire ?

Max la dépassa, lui fit signe d'attendre et de le couvrir.

Il pointa l'index vers le monastère qui abritait les pèlerins en retraite. Une simple palissade de bois défendait l'accès aux jardins. Il la franchit d'un bond.

Logicielle le rejoignit sans bruit.

Ils traversèrent le verger et rejoignirent l'allée qui aboutissait à une porte de chêne.

À proximité du seuil, une pancarte annonçait :

Entrée réservée aux fournisseurs.

Logicielle aperçut, entre deux poubelles, la porte de ce qui devait être la cuisine. Elle jouxtait la sacristie et une enfilade de hautes fenêtres fermées par des volets. Sans doute celles du fameux réfectoire. L'arme au poing, Max lança à voix basse :

– Et maintenant, hein ?

Il n'avait pas tort. S'introduire par effraction était dangereux. Sans compter qu'ils n'étaient que deux. Et si trente hommes armés gardaient les lieux ?

Logicielle sut qu'elle avait commis une folie. Mais il était trop tard pour reculer.

Avisant une sonnette près de la porte, elle avança la main.

– Arrête ! chuchota Max. Tu es folle ?

– Tu as raison. J'ai une autre idée.

Elle sortit le portable, rechercha le SMS de Danielle Defaux et déclencha l'appel. Stupéfait, Max demanda :

– Tu téléphones à qui ? À Germain ?

– Non. À la concierge ! Peut-être qu'elle nous ouvrira sans réveiller toute la maison…

72

Ganagobie
Lundi 13 août, 5h20

Logicielle compta les sonneries. Six... Sept... Huit... Alors qu'elle ne s'y attendait plus, une voix féminine enrouée répondit :

– Oui ?

– Danielle Defaux ? risqua Logicielle.

Après un bref silence, on répliqua sèchement :

– Qui êtes-vous ?

– Je m'appelle Laure-Gisèle. Je suis une amie d'Elyne.

– Qu'est-ce que vous voulez ?

– Vous parler.

– À cette heure-ci ? Bon, je vous écoute.

– Vous m'avez mal comprise. Je veux un entretien face à face.

Une fois encore, l'interlocutrice marqua un temps, puis affirma :

– Ça me semble difficile.

– Vraiment ? Je ne crois pas.

– Je ne suis pas chez moi. De quoi s'agit-il ?

– Des otages. Et de vos amis.

– Comment ? Qu'est-ce que vous avez dit ?

– Vous avez très bien entendu. Vous pouvez m'ouvrir ?

– Où êtes-vous, exactement ?

– À l'entrée des fournisseurs. Je vous attends.

Logicielle crut d'abord qu'on avait raccroché. Puis elle comprit que son interlocutrice était restée en ligne et se déplaçait.

Soudain, il y eut un cliquetis dans la serrure. Logicielle n'eut que le temps de sortir sa carte professionnelle et de braquer son Sig Sauer.

La porte s'ouvrit d'un coup.

Une petite femme aux cheveux courts, d'allure nerveuse et sportive, leur fit face. En découvrant les armes qui la menaçaient, elle se figea, stupéfaite.

– Bonjour, madame Defaux, dit Logicielle d'une voix aimable. Vous pouvez éteindre votre portable, à présent. Et lever les mains. Je suis le lieutenant de police Laure-Gisèle Beffroy. Voici mon adjoint Maxime.

Le regard de l'écologienne se porta plus loin, du côté des collines.

– Le monastère a été cerné pendant la nuit, improvisa calmement Logicielle. Nous attendions l'aube pour mener l'assaut. Mais nous préférerions que votre reddition s'effectue sans violence.

– Vous avez une commission rogatoire ?

– Elle arrive, affirma Logicielle avec un geste négligent vers l'orée du bois.

Elle repensa au document que Germain lui avait proposé. Pourquoi, mais pourquoi n'avait-elle pas accepté de le prendre ? Elle ajouta, comme si l'arrestation des occupants du monastère était une simple formalité :

– Qu'est-ce que vous croyez ? Tony est déjà passé aux aveux.

– Tony ?

– Le responsable du programme *Cinq degrés de plus*.

Avec soulagement, Logicielle vit Danielle Defaux baisser la tête, ranger son portable et reculer dans le vestibule.

Son Sig Sauer en main, elle y pénétra à son tour.

– Si vous nous meniez aux otages, madame Defaux ? Ils vont bien ? Ils sont toujours connectés ?

– Oui. Venez. Oh, vous pouvez ranger votre revolver, mademoiselle ! Ici, personne n'est armé.

Logicielle ne tint pas compte du conseil et avança, prête à toute éventualité.

– À part les otages et Charmeuil, combien êtes-vous ici ?

– Une vingtaine.

Max, resté sur le seuil, avait lui aussi gardé son arme en main. On aurait juré qu'il se tenait prêt à appeler les renforts censés attendre à l'extérieur.

– Nous avions peu de chances de réussir, murmura amèrement la responsable des écologiens. Mais je ne pensais pas que ça finirait ainsi.

– Que pensiez-vous ?

– Que nous pourrions négocier. Avertir les médias. Ce meurtre a tout gâché. Nous n'avons pas tué James Blish, mademoiselle.

– L'enquête l'établira. Appelez-moi lieutenant. Frédéric est mort, lui aussi. Vous le saviez ?

– Mon Dieu ! L'ami d'Elyne ? C'est donc lui la deuxième victime ?

Le regard de Danielle Defaux s'embua. Ses mains tremblèrent. Une fois de plus, elle jeta un regard vers Max et la porte d'entrée ouverte. Elle s'enquit :

– Qui est l'auteur de ces assassinats ?

– Je vous le répète, l'enquête est en cours.

– Ces meurtres, lieutenant, j'en porte la responsabilité. Je regrette d'avoir entraîné des innocents dans cette aventure.

– Des innocents ? Ils ne le sont plus.

– C'est ma faute. J'ai abusé de leur enthousiasme, de leur crédulité. En cas d'échec, j'espérais payer pour eux.

Logicielle envisagea d'appeler Germain, mais les renforts mettraient une heure à arriver. Comment allait-elle se dépêtrer du piège qu'elle s'était elle-même tendu ?

– Les otages, où sont-ils ?

– Suivez-moi.

Logicielle fit signe à Max de rester en faction. Les deux femmes longèrent un couloir et dépassèrent les cuisines avant que Danielle Defaux n'ouvre une lourde porte. Logicielle reconnut le réfectoire que Charmeuil et Dimitri lui avaient décrit. Sous les arches voûtées du plafond, derrière les fenêtres obturées avec des planches, étaient disposées six couchettes en arc de cercle. Au centre, posé sur une table roulante, le Simulator clignotait.

Les voyageurs virtuels dormaient. À leurs pieds, les écrans affichaient une image identique et fixe : celle du hall de la nécropole que des centaines de personnes envahissaient. Un étrange arrêt sur image. Au loin, on distinguait la tour Eiffel. Le faisceau de son projecteur était lui aussi immobile.

– Un bug ? demanda Logicielle en désignant les moniteurs.

– Non. Centner est mort, révéla Danielle Defaux. Il a eu un malaise. Il a bredouillé quelque chose comme : « J'étouffe. » Et tout s'est arrêté.

– Mort !

– Pas étonnant, il avait cent quinze ans.

– À quelle heure ce... cet événement a-t-il eu lieu ?

– Hier soir, peu avant 20 heures.

– Et les otages ?

– Ils ont basculé d'un coup dans le sommeil. Ils étaient épuisés.

À deux pas des prisonniers sanglés, deux hommes étaient affalés dans des transats. Au fond de la salle, un troisième dormait, couché sur un bat-flanc installé contre une porte. On les aurait pris pour des randonneurs assoupis dans un gîte. Logicielle songea que les hasards de la vie auraient pu la mener là avec Max.

Elle demanda à voix basse :

– Où sont les autres ? Vos complices ?

– Mes complices, mademoiselle, sont des médecins, des informaticiens, des étudiants. Ils dorment dans les chambres.

– Les véhicules que vous avez utilisés pour transporter les otages, ils sont encore là ?

– Bien sûr. Pourquoi ?

– Vous êtes toujours prête, madame Defaux, à assumer seule la responsabilité de cette prise d'otages ?

– Oui. Mais...

– Alors je vous propose un marché.

Logicielle regarda sa montre.

– Il est 6 heures moins 20. Mon adjoint et moi, nous sommes arrivés à 6 heures, vous entendez ?

– Je... je ne comprends pas.

– Voilà ce que vous allez faire, madame Defaux. Vous allez réveiller ces trois jeunes gens. Et tous les autres ! Ils ont vingt minutes pour vider les lieux et disparaître, pas une de plus. Vous seule reviendrez dans ce réfectoire. Pour vous mettre à notre disposition. Et pas question de réveiller les otages. Ni de toucher au matériel.

– C'est... vous plaisantez ?

– J'en ai l'air ?

Danielle Defaux devait redouter un piège. Face à une évasion, les forces de l'ordre auraient le droit de tirer.

– Non, conclut la responsable des écologiens, la voix soudain nouée par l'émotion. Je ne comprends pas. Pourquoi agissez-vous ainsi ?

Pour toute réponse, Logicielle désigna le bat-flanc qui bloquait la porte.

– Cette issue, où mène-t-elle ?

– Aux garages. Mais si la police voit partir…

– Ne posez pas de questions. Pour convaincre vos amis de fuir, dites que vous venez de recevoir un appel anonyme. Quelqu'un vous a trahis.

– Qui a trahi ?

Logicielle désigna le portable qu'elle avait en main.

– Moi ! Je sais que la police va arriver. Bon sang, filez !

Danielle Defaux adressa à Logicielle un regard de reconnaissance. Elle se précipita vers le jeune homme qui dormait sur le bat-flanc, le secoua. Logicielle l'entendit crier :

– Noël ! Noël, vite, lève-toi ! Et écoute-moi bien.

Logicielle quitta le réfectoire et resta aux aguets derrière la porte. Après quelques minutes d'agitation, le silence s'installa dans la salle. Elle revint y jeter un coup d'œil.

Il n'y avait plus, à présent, que les otages sur leurs couchettes. Avec le Simulator qui, tel un phare, jetait sur eux à chaque seconde un fulgurant éclair bleu.

73

Ganagobie
Lundi 13 août, 5h55

– Eh bien ? demanda Max.

Son Sig Sauer au poing, il se tenait toujours sur le seuil des communs. À présent, le jour était levé, il inondait le jardin d'une pâle clarté rose.

– On attend 6 heures. Et on appréhende la responsable des écologiens.

– Ah bon ? Et les autres ?

– Les autres ? Justement, je crois que les voilà.

Elle désigna la sortie des garages d'où provenait un bruit de moteurs.

– Que se passe-t-il ? grommela Max en fronçant les sourcils.

– Oh ! fit-elle en bâillant, je crois que les ravisseurs sont en train de fuir.

– Quoi ? Et tu les laisses faire ?

– Oui. Et toi ? Tu ne leur cours pas après ?

Max resta interdit. Puis il regarda Logicielle, qui lui sourit.

Après un bref instant, il comprit, se rapprocha d'elle et la serra dans ses bras.

Côte à côte, ils écoutèrent le son des pneus crissant sur le gravier. Bientôt, le bruit des moteurs décrut et s'éteignit ; on n'entendit plus que le joyeux vacarme des oiseaux.

La cloche du monastère égrena calmement six coups.

– Voilà, murmura-t-elle. Le jour est levé. Je crois qu'il va faire beau, aujourd'hui. Tu peux rengainer ton arme, Max.

Ce n'était plus un ordre, mais une déclaration de paix. Alors elle saisit le portable.

– Germain ? Je ne vous réveille pas ?

– Vous plaisantez ? Je suis devant le *Saint-Dominique*, il ouvre ses portes. Je vais y boire un café. Et vous ?

– Tout s'est déroulé comme prévu. Nous sommes à Ganagobie. Avec les otages. Et la responsable des écologiens. Le problème, c'est que ses complices nous ont entendus arriver. Ils nous ont échappé, je le crains. Vous prévenez la gendarmerie et la police ? Il faudrait aussi une ou deux ambulances et un médecin.

– Entendu. Je m'en occupe. Ah, je voulais vous dire...

– Oui ?

– Je vous félicite, Logicielle. Vous et Max. Beau travail !

Quand Logicielle pénétra dans le réfectoire avec Max, Danielle Defaux observait les otages qui dormaient. Elle se leva pour se mettre à leur disposition. Logicielle lui fit signe de gagner la cuisine et d'attendre.

– Tu me donnes un coup de main, Max ?

Ils enlevèrent le patch de la nuque des prisonniers qui, l'un après l'autre, se relevèrent, incrédules et clignant des yeux. Indiana fut la première à réagir :

– Logicielle ! Max ! Mais où sommes-nous ?

– Sur votre lieu de détention. À Ganagobie, dans le sud de la France.

– Vous nous avez retrouvés ! s'exclama Zeroo.

– La preuve. Nous sommes même venus vous délivrer.

– Comment avez-vous fait ? s'informa Charmeuil non sans malice.

– Nous avons été un peu aidés. On nous a livré des indices.

– Vraiment ? s'étonna Weiss. Qui vous a renseignés ?

– Molière et Jean-Sébastien Bach.

La réponse de Logicielle fit rire Dimitri qui s'étira.

– Et les autres ? Les écologiens ?

– Ils ont filé. Mais nous avons appréhendé la responsable, Danielle Defaux.

– Quel jour sommes-nous ? demanda Colbert. Quelle heure est-il ?

Danielle Defaux apparut à cet instant. Elle répondit :

– Nous sommes le lundi 13 août. Et c'est l'heure du petit déjeuner.

Telle une hôtesse qui reçoit des invités, elle leur désigna l'entrée des cuisines.

– Si vous voulez bien me suivre ? Je viens de faire du café.

Quand Logicielle appela François-Paul Kostovitch, elle fut d'abord très mal reçue. Le PDG s'était couché fort tard et elle le réveillait. Quand elle lui révéla qu'elle avait délivré les otages et récupéré le Simulator, sa bonne humeur revint d'un coup.

Peu après, les lieux furent envahis par la police, les gendarmes, les pompiers. Des médecins soumirent les otages à un examen minutieux. Hormis une tension élevée pour Weiss, leur état de santé semblait bon.

– Quand allez-vous nous rapatrier sur Paris ? demanda Dimitri au commissaire de la brigade de Manosque.

– En début d'après-midi. Je vous conduis au commissariat pour que vous y effectuiez votre déposition. J'ai eu au bout du fil le cabinet du ministère de l'Intérieur. Vous allez bénéficier d'une escorte de Manosque à Paris.

Placée en garde à vue, Danielle Defaux fut invitée à monter dans un véhicule banalisé. Logicielle profita du départ massif des véhicules pour dire adieu à la prisonnière. Assise seule à l'arrière, elle avait les menottes aux mains.

– Lieutenant ? chuchota-t-elle. J'ai oublié de vous remercier et de vous confier cet objet. Je préfère qu'il soit entre vos mains.

C'était son téléphone portable.

Elles échangèrent un regard bref ; un brigadier vint fermer la portière. Le véhicule démarra.

Quand ils se retrouvèrent seuls, Max soupira :

– J'ai l'impression qu'on nous a oubliés !

– Nous aussi, nous oublions quelque chose. Viens !

Ils regagnèrent le réfectoire. Sa pénombre était trouée par la lueur des écrans et l'œil de Simulator. Logicielle récupéra les modems et les six patches sur la table roulante.

– Tout ça tiendra dans le coffre de ta moto, non ?

– On verra. Et le Simulator ? On l'arrête ?

Logicielle hésita. Elle appela l'hôpital Beaujon et demanda l'infirmier-chef de la médecine A.

– Ahmed ? C'est Logicielle. Vous pouvez me passer Tony ?

– Désolé, c'est impossible.

– C'est un ordre, Ahmed.

– Vous ne comprenez pas, Tony est parti !

Elle aurait dû s'en douter.

– Quand ?

– Dans la nuit. Sans me prévenir. Il a emporté toutes ses affaires. Y compris le… comment appelez-vous cet objet déjà ?

– Le modem ?

– C'est ça.

– Vous avez appelé chez lui ?

– Trois fois. Personne ne répond.

– Et ça vous étonne ?

Furieuse, elle raccrocha puis se tourna vers Max.

– Tony s'est envolé. À mon avis, il n'est pas près de revenir.

Elle se tourna vers le Simulator et, d'un geste rageur, l'éteignit. La lueur bleue s'évanouit.

Le maître du jeu avait fui. Mais la partie n'était pas finie.

74

Paris
Lundi 13 août, 14h

Excepté une courte halte pour faire le plein, la moto effectua le trajet d'une traite jusqu'à Paris. À 14 heures, elle était au Trocadéro.

Logicielle cria :

– Prends l'avenue du Président-Wilson, on va aux Invalides !

Dix minutes plus tard, ils franchirent la vaste esplanade et débouchèrent rue Saint-Dominique.

À peine avaient-ils mis pied à terre que le commissaire les héla. Il était attablé devant un énorme café liégeois, à la terrasse du restaurant qui faisait face au bar-tabac.

Il se leva et les prit tous deux dans ses bras.

– J'ai eu trois appels de Manosque. Vous avez été héroïques !

– Oui, d'une certaine façon, admit-elle avec un sourire.

– Alors, cette planque ? Pas trop pénible ? fit Max en désignant le dessert géant.

– Ma foi, je tue le temps. Vous avez déjeuné ?

– Non. Mais si vous insistez...

– Navrée, Max, lança Logicielle. Mais tu vas jeûner encore un peu.

– Pourquoi ?

– Ce garçon, là-bas, il ne te rappelle personne ?

Elle désigna, sur le trottoir d'en face, un jeune homme dont le tee-shirt affichait crânement en lettres géantes : NYPD[1].

– Bon sang ! murmura Max.

Le passant entra dans le *Saint-Dominique*.

– Aucun doute, grommela Germain. C'est Donald Wollheim !

Résigné à se priver de dessert, le commissaire posa un billet sur la table. Trois minutes s'écoulèrent.

– Alors, il sort ? s'inquiéta Max. Il nous aurait repérés ?

– Il n'y a qu'une issue, assura Germain. Ah, le voilà !

Le jeune Américain réapparut. Il humait l'air de Paris avec un plaisir évident. Il s'engagea sur l'esplanade.

Logicielle, Max et Germain le suivirent à bonne distance.

Parvenu de l'autre côté des Invalides, leur suspect bifurqua dans l'avenue Bosquet. Le trio hâta le pas pour ne pas le perdre de vue.

– Hé ! s'écria Germain. Il est entré dans cet immeuble… vite !

Ils arrivèrent à temps, la lourde porte vitrée se refermait. Ils s'engouffrèrent dans un vestibule cossu.

L'Américain attendait l'ascenseur au bas de l'escalier.

Sur l'une des boîtes aux lettres qui affichait : « John & Eddie First 8e droite », avait été hâtivement ajouté au feutre « Ronald Mollheim ».

Le faux journaliste avait modifié deux lettres pour maquiller la carte de presse !

Germain tira sa carte professionnelle de sa poche ; il posa la main sur l'épaule du jeune homme qui se retourna :

– What do you want ?

1. New York Police Department.

– Monsieur Ronald Mollheim ? Je suis le commissaire Germain. Voici mes collègues Logicielle et Max. Nous aurions quelques questions à vous poser. Nous montons ?

– Hé ! Mais vous n'avez pas le droit…

D'autorité, Max maintint dans l'ascenseur étroit le garçon qui se débattait, tandis que Logicielle appuyait sur le bouton du huitième.

Resté à l'extérieur, Germain leur lança :

– Ne vous inquiétez pas ! Je monte à pied !

L'ascension se fit dans un silence tendu. Logicielle était sur ses gardes ; l'assassin présumé pouvait être armé. Max avait les mêmes soupçons car elle le vit effleurer la poche arrière du jean du suspect.

Quand l'ascenseur stoppa, le jeune homme protesta :

– Je ne répondrai à aucune question. Je veux un avocat. Je suis un ressortissant américain. Vous n'entrerez pas, vous n'avez pas le droit.

– Mais si ! assura la voix essoufflée de Germain qui les rejoignait.

Il tira de la poche de son veston une feuille pliée en quatre et la brandit sous le nez du jeune homme.

– Cela s'appelle une commission rogatoire, vous connaissez ?

Ahuri, Ronald se pencha pour déchiffrer le document officiel. Au-dessus de la signature du juge figurait son nom, parfaitement orthographié, et les coordonnées de ses amis avenue Bosquet.

– Vous êtes en France, monsieur Mollheim ! dit Germain. Et ce document nous donne le droit de pénétrer dans cet appartement.

– D'ailleurs, ajouta Max en brandissant un trousseau, ça tombe très bien, j'ai les clés !

75

Paris, avenue Bosquet
Lundi 13 août, 14h30

Un instant, l'Américain fit face au trio comme pour envisager la fuite. Puis il siffla entre ses dents :

– C'est inadmissible ! Vous ne m'avez même pas précisé mes droits !

– Vous n'êtes pas aux États-Unis, lui rappela Germain. Mais vous pouvez appeler un avocat. Faites.

– Vos amis ont le téléphone, non ? ajouta Max en désignant la porte.

Il lui tendit les clés, et l'Américain n'eut pas d'autre choix qu'ouvrir.

Ils franchirent le hall, et pénétrèrent dans un grand séjour dont les baies donnaient sur une terrasse. Avec vue sur la tour Eiffel. Max eut un sifflement admiratif.

Logicielle se dit que s'ils ne trouvaient aucune preuve une cascade de difficultés diplomatiques les attendaient. Mais elle aperçut aussitôt un tract posé sur la commode. Elle le ramassa.

– Vous êtes sympathisant ou adhérent ?

Logicielle montra à Germain et Max le tract qui suggérait : « Rejoignez les rangs des écologiens ! »

– Ni l'un ni l'autre, assura le suspect. On m'a donné ça dans la rue.

– Non. Vous l'avez pris dans le tiroir d'un des bureaux de la Parsec, au 123 boulevard Ney, dans la nuit du 11 au 12 août. Entre 1 heure et 2 heures du matin.

– Vous êtes folle ! protesta Ronald. À ce moment-là, j'étais ici. Je dormais.

– Seul ?

– À mon grand regret.

– Et samedi 11 août, demanda Germain à son tour, où étiez-vous vers 18 heures ?

– Quoi ? Je n'en sais plus rien. Si, je me promenais dans le quartier.

– Vous mentez.

Germain tira de sa poche la photo extraite des enregistrements du *San Remo*. D'une traite, il débita :

– Vous vous trouviez dans cet hôtel, l'heure du cliché le confirme. Le réceptionniste, Luc, le confirmera lui aussi. Vous vous êtes présenté à lui avec une fausse carte de presse. Au nom de Donald Wollheim. Vous l'avez interrogé au sujet de l'enlèvement de James Blish. Eh oui, Ronald, vous avez été filmé et enregistré à la réception !

– Vous avez réservé la chambre 69, ajouta Logicielle, celle qui communique avec la 71. Et vous avez écouté aux portes. C'est très mal.

La lèvre inférieure de Ronald se mit à trembler. À trois reprises, il voulut prendre la parole et y renonça.

– Vous nous avez entendus prononcer le nom d'Elyne Taugenichts. Vous avez aperçu la photo de la cheminée. Et dans le bottin de l'hôtel, vous avez découvert l'adresse de la Parsec. C'est là que vous avez pris ce tract.

Tandis que Ronald cherchait une justification, Logicielle ouvrit le premier tiroir de la commode. Elle faillit pousser un cri de victoire. Il contenait des trésors.

– Tiens ? Mais voilà la page du bottin que vous avez eu l'imprudence de déchirer. Et un Glock 9 mm ! Le frère jumeau de celui qui a servi à abattre vos deux victimes. Que de hasards !

– Cette arme ne m'appartient pas ! affirma Ronald. Ni ces munitions.

– Ce jouet non plus, je suppose. Que fait-il ici ?

Elle brandit une arme en plastique. Sur le côté droit du canon était dessiné un grossier point rouge.

– Mrs Connely reconnaîtra ce jouet, Ronald. C'est avec lui que ses ravisseurs l'ont menacée. Comment se fait-il que vous le possédiez ? Craigniez-vous, en le laissant sur place, qu'il prouve que les écologiens avaient utilisé un jouet pour leur prise d'otages ?

– Vous êtes en détention provisoire, annonça le commissaire. Ces éléments nous permettent de vous accuser d'avoir tué James Blish et l'un de ses ravisseurs.

– Je veux appeler un avocat. Et mon ambassade.

– Aucun problème, dit Germain en lui désignant le téléphone.

Les mâchoires de Ronald se décrispèrent subitement, il soupira et choisit de s'adresser à Logicielle :

– Comment m'avez-vous repéré ?

– Grâce à ce briquet, révéla-t-elle en posant l'objet sur la commode. Si vous l'aviez mis à la poubelle avec votre chewing-gum, nous aurions eu plus de difficultés à retrouver votre trace.

Les yeux fixés sur le téléphone, Ronald paraissait réfléchir. Logicielle aussi réfléchissait. Notamment à deux ou trois zones d'ombre.

– Comment avez-vous appris que James Blish était à Paris ? demanda-t-elle sans espérer de réponse. Et pourquoi l'avez-vous tué ?

– Vous voulez le savoir ? Eh bien je vais vous le dire. Je ne veux pas être accusé seul de ce meurtre. On m'a payé pour l'exécuter.

– Vraiment ? ricana le commissaire.

– Oui. J'ai un commanditaire. C'est lui, le véritable assassin !

– Ce sera difficile à prouver ! rétorqua Logicielle pour le défier.

– Je ne crois pas. Écoutez plutôt.

Ronald détacha le MultiMédia3 du téléphone. Il le brancha à la chaîne hi-fi et déclara fièrement à son auditoire :

– Cet appel des États-Unis risque de vous intéresser…

76

Paris
Lundi 13 août, 15h20

Les trois policiers quittèrent l'immeuble sans que leur prisonnier offre de résistance. Ils le confièrent aux bons soins du commissariat du VIIIe arrondissement et revinrent à pied aux Invalides pour récupérer la moto.

– Blish Junior s'en tirera mieux que son assassin ! déplora Max.

– Ce n'est pas certain, estima Germain. Commanditer un assassinat vaut vingt ou trente ans de prison. Même avec un bon avocat.

– Et Ronald ?

– Pour lui, je crains le pire. Ce garçon a commis l'erreur d'habiter le Texas, un État où la peine de mort est très tendance. L'addition sera lourde !

Quand ils revinrent à pied rue Saint-Dominique, Germain soupira :

– Pour une fois, j'échappe au sale boulot. Rassemblement des preuves, interrogatoires, confrontations, rencontres avec le juge... Nous avons fait le meilleur du travail, non ?

– Exact, admit Max en prenant Logicielle par la taille. Et ensemble !

Logicielle se sentait euphorique.

Ce fut bref.

Quand ils arrivèrent au restaurant qui faisait face au *Saint-Dominique*, elle vit Max blêmir. Incrédule, il fixait le trottoir. Elle suivit son regard et pâlit à son tour.

La moto avait disparu.

77

Paris
Lundi 13 août, 16h10

– Quelle tuile ! s'exclama Germain.

– La moto, dit Logicielle, on s'en moque. L'assurance la remboursera. Le problème, c'est le contenu des top cases…

La valeur du Simulator, un prototype unique au monde, était inestimable. Jamais Logicielle n'oserait annoncer à Kosto qu'il avait disparu.

– Deux heures ! s'écria Max qui hésitait entre colère et désespoir. J'ai laissé ma moto deux heures sans surveillance !

Logicielle se précipita dans le restaurant et interrogea le personnel. Personne n'avait rien remarqué.

Quand elle rejoignit la terrasse, elle trouva Germain qui, tête basse, revenait du *Saint-Dominique* où il avait cuisiné serveurs et clients.

– Personne n'avait noté qu'une moto était garée là.

Logicielle se dit que le véhicule était déjà loin. Le plus terrible, c'est que les voleurs se débarrasseraient sûrement des patches, des modems et de cette drôle de boule de pétanque dont ils ignoraient la valeur.

– Il faut revenir au commissariat du VIIIe et y faire une déposition très vite, suggéra Germain. Non. Allons d'abord au *San Remo*. Il est à deux pas.

À la réception, Germain passa plusieurs coups de fil; il vérifia que la moto n'était pas à la fourrière et joignit Delumeau pour lancer un avis de recherche.

Andre était réveillée. Germain lui relata l'arrestation inespérée de Ronald Mollheim. Ce nom la fit sursauter.

– Mollheim ? C'est un copain du fils de James. Une petite crapule.

– Darius ne vaut pas mieux, c'est lui qui a commandité l'assassinat de son père.

– Darius ? Oh, mon Dieu ! Quelle horreur !

Germain conclut par la nouvelle du vol du Simulator, dont Andre ne comprit pas toute la portée.

– Et toi, Andre ? lui demanda-t-il. Tu as du nouveau ?

– J'ai reçu trois coups de fil. Le premier de Ray. Le deuxième d'un jeune homme qui désirait te voir. Je lui ai dit qu'il te trouverait près du *Saint-Dominique*, tu l'as vu ?

– Non. Nous avons été très occupés, tu sais !

– Le troisième de chez Oxoil. Dan, mon secrétaire, m'a appris que la succession de James Blish sera un vrai sac de nœuds. Mais ce n'est plus mon problème. Si je rentre aux États-Unis, ce sera pour expédier les affaires courantes et donner ma démission.

– Tu es si sûre de toi ?

– Oui. Je songe à revenir en France… Ah, la France, j'en ai toujours eu la nostalgie !

Elle jeta un regard ému à Germain qui, confus, se tourna vers Logicielle :

– Et votre rendez-vous à NCF ? Il est 18 heures ! Les anciens otages doivent être arrivés, à présent. Et Kosto vous attend.

– C'est vrai, Germain. Excusez-nous. On vous laisse.

Ils hélèrent un taxi. Quand Logicielle lança au chauffeur l'adresse de son studio, à Saint-Ouen, Max s'étonna.

– Tu as des affaires à prendre ?

– Non, un dernier problème à régler. J'avais failli l'oublier.

Arrivée au bas de son immeuble, elle invita Max à l'attendre.

– Va donc boire une bière au café voisin. J'en ai pour un quart d'heure.

Devant sa porte, elle s'aperçut qu'elle n'avait pas ses clés. Elle avait à peine sonné qu'Elyne ouvrit.

– Logicielle ! Enfin ! Comme je suis soulagée !

En sanglotant, la jeune écologienne se jeta dans ses bras.

78

Saint-Ouen
Lundi 13 août, 19h

Logicielle se sentit tout à coup très fatiguée. Elle avait conscience qu'Elyne réclamait du soutien, mais elle ne se sentait pas la force de la prendre en charge. Elle lui révéla sans joie :

– Les otages ont été délivrés. Et l'assassin est sous les verrous.

Elyne leva les yeux, incrédule.

– C'est vrai ?

– Oui. Ne me demande pas de détails. Fais comme si je ne t'avais rien dit.

Logicielle avait presque espéré qu'en son absence Elyne aurait filé. Elle nota que l'aspirateur avait été passé, le carrelage lavé, les vitres nettoyées, le bureau rangé. Même les plantes qu'elle oubliait si souvent d'arroser étaient plus fraîches qu'après une averse.

– Les écologiens ont réussi à s'échapper, acheva-t-elle. Seule Danielle Defaux est entre les mains de la justice.

– Qu'est-ce qui va lui arriver ?

– Elle va être jugée. C'est elle, le cerveau de l'opération, non ?

– Je ne l'abandonnerai pas, déclara fièrement Elyne. D'ailleurs j'ai fait ma déposition. Tu peux la lire ?

Elle lui tendit une liasse de feuilles manuscrites. Logicielle y jeta un coup d'œil. C'était la relation de l'enlèvement et de la détention d'Andre et du PDG. Aucun nom d'écologien n'était mentionné. Elyne avait eu des contacts anonymes, obéi à des ordres. Mais elle assumait ses responsabilités.

– Je n'ai pas rédigé la suite. Je me suis arrêtée au moment où tu m'as… appréhendée Porte de Saint-Ouen.

– Même avec un bon avocat, estima Logicielle, tu feras de la prison ferme.

– Je le sais.

– Alors raconte la fin, dit-elle en lui rendant la feuille.

– Qu'est-ce que je dois raconter ?

– La vérité. Je t'ai interrogée au café et confié les clés de mon studio. Quand tu iras au commissariat de Saint-Denis, demande Jean-François de ma part. Donne-lui ta déposition.

– Et s'il me pose des questions ?

– Dis la vérité, Elyne. Toujours la vérité !

– Mais ça ne va pas t'attirer des ennuis ?

– Oh, moi ! soupira Logicielle. Au point où j'en suis…

Elle rejoignait Max au café quand un portable sonna tout près d'elle.

– Ce n'est pas le mien, dit-il.

Instinctivement, Logicielle fouilla sa poche, y trouva un portable et se souvint. C'était celui de Danielle Defaux !

Elle étouffa un juron et le désactiva.

C'était là un cadeau empoisonné. Il possédait en mémoire les coordonnées de tous les correspondants que la responsable des écologiens avait joints. Y compris le numéro du portable de Max ! songea-t-elle soudain en se rappelant les SMS qu'il avait reçus.

– On y va, Max, dit-elle en se levant précipitamment.

Son cerveau était en ébullition. Elle devait prendre une décision et demanda soudain :

– Tu as un canif ?

Tandis qu'ils gagnaient la station de taxis la plus proche, elle sortit la carte Sim et la découpa.

– La tour NCF, à La Défense, lança-t-elle au chauffeur.

– J'espère que vous n'êtes pas trop pressés, les amoureux. Ça bouchonne !

Comme elle allait s'asseoir, Max saisit son bras. Il plongea son regard dans le sien.

– Logicielle ? Tu m'inquiètes. Tu ne me caches rien ?

– Si. C'est un peu mon tour, tu ne crois pas ?

– Qu'est-ce que tu as été faire chez toi ?

– Tu ne me croirais pas.

– Dis toujours.

– Eh bien j'héberge Elyne. Voilà.

– Alors, vous montez ? s'impatienta le chauffeur.

Logicielle avisa une bouche d'égout ; elle y jeta le portable. Les morceaux de la carte Sim rejoignirent le caniveau avant d'être engloutis à leur tour.

Le taxi démarra.

– C'était quoi ? demanda Max.

– Une pièce à conviction.

Il ne posa pas d'autres questions mais murmura d'une voix nouée :

– Alors tu as choisi ton camp ?

– Mon camp, Max, c'est le tien, répondit-elle en lui prenant la main.

79

La Défense (NCF)
Lundi 13 août, 20h15

Quand Logicielle et Max arrivèrent au trente-troisième étage, ils virent d'abord, relégués dans un angle, les huit fauteuils vides; puis un grand buffet où les coupes et les assiettes sales s'entassaient en vrac. Le patron de NCF conversait avec Colbert. Des anciens otages, nulle trace. Le climatologue abandonna Kosto pour venir serrer la main des retardataires avec chaleur.

– À Ganagobie, je n'ai pas eu le temps de vous remercier, vous et Max. Et de vous féliciter pour votre efficacité.

– Nous remercier? Nous féliciter? bredouilla Logicielle.

– Oui, pour être venus nous délivrer!

– Vous n'étiez pas vraiment en danger… Bonsoir, monsieur Kostovitch.

– Ah, enfin, vous voilà! Et mon Simulator? Où est-il?

– Dans le coffre de ma moto, répondit Max.

– Et vos invités? rétorqua Logicielle.

Le visage du PDG se rembrunit.

– Ils viennent de repartir. Ils exigent le remboursement du voyage et des indemnités. À cause des dommages subis.

– Repartis ? Mais où ?

– Aux États-Unis, répondit le climatologue.

– Des indemnités ! répéta Kosto, offusqué. Ils savaient bien que le séjour comportait des risques ! D'après eux, avoir été pris en otages entraîne une rupture du contrat. Est-ce ma faute, s'ils ont été enlevés ? ajouta-t-il en jetant un regard noir à Logicielle.

– Ils sont repartis ! s'exclama-t-elle, consternée. Weiss, Dimitri, Indiana, Zeroo...

– Pourquoi ? Vous aviez quelque chose à leur dire ? demanda Kosto.

– Non. Mais je pensais que... quelques liens s'étaient établis. Nous aurions pu faire le point ensemble.

– Ah, mais nous l'avons fait ! Et mes clients n'étaient pas du tout satisfaits !

– Monsieur Weiss vous a laissé un mot, dit Colbert en lui remettant une carte de visite.

Le banquier y avait noté son numéro de téléphone personnel et écrit : *Chère Logicielle, au cas où vous auriez l'occasion de regagner* Cinq degrés de plus, *soyez gentille de m'avertir ! Une connexion* avant le 12 août 2100 *vous semble-t-elle possible ?*

Elle sourit. Que n'aurait pas fait Otto Weiss pour revoir Pussy ! Et qui sait si le banquier, à l'avenir, ne serait pas le plus déterminé à lutter contre le changement climatique ?

On lui tendit une coupe de champagne. Elle bredouilla :

– Oh ! C'est gentil, Séraphin. Merci.

– Et vous Max, voulez-vous quelque chose ? proposa le chef des vigiles. Venez, il reste des petits-fours et du foie gras. Je parie que vous n'avez pas dîné ?

Colbert apprit à Logicielle que Charmeuil était passé aux aveux et avait été mis en garde à vue. Il s'informa :

– Est-il si impliqué ? De quoi est-il coupable ?

– D'avoir accepté un rôle qui le dépassait. Mais c'est grâce à lui que nous vous avons retrouvés. Je le signalerai avant le procès.

Logicielle songea à Elyne. Elle témoignerait aussi en sa faveur.

Vexé d'être laissé pour compte, le PDG de NCF se rapprocha. Il désigna l'immeuble voisin et bougonna :

– La mort de Blish n'arrange pas mes affaires. L'alliance de nos deux groupes risque d'être retardée ou même compromise.

– Condoléances, jeta sèchement Logicielle.

Elle repensa au *Maréchal-Ney*, le café rebaptisé *Kostony* en 2100. Après la mise à l'écart de Tony, NCF et Oxoil avaient-ils encore un avenir commun ?

– Logicielle ? C'est pour toi ! lui annonça Max en lui confiant son portable. Un appel de la brigade.

Au bout du fil, elle reconnut la voix de son collègue Jean-François.

– Simple vérification, lui dit-il. J'ai devant moi une certaine Elyne. Tu la connais ?

– Oui. Elle était chez moi il y a une heure.

– Tu as lu sa déposition ?

– Évidemment. Sauf la fin.

– Tu imagines la tête de Delumeau quand il lira ça ?

Non. Elle n'y avait pas encore songé.

– Il va faire une crise cardiaque, estima Jean-François. Ce qui risque d'aggraver ton cas. Écoute, je vais reprendre sa déposition et on va, euh… nuancer. Qu'est-ce que tu en penses ?

– Fais pour le mieux. Je te refile le bébé.

– Merci pour le cadeau ! La garde à vue de cette prévenue pose problème, Logicielle ! On est en août, les juges sont débordés. Je sais qu'elle a les clés de chez toi. Si elle s'engage à rester à la disposition de la justice, elle ne pourrait pas, euh… attendre dans ton studio jusqu'à la fin du mois ? Tu penses qu'il y a un risque ?

– Non. C'est une excellente idée, Jean-François, affirma-t-elle en repensant à l'état impeccable de son studio.

Quand elle raccrocha, Colbert prenait congé de Kostovitch.

– Je vous remercie de m'avoir fait vivre ces trois jours édifiants dans votre programme *Cinq degrés de trop*.

– *Cinq degrés de plus*, corrigea Kosto. Je suis vraiment navré que la police ait perdu le contrôle de la situation.

– Je crains que le contrôle de la situation, comme vous dites, ne soit plutôt entre les mains de ceux qui sont partis.

– Vous voulez parler de mes invités ?

– Oui. Leur inconscience me navre.

Colbert souriait. Mais c'était un sourire terrifiant.

– Je ne comprends pas ce que vous voulez dire, avoua le PDG.

– Dommage. Voulez-vous que je vous l'explique ?

– Mais oui, ça m'intéresse ! affirma naïvement Kosto.

Colbert arrêta Séraphin qui passait à proximité, un plateau à la main. Il saisit une coupe de champagne et la but d'un trait. Était-ce pour se donner du courage ?

– Eh bien voyez-vous, monsieur Kostovitch, je déplore un système économique pervers qui risque d'entraîner à terme la disparition de l'espèce humaine !

Il avait haussé le ton, si bien que tous se tournèrent vers lui.

– Je ne vois pas le rapport ! dit le PDG déconcerté.

– Alors je résume. La Terre, monsieur Kostovitch, est sans doute une planète unique. Et l'homme, un miracle. Qu'il ait imaginé le langage, l'écriture, l'art, les technologies, qu'il soit capable de goûter la beauté du monde, d'en conserver et d'en transmettre la mémoire, de construire des modes de pensée relève du prodige.

Les yeux brillants, Colbert s'interrompit. Il ôta ses lunettes et les essuya.

– Cette espèce exceptionnelle a commis de terribles erreurs. Elle s'est rendue coupable de crimes qui défient l'imagination, mais le pire pourrait être son incapacité à préserver son milieu afin qu'il reste propice à son propre développement. Oui, monsieur Kostovitch, notre espèce est peut-être la seule dans l'univers à détenir la clé de son destin, mais les hommes cautionnent un système qui condamne leur descendance. Le réchauffement climatique est la conséquence d'un cercle vicieux. Produire pour consommer. Toujours plus.

– Mais on réagit ! s'insurgea le PDG de NCF. On a déjà pris des mesures pour réduire le taux de CO_2 !

– La Terre est dans l'état d'un fumeur ayant appris qu'il est atteint d'un cancer, rétorqua Colbert. Et à quoi s'engage-t-il ? À réduire de 5 % sa consommation de cigarettes dans les mois à venir.

– Après tout, monsieur Colbert, fit Kosto en haussant les épaules, l'espèce humaine mérite-t-elle de perdurer ?

– La réponse à cette question est entre les mains de ceux qui acceptent le système, monsieur Kostovitch. Mais surtout de ceux qui le maintiennent, et dont vous faites partie. Au revoir.

Le climatologue sortit sans se retourner.

Logicielle dut se retenir pour ne pas l'applaudir.

80

La Défense (NCF)
Lundi 13 août, 21h30

– Bien ! jeta le PDG agacé. Vincent, vous accompagnez Logicielle et Max au parking ? J'aimerais ranger le Simulator dans mon coffre pour la nuit.

– La moto a disparu, avoua Logicielle à voix basse.

– Comment ?

– Elle a été volée. Avec votre matériel.

Le visage de Kostovitch passa par toutes les nuances. Incrédulité, doute – il dut croire un instant à un canular – puis stupéfaction, fureur et désespoir.

– À deux pas des Invalides, précisa-t-elle stupidement.

Pour tempérer l'explosion de colère prévisible de son interlocuteur, elle emprunta le portable de Max et appela Germain.

Après une minute de conversation, elle raccrocha et révéla d'une voix morne :

– Rien de neuf. Les recherches sont en cours.

Enfin, Kosto, écarlate, braqua l'index vers la sortie en vociférant :

– Dehors ! Hors de ma vue ! Ça ne se passera pas comme ça !

Et pourtant si, répliqua intérieurement Logicielle. Kosto pouvait remuer ciel et terre, se tourner vers son assurance ou intenter un procès, cela ne ferait pas revenir son ordinateur.

Séraphin, qui voulait peut-être éviter un nouvel éclat, se précipita sur Logicielle et Max pour les pousser vers l'ascenseur. Ils s'y engouffrèrent tous les trois.

– Quand il sera calmé, il sera contrarié de vous avoir congédiés, estima le chef des vigiles en souriant. La nuit porte conseil, nous y verrons tous plus clair demain.

Les portes de l'ascenseur s'ouvrirent un étage plus bas.

– Je vous conseille de dormir ici, leur dit Séraphin.

Il désigna, au bout du couloir, les bureaux aménagés en chambres.

– C'est le plus simple ! affirma-t-il. Vous devez être épuisés. D'ailleurs, vous avez déjà dormi ici, non ?

– Séraphin, vous êtes un ange, murmura Max.

– Oh, celle-là, on me l'a souvent servie !

– Max ? Tu restes avec moi ? demanda Logicielle. Même si le lit est étroit ?

– Oui. Je reste avec toi. Toujours. Pour la vie.

MARDI

81

La Défense (NCF)
Mardi 14 août, 3h

Logicielle se réveilla en sursaut au beau milieu de la nuit.

Le portable de Max sonnait.

Elle alluma la lumière, constata qu'elle était seule. Elle saisit l'appareil et décrocha.

– Logicielle ? Pardonnez-moi de vous déranger à cette heure…

Stupéfaite, elle identifia son interlocuteur sans y croire.

– Tony ? C'est vous, Tony ?

– Oui. Je voulais vous présenter des excuses. Et m'expliquer avec vous avant de partir.

– D'où m'appelez-vous ?

– C'est sans importance.

– Et où partez-vous ?

– Loin. Loin de NCF ! Mais je n'aime guère le téléphone. Je vous propose une rencontre en tête à tête. En terrain neutre.

Elle se redressa sur son lit.

– Une rencontre ? Où ? Quand ?

– Ici et maintenant.
– Vous êtes à NCF ?
– NCF n'est pas vraiment un terrain neutre ! dit-il dans un rire léger. Vous pouvez monter à l'étage supérieur ? Surtout ne raccrochez pas.
Elle faillit se rebiffer, réfléchit, et sortit dans le couloir qu'éclairaient de maigres veilleuses. Il régnait un silence absolu.
– Logicielle ? Vous montez ?
– J'arrive.
Elle redoutait un piège mais elle était trop intriguée et elle n'avait guère le choix. Le trente-troisième étage, désert, baignait dans la semi-pénombre.
– Vous y êtes ?
– Oui. Où êtes-vous, Tony ?
– Qu'importe. Allez au fond de la pièce.
Elle obéit et étouffa un cri de surprise. Ce n'était pas Tony mais Max qui était là, allongé dans l'un des fauteuils !
Il semblait somnoler. À moins que…
Elle chercha des yeux le Simulator. Non. Il n'était pas sur la table.
– Que voyez-vous ? demanda Tony.
– Max.
– Parfait. Allongez-vous à côté de lui.
Sur le fauteuil voisin était posé un patch. Et deux modems qui semblaient en fonction. Décidément, elle n'y comprenait plus rien.
– Vous êtes installée ? reprit Tony au bout du fil. Vous saurez placer le patch toute seule ?
C'était donc ça !
– Vous plaisantez ? Vous voulez que je me connecte ? Il n'en est pas question !

Abandonner son corps ici était une imprudence. Dans quel monde virtuel inconnu Tony la ferait-il émerger ?

– Faites vite, Logicielle. Max nous attend.

Elle hésita. Mais la curiosité fut la plus forte. Elle glissa le patch derrière son cou et le pressa fermement entre sa quatrième et sa cinquième vertèbres.

82

La Défense (NCF), mardi 14 août, 3h15
Cinq degrés de plus (5 septembre 2100, 10h15)

Sous ses yeux, un lézard cheminait sur le sable en zigzaguant. À la frontière du soleil et de l'ombre des pins, il sembla hésiter.

Logicielle, allongée, se releva, cœur battant.

Elle reconnut aussitôt l'endroit : le camp de vacances des Landes !

À dix mètres de là se dressait leur bungalow. En fait, pas exactement, ce joli bâtiment de bois était légèrement différent du précédent. Elle perçut, tout près, le ressac de l'océan et elle le vit qui léchait les dunes. Il s'était beaucoup rapproché.

La plage était presque déserte. Au loin, quelques corps bronzaient parmi des parasols dispersés.

– Logicielle ? Vous venez ?

Assis sur la terrasse du bungalow, un inconnu la hélait. Un inconnu ? Non, c'était Tony ! Ou plutôt un avatar qui l'avantageait, dépourvu de tics, et nettement plus grand et musclé que l'original.

Elle s'aperçut qu'elle était en maillot de bain. Comme Tony. Celui du rouquin était assorti à la couleur de ses cheveux tandis que le sien était blanc.

Elle rejoignit l'ancien hacker, demanda :

– Où est Max ?

– Rassurez-vous, il arrive. Laissez-le explorer encore un peu le programme. Il était si frustré de ne pas vous accompagner.

Eh oui... Si Max ne l'avait pas suivie dans *Cinq degrés de plus*, ce n'était pas par refus du virtuel ou parce qu'il aurait à ouvrir la porte de secours, mais parce qu'il avait dû laisser son patch à Tony.

– Où sommes-nous ?

– Vous ne reconnaissez pas les lieux ?

– Je veux dire, dans quel programme ?

– Oh ! fit le rouquin, toujours le même. Cette côte n'aura pas tellement changé à la fin du siècle. Tenez, servez-vous.

Il désigna les verres d'orangeade sur la table basse.

– Tony, comment avez-vous fait ? Quel ordinateur utilisez-vous ?

– Le Simulator, voyons ! Aucun autre appareil ne pourrait faire tourner ce programme.

– C'est donc vous qui l'avez volé ?

Furieuse, elle faillit se précipiter sur lui mais il l'arrêta :

– Vous voulez abîmer mon avatar ? Vous ne préférez pas que je vous explique ?

– Si, je vous écoute.

– Hier, j'ai quitté l'hôpital Beaujon avant l'aube. Sans prévenir Ahmed. Je sais, ce n'est pas très gentil. J'ai fait un saut à mon domicile et, dans la matinée, j'ai appris les derniers événements.

– Lesquels ?

– Vous aviez délivré les otages.

Logicielle tiqua. La nouvelle n'était pas encore connue de la presse !

– Comment l'avez-vous su ? Les médias n'étaient même pas informés de leur enlèvement !

– Qu'importe ! Disons à la suite d'une indiscrétion.

Tony avait donc un contact à NCF. Ou des amitiés.

– En début d'après-midi, je me suis rendu au *San Remo* pour vous voir. Luc m'a dit que vous n'étiez pas revenue mais, a-t-il ajouté, l'amie du commissaire est dans sa chambre et elle pourra vous renseigner. Je l'ai appelée de la réception. Elle m'a appris que Germain se trouvait aux Invalides, du côté du bar le *Saint-Dominique*.

– Évidemment, comprit Logicielle. J'aurais dû y penser…

– En arrivant là-bas, je vous ai aperçus tous les trois à la terrasse d'un restaurant. La moto de Max était garée à deux pas. Je me suis alors demandé si, à Ganagobie, vous aviez confié le Simulator à la police après avoir délivré les otages. Vous vous êtes levés et vous êtes partis précipitamment.

– L'occasion était trop belle, n'est-ce pas ?

– Mettez-vous à ma place, Logicielle. Le Simulator, c'est mon enfant. J'ai mis des années à le concevoir. Après votre départ, j'ai ouvert le top case avec un canif. J'ai également découvert une facture, un dépliant sur la côte landaise et le village de Contis. D'où l'idée de cette entrevue ici.

– C'est donc vous qui avez volé la moto. Mais où êtes-vous, en ce moment ? Dans une pièce voisine ?

– Disons que je ne suis pas très loin, en effet.

Elle faillit arracher son patch pour explorer les lieux.

– Et Max, où est-il ?

– Quand on parle du loup… Le voici !

83

La Défense (NCF), mardi 14 août, 3h45
Cinq degrés de plus (5 septembre 2100, 10h45)

Max, ou plutôt son avatar, avait surgi au sommet d'une dune. Il portait un maillot de bain noir et son visage était auréolé de belles boucles brunes.

Il les rejoignit sur la terrasse et tendit à Logicielle un bouquet baroque d'iris d'eau et de nénuphars.

Il la prit dans ses bras. Il semblait très ému.

– Tu apprécies les mondes virtuels, à présent ? lui demanda-t-elle.

– Ma foi, ça dépend du programme !

– *Cinq degrés de plus* te plaît ?

– Je parlais du programme de la journée, dit-il en désignant le village de Contis. On se marie dans un quart d'heure.

– Quoi ?

– C'était prévu, Logicielle ! Je te l'ai dit il y a trois jours.

– Tu n'es pas sérieux. Même virtuel, un mariage se prépare !

– C'est fait. J'ai pris toutes les dispositions ; Tony les a intégrées au programme qu'il a fait avancer de trois semaines d'un coup... tu y es ?

– Euh... à peu près ! Ces sauts dans le futur m'ont toujours perturbée ! Pourquoi les avez-vous imposés aux invités de Kostovitch, Tony ?

– Pour qu'ils affrontent un échantillon de situations extrêmes. Pour qu'ils goûtent à toutes les joies du réchauffement climatique !

Au loin, une volée de cloches carillonna.

– C'est l'heure ! dit Max. Tu prends mon bras ?

Après tout, pourquoi pas ? C'était une idée folle mais elle se sentait à présent euphorique, prête à vivre une sorte de répétition générale.

– Bon. Mais laisse-moi mettre une tenue correcte.

Elle entra dans le bungalow, n'y trouva aucun vêtement.

– Tu as oublié la robe de mariée, Max !

– C'est vrai, admit-il. Ça risque d'être un peu improvisé.

Ils rejoignirent le village bras dessus, bras dessous, suivis par Tony, leur témoin. Logicielle, avec son bouquet de fleurs aquatiques, tenait plus de la sirène que de la future mariée.

Quand ils arrivèrent sur la place de la mairie, cent vacanciers enthousiastes les accueillirent à grands cris. Logicielle se figea, ahurie. Tous les invités étaient nus !

– Dans le futur, lui expliqua Tony avec embarras, Contis est devenu un village naturiste. Et modifier le programme était vraiment trop compliqué !

Bien qu'aucun visage ne leur fût familier, tout le monde semblait les connaître. On les félicitait, on les congratulait.

Pudique, le maire resta derrière son bureau de chêne pour célébrer le mariage.

Tony était si ému que lorsqu'il signa le registre le visage de son avatar fut parcouru de tics caractéristiques. La cérémonie à l'église posa problème. Le prêtre exigea que les fidèles soient vêtus du strict nécessaire.

Pendant la messe, courte et simple, Logicielle se retourna et vit que Tony s'était figé.

Pendant une prière à voix basse, elle se déconnecta un instant...

... et se retrouva au trente-troisième étage de NCF.

Les pâles lueurs de l'aube noyaient les immeubles de La Défense. Max était allongé près d'elle, le corps éclairé par de brefs flashes bleus. Sur la table la plus proche, le Simulator clignotait, entouré des modems et des patches. Au loin, dans l'ombre, elle crut distinguer une haute silhouette qui montait la garde. Et le visage de Séraphin qu'illuminait un grand sourire.

Elle se reconnecta et fit face au prêtre dont l'expression était tendue.

– Mademoiselle, vous m'écoutez ? Je répète ma question. Acceptez-vous de prendre pour époux...

– Max ? Oui, bien sûr ! Excusez-moi. J'ai eu un moment... d'absence.

Ils s'embrassèrent. On applaudit. Et tandis que les cloches sonnaient à la volée, Logicielle aperçut une alliance à son doigt.

ÉPILOGUE

Pendant le banquet sur la place de la mairie auquel participaient les convives, Tony entraîna Logicielle à l'écart. Il lui prit les deux mains.

– Je vous félicite ! Mais je dois m'éclipser. Et je crains que ces adieux soient définitifs.

– Vous partez loin ?

– J'ai l'embarras du choix : le Brésil, la Chine, l'Australie.

Les talents de l'ancien hacker étaient mondialement connus. Il ne resterait pas au chômage longtemps. Elle posa la question dont elle avait pourtant deviné la réponse :

– Vous emportez le Simulator ?

– Non. Je l'ai restitué à Kostovitch pour lui prouver que mes talents ont plus de valeur que cet objet.

– Vous allez fabriquer une copie ailleurs ?

– Vous plaisantez ? J'ai d'autres projets en tête ! Ce qui m'intéresse, Logicielle, c'est la nouveauté. Pas l'exploitation d'un filon. Je vais me mettre au service du plus grand nombre. Pas d'un patron. Cet incident m'aura servi de leçon, je recouvre ma liberté !

Il rejoignit la foule qui chantait et dansait, il s'y fondit et disparut.

– Viens ! dit Max. Nous aussi, on s'éclipse. Je prends ton bouquet.

Ils gagnèrent la plage en courant.

Bientôt, ils n'entendirent plus que le ressac proche et le souffle du vent dans les pins.

C'était la fin du jour.

Logicielle courut vers l'océan qui grondait sous les lueurs du couchant. Face à elle, il n'y avait que le sable, l'eau et le ciel.

Un jour peut-être, personne ne pourrait plus contempler ce spectacle. L'humanité aurait vécu. À cause de cinq degrés de plus.

Soudain, elle fut noyée sous un déluge de fleurs. Max avait détaché son bouquet. Il saisit sa main et l'entraîna au large. Elle ne résista pas. Grisée, elle plongea dans l'océan et nagea. À ses côtés, Max riait à gorge déployée.

– Fabuleux ! Et on ne peut même pas se noyer !

Oui. Ils ne risquaient rien. Leur corps était en sécurité, au début du XXIe siècle, au trente-troisième étage de la tour NCF.

Et si Kosto les surprenait, connectés ainsi, côte à côte ? Bah, il n'aurait d'yeux que pour son Simulator !

– Quel programme, ah, quel programme ! répétait Max en s'ébrouant au milieu des vagues. Tony est un génie ! Vraiment !

La phrase d'un livre de science-fiction revint soudain à la mémoire de Logicielle : « Il faut que le futur vienne en aide au présent. » Longtemps, elle s'était interrogée sur le sens de cette énigmatique formule. À présent, elle la comprenait. S'interroger sur l'avenir, le concevoir, le préparer, c'était ne pas être aveuglé par le présent, c'était se préoccuper du devenir de ses enfants.

Elle suffoqua. Max l'avait entraînée sous l'eau et il l'embrassait.

Enfin, ils jaillirent à l'air libre.

– Un jour, Logicielle, je te le jure, la vie sera aussi belle que cette simulation. Sinon je refuse de me réveiller !

Ils restèrent enlacés et Logicielle sentit son corps et son esprit entraînés loin, très loin... En même temps, elle songeait : « Rien de cela n'est vrai, tu dors, les yeux fermés ! »

Mais il existe en rêve des baisers plus troublants que ceux de la réalité.

LISTE DES PERSONNAGES

BLISH James : PDG d'Oxoil, gros trust pétrolier. L'homme le plus riche du monde.

CENTNER : informaticien de génie. Concepteur des Sim7 et de la Necropol Center Foundation.

CHARMEUIL : comédien, sympathisant écologien.

COLBERT Daniel : climatologue réputé.

CONNELY Andre : directrice de cabinet de James Blish. Ancienne camarade d'université de Germain.

Dan : secrétaire d'Andre Connely à Oxoil.

Darius : fils unique de James Blish.

David : informaticien à NCF.

DEFAUX Danielle : responsable des écologiens.

DELUMEAU : commissaire de la brigade de Saint-Denis. Supérieur hiérarchique de Logicielle et Max.

Dimitri : représentant des sociétés pétrolières russes.

Elyne (dite Lécolo) : écologienne.

Frédéric : ami d'Elyne, membre des écologiens.

GERMAIN-GERMAIN Germain : commissaire de la brigade de Bergerac, ami et ancien mentor de Logicielle.

Indiana : représentante de plusieurs trusts de nombreux pays émergents.

Jean-François : collègue de Logicielle et Max, lieutenant à la brigade de Saint-Denis.

Jenny : norn du programme *Cinq degrés de plus*. Sœur jumelle de Tim et sœur aînée de Pussy.

Julien : collègue de Luc à l'hôtel *San Remo*.

KOSTOVITCH François-Paul (dit Kosto) : PDG de NCF (Neuronic Computer France), la plus grosse firme d'informatique européenne.

Lætitia : réceptionniste de jour à l'hôtel *San Remo*.

Logicielle (de son vrai nom Laure-Gisèle BEFFROY) : lieutenant de police spécialisée en informatique.

Luc : réceptionniste de nuit à l'hôtel *San Remo*.

Max : adjoint de Logicielle.

Noël : membre des écologiens.

Pussy : norn du programme *Cinq degrés de plus*, sœur cadette de Tim et Jenny.

`Ronald` : Américain en vacances à Paris, ami et complice de Darius Blish.

`Séraphin` : chef des vigiles à NCF.

`Tim` : norn du programme *Cinq degrés de plus*. Frère jumeau de Jenny et frère aîné de Pussy.

`Tony` : informaticien génial, travaille pour NCF.

`Vincent` : assistant de Kostovitch à NCF.

`WEISS Otto` : représentant des banques centrales suisses, souffre d'obésité.

`ZEROO (Zacharie Heroo, dit Zeroo)` : industriel irlandais surnommé « l'homme aux dix zéros ». Troisième fortune de la planète.

L'AUTEUR

Christian Grenier est né à Paris en 1945. Depuis 1990, il vit de sa plume dans le Périgord.
En 1993, sa fille lui lance le défi d'écrire un polar. Il décide de la mettre en scène déguisée en lieutenant de police stagiaire, dans un « roman policier en cinq actes », *Coups de théâtre*, où lui-même apparaît en inspecteur vieillissant. Ainsi naissent Logicielle et Germain Germain-Germain. Encouragé par ses lecteurs (et par sa fille !) il récidive avec *L'Ordinatueur,* où Max se révèle un adjoint fidèle, attachant et... possessif.
Depuis, Logicielle mène enquête sur enquête...

Pour en savoir plus sur Christian Grenier, visitez son site sur :
http://www.noosfere.org/grenier

DANS LA MÊME COLLECTION

L'affreux soupçon, Norah McClintock
À l'heure des chiens, Évelyne Brisou-Pellen
Allô ! Ici le tueur, Jay Bennett
Arrêtez la musique !, Christian Grenier
Assassinat rue Morskaïa, Michel Honaker
L'assassin est un fantôme, François Charles
@ssassins.net, Christian Grenier
Avant qu'il soit trop tard, Stéphane Daniel
Big Bug, Christian Grenier
Brigade sud : la chambre vide, Jean-Luc Luciani
Brigade sud : crime parfait ?, Jean-Luc Luciani
Brigade sud : la disparition, Jean-Luc Luciani
Brigade sud : le jeu du tueur, Jean-Luc Luciani
Brigade sud : le train fantôme, Jean-Luc Luciani
Cadavre au sous-sol, Norah McClintock
Cadeau mortel, collectif d'auteurs
Cinq degrés de trop, Christian Grenier
Coupable idéal, Jean Molla
Coups de théâtre, Christian Grenier
Croisière en meurtre majeur, Michel Honaker
Dérapages en série, Gilles Fresse
La disparue du canal, Geneviève Senger
Fantôme sous la pluie, Hubert Ben Kemoun
Folle à tuer ?, Catherine Missonnier
L'heure de la vengeance, Catherine Missonnier
Un jour à tuer, Hubert Ben Kemoun
Meurtre au lycée, Geneviève Senger
Mort sur le net, Christian Grenier
Murder party, Agnès Laroche
Des nouvelles de Logicielle, Christian Grenier
L'oiseau de mort du cap Horn, Jean Merrien

DANS LA MÊME COLLECTION

L'Ordinatueur, Christian Grenier
Un parfum de meurtre, Sarah K.
Pleins feux sur scène, Hubert Ben Kemoun
Plongée fatale, Jacques Asklund
Seules dans la nuit, Aubert & Cavali
Simulator, Christian Grenier
Sombre trafic, Catherine Missonnier
La sorcière de midi, Michel Honaker
Souviens-toi de Titus, Jean-Paul Nozière
Sur la liste des suspects, Vicki Grant
Trois cartes à abattre, Michel Honaker
Un tueur à la fenêtre, Stéphane Daniel
Vacances criminelles, Alain Surget
Les visiteurs d'outre-tombe, Stéphane Daniel

Achevé d'imprimer en France en mai 2016
sur les presses de Jouve
Dépôt légal : mars 2010
N° d'édition : 3139-06
N° d'impression : 2382295W